Oh du fröhliche

Mehr über unsere Bücher, Autoren und Illustratoren auf:
www.planet-girl-verlag.de

Both, Sabine/Brinx, Thomas/Kömmerling, Anja/Minte-König, Bianka/
Minte, Gwyneth/Sahler, Martina/Schreiber, Chantal/Ullrich, Hortense/
Zimmermann, Irene:
Oh du fröhliche
30 Liebesgeschichten für die Weihnachtszeit
ISBN 978 3 522 50480 5

Einbandgestaltung: Maria Seidel
Innentypografie: Kadja Gericke
Reproduktion: Medienfabrik GmbH, Stuttgart
Druck und Bindung: CPI Books GmbH, Leck

FSC www.fsc.org
MIX
Papier aus verantwortungsvollen Quellen
FSC® C083411

BIANKA MINTE-KÖNIG,
HORTENSE ULLRICH,
IRENE ZIMMERMANN U.A.

Oh du FRÖHLICHE

30 Liebesgeschichten für
die Weihnachtszeit

PLANET GIRL

Sabine Both

Das weihnachtlichste Gefühl von allen

»Das ist so was von unweihnachtlich!«, maule ich, während Mama versucht, Tim in seinen Schneeanzug zu stopfen, und Papa den mit drei Lammfellen zugemüllten Kinderwagen in Position bringt.

»Aber letztes Jahr«, murmelt Mama und schiebt Tim die Kapuze auf den Kopf, damit er endgültig wie eine hellblaue Made aussieht, »hast du noch gesagt, dass du unseren Adventsstadtbummel immer besonders weihnachtlich findest, Tilla.«

»Letztes Jahr! Wen interessiert schon letztes Jahr!«, argumentiere ich. »Letztes Jahr dachte ich ja auch noch, dass ich nie im Leben Wimperntusche benutzen würde und mich niemals von meiner Diddelmaus trennen könnte. Mag ja sein, dass in eurem Alter immer alles gleich bleibt. Aber in meinem Alter erkennt man die ultimative Wahrheit von Jahr zu Jahr besser. Und dieses Jahr ist mir eben klar geworden, was wirklich weihnachtlich ist.«

»Und das wäre?«, will Papa wissen und greift sich, für den Fall dass dieses wirklich Weihnachtliche jede Menge Geld kostet, schützend an seine Brusttasche.

»Das Weihnachtlichste ist eindeutig«, erkläre ich meilenweit entfernt von irgendwelchen Konsumgedanken, »seinen Nächsten zu lieben! Und zwar mehr als sich selbst!«

Mama und Papa werfen sich erstaunte Blicke zu.

»Das haben wir in Religion gelernt. Und das steht in der Bibel!«, töne ich selbstsicher.

Und außerdem habe ich es am eigenen Leib erfahren. Seit letzter Woche bin ich mir bei der Sache hundertpro sicher. Das weihnachtlichste Gefühl, das ich in meinem ganzen Leben je gespürt habe, hatte weder etwas mit durchs Schlüsselloch aufs Weihnachtszimmer gucken noch mit unterm Baum stehen und Lichter zählen zu tun, es stellte sich vielmehr mitten auf der Eisfläche der Schlittschuhbahn ein, gerade als der DJ einen langsamen Song auflegte und ich bei dem Versuch, eine elfenartige Pirouette zu drehen, mit dem linken über den rechten Schlittschuh gestolpert bin, um holterdiepolter gegen meinen Nächsten zu prallen und ihn auf der Stelle mehr zu lieben als mich selbst. So ein watteweiches Gefühl im Bauch können weder Plätzchenteller noch Berge von Geschenken und ganz sicher nicht ein Familienbummel zwischen viel zu kitschig geschmückten Schaufenstern und winkenden Nikoläusen entfachen.

»Und weil ihr meine Eltern seid und mich deshalb sowieso mehr liebt als euch selbst«, argumentiere ich, »müsst ihr mir erlauben, mit Samantha in die Eishalle zu gehen, statt mit euch zu bummeln.« Herrlich schlüssig! Ich finde, dagegen kann jetzt keiner mehr etwas sagen. Papa allerdings findet das gar nicht.

»Das war also deine Definition von am allerweihnachtlichsten«, sagt er. »Jetzt kommt meine: Das Allerweihnachtlichste ist, wenn die ganze Familie zusammen den traditionellen Weihnachtsbummel macht.«

»Da stimme ich zu«, sagt Mama prompt. »Und du, Timmi?«, fragt sie schnell. »Willst du auch mit Tilla bummeln und Bratapfel essen?«

Das ist so was von hinterhältig. Mama weiß selbst am besten, dass Tim von dem ganzen Satz genau ein Wort versteht. Und dieses Wort heißt ESSEN und ist das einzige Wort, das die kleine Made überhaupt kennt.

Kein Wunder, dass Tim sofort so heftig nickt, wie sein Schneeanzug es zulässt.

Ich bin überstimmt. Von Mama, Papa, Tim und der Tradition. Ich hasse alle vier.

Grummelnd schicke ich Samantha eine SMS mit allen Schimpfwörtern, die mir für Familien im Allgemeinen und meine Familie im Speziellen einfallen, und erteile ihr den Auftrag, nach meinem Nächsten Ausschau zu halten und eventuelle Konkurrentinnen von ihm fernzuhalten.

Die Schimpfwörter brummelnd, die ich auf die Schnelle doch noch vergessen hatte, trotte ich meiner Familie durch die zugeschneite Innenstadt hinterher, stelle mich absichtlich mit dem Hintern zu jedem Schaufenster und starre missmutig auf die mit Tüten bepackten Menschen, von denen sich jeder Dritte witzig vorkommt, weil er eine Nikolausmütze für einen Euro fünfzig auf dem Kopf trägt.

Mein Bruder kreischt ESSEN, ESSEN, während Mama und Papa ihm die Wichteleisenbahn näherbringen wollen, und ich versuche, meine abgestorbenen Zehen mit dem einzig Weihnachtlichen zu wärmen, das mir in den Kopf kommt: mit Gedanken an meinen Nächsten. Ich stelle mir vor, wie es hätte sein können.

Der DJ spielt eine Schnulze, ich passe einen günstigen Moment ab, rufe irgendeinem Unschuldigen ein pikiertes »Pass doch auf!« zu und schlittere unauffällig gegen meinen Nächsten. So leicht, dass es nicht wieder wehtut, aber doch so doll, dass ich mich mal kurz an ihm festhalten, ein ganz überraschtes Gesicht machen und meinen Text loswerden kann: »Mensch, das ist aber ein Zufall. Sind wir nicht letzte Woche schon einmal zusammengestoßen?« Woraufhin er dann sagt: »Das muss wohl Schicksal sein!«

»Und jetzt gucken wir uns noch die Krippe im Dom an«, posaunt Mama in meine tröstliche Parallelwelt. »Wie jedes Jahr!«

Und wie jede Menge anderer nervender Familien mit madenartigen Zwergen in lammfellzugemüllten Kinderwagen. Alle machen »Ah« und »Oh, ach was für ein süßes Christkind!« Dabei ist in der dämlichen Krippe jedes Jahr genau dasselbe dämliche Christkind. Und süß ist es überhaupt nicht, sondern aus Holz. Die Erzengel fliegen auch nicht, die hängen an Fäden. Die Heiligen Drei Könige haben kein Gold bei sich, sondern Falschgeld. Dem depperten Esel fehlt ein Stück Ohr.

»Und wer kann mir bitte mal erklären, wieso bei all den Schafen kein einziger Haufen Schafskacke herumliegt?«, frage ich spitz, ernte jede Menge gar nicht weihnachtliche Blicke, allerdings keine Antwort.

»Und so wie dieser Josef seine Hand verdreht, das kann ein Mensch gar nicht«, wettere ich weiter, ohne adäquate Reaktion von irgendwem.

Ich werde gemustert, als wäre Satan persönlich in die vorweihnachtliche Stimmung geplatzt. Mütter halten ihren Maden die Ohren zu und Tim fängt wie am Spieß an zu schreien, obwohl von ESSEN gar keine Rede war. Aber all das kann mich nicht bremsen. Irgendjemand muss einfach mal die Wahrheit sagen. Und außer mir tut es ja keiner.

»Und in Bethlehem haben vielleicht Palmen rumgestanden, aber ganz sicher keine Blaufichten«, meckere ich also unbeirrt weiter. »Und schon gar nicht mit Lichterketten. Die hatten nämlich noch gar keine Elektrizität damals.«

»Und auch keine Baumständer von Obi«, fügt plötzlich jemand hinzu.

Hurra! Ich habe Verstärkung bekommen. Der Einwand kommt aus den hinteren Reihen, von einem Jungen, und wird prompt von zwei eindeutig erziehungsberechtigten Stimmen schuldbewusst zum Schweigen gebracht.

»Jetzt reiß dich mal zusammen. Nur, weil du deinen Willen nicht bekommen hast, musst du deiner kleinen Schwester nicht die Weihnachtsstimmung verderben.«

Ein Seelenverwandter. Und er kümmert sich genauso wenig um den Protest seiner Familie wie ich mich um Mamas hochgezogene Augenbrauen und Papas Ich-krieg-einen-Herzanfall-Gesicht.

Er setzt noch einen drauf.

»Und wie kann es bitte schön sein, dass ich auf dem Weg durch die Stadt allein vierzehn Weihnachtsmänner gezählt habe, wo es doch nur einen gibt?«, fragt er.

Ich bin entzückt und hoch motiviert.

»Und was ist bitte schön weihnachtlich daran, wenn irgend so ein Topmodel sich Hühnerfedern um die Schultern hängt und einen auf Christkind macht?«, frage ich, während ich den Hals recke, um meinen Mitstreiter zu Gesicht zu bekommen.

»Soll es vielleicht weihnachtlich sein, wenn sich ganze Kegelclubs auf dem Weihnachtsmarkt mit Glühwein die Kante geben und nachher in die falschen Tannenzapfen kotzen?«, fragt die Stimme und kommt immer näher.

Ich luge angestrengt durch die Menge, kann ihn aber immer noch nicht entdecken.

»Keiner scheint zu wissen, was wirklich weihnachtlich ist«, sage ich inbrünstig, als sich ein schwarzer Haarschopf an einer Großmutter vorbeischiebt, die gerade drohend ihren Spazierstock in meine Richtung schwingt.

Ich setze zum Finale an, gebe meiner Stimme noch ein bisschen mehr Pathos und hoffe, dass Mama und Papa die Blamage eine Lehre ist und sie mich beim nächsten Mal nicht zu irgendwelchen Traditionen verdonnern werden.

»Das Weihnachtlichste überhaupt ist nämlich«, jubiliere ich, »seinen Nächsten zu …«

Mir bleibt die Spucke weg. Das kann nicht sein.

»Zu was?«, ruft ein aufgebrachter Vater aus den hinteren Reihen.

Aber mir steht die Zunge vor Schreck senkrecht im Mund. Er ist genau vor mir. Niemand anders als mein leibhaftiger Nächster. Keine zwanzig Zentimeter entfernt. Mit einem breiten Grinsen, das mindestens so viel bedeutet wie: wenn das mal nicht Schicksal ist.

»Was denn nun?«, protestiert die angriffslustige Großmutter. »Erst alles schlechtmachen und dann selber keine Antwort haben, oder was?«

Sie schwingt ihren Stock, als wollte sie mir den Rest des Satzes aus dem Hinterkopf klopfen. Aber mir hat es die Sprache verschlagen. Ich kann nicht mal mehr Piep machen.

»Wird's bald?«, mischt sich jetzt ein kleiner Junge mit einer der unvermeidlichen Nikolausmützen ein. »Ich will endlich wissen, was so schrecklich weihnachtlich ist.«

Und ich würde es ihm ja auch wirklich gerne sagen, aber wie soll ich denn, wo meine Zunge wie ein steif gefrorener Frosch meinen Mund versperrt.

»Eins, zwei, zweieinhalb«, zählt eine Mutter drohend, während die Meute sich zusammenrottet, um jeden Moment vorweihnachtliche Lynchjustiz zu begehen.

Ich schließe die Augen und warte auf das erste Weihnachtsgeschenk, das mir an den Kopf fliegt. Aber es fliegt nichts.

»Seinen Nächsten zu lieben!«, schallt es stattdessen mit Echo durch den Kölner Dom. »Das Weihnachtlichste überhaupt ist, seinen Nächsten zu lieben.«

Mein Nächster hält den Mob mit seiner schönen Stimme auf Distanz und fügt noch etwas hinzu: »Und seine Nächste natürlich auch!«

Und weil er das sagt, ohne mich dabei auch nur den Bruchteil einer Sekunde aus den Augen zu lassen, wird meine Zunge plötzlich wieder geschmeidig.

»Mehr als sich selbst«, füge ich inbrünstig hinzu.

Die Stille, die sich zwischen Kerzenständern und Weihwasserschalen bis unter die prächtige Decke des Doms ausbreitet, ist so aufgeheizt, dass mir die Röte prompt bis in die Ohrläppchen steigt. Bevor mein Kopf allerdings explodieren kann, klatscht die Großmutter mit dem Stock plötzlich in die Hände.

»Hört, hört«, ruft sie erfreut.

Und dann steigt der ganze Mob mit ein. Mein Nächster und ich ernten Applaus und jede Menge Lob, weil die Jugend doch noch nicht ganz so verdorben ist wie gedacht und weil es deshalb für all die Maden in Lammfellen noch eine reelle Chance auf eine glückliche Zukunft gibt.

»Das ist ja ein Zufall«, ruft mein Nächster mir gegen den Lärm ins Ohr. »Ich hätte schwören können, du bist heute beim Schlittschuhlaufen.«

»Ich weiß«, lache ich.

Und weil das in meinem Alter nun mal so ist, tausche ich

in diesem Augenblick die ultimative Erkenntnis von vorhin blitzschnell gegen eine neue aus: Das absolut Weihnachtlichste, das es gibt, ist, wenn im Dom das süße Christkind in der wunderschönen Krippe zwischen fliegenden Engeln und strahlenden Tannenbäumen ein richtiges, echtes Wunder vollbringt.

HORTENSE ULLRICH

Der Schneemann

Ich beugte mich zu Lucilla und flüsterte ihr ins Ohr: »Nicht umdrehen, aber ich glaube, ein Schneemann verfolgt uns.«

»Was?«, rief Lucilla und drehte sich um.

Ich zerrte sie ärgerlich weiter und schimpfte: »Was glaubst du, was ich damit meine, wenn ich sage: ›Nicht umdrehen‹?«

»Ich soll mich nicht umdrehen.«

»Richtig! Und wieso tust du es dann?«

Lucilla zuckte die Schultern und meinte: »Reflex.«

Ich sah sie kopfschüttelnd an.

»Jojo! Was erwartest du denn? Wenn dir jemand weismachen will, dass ein Schneemann dich verfolgt, würdest du dich auch umdrehen!«, sagte Lucilla.

»Ich meine es ernst, Lucilla! Immer wenn wir aus einem Geschäft rauskommen, steht er da.«

»Der gehört zur Weihnachtsdeko.«

Lucilla und ich waren im Einkaufszentrum, Weihnachtsgeschenke kaufen.

Das Einkaufszentrum hatte wie jedes Jahr heftig dekoriert, es sah aus wie im Winterwunderland: Künstlicher Schnee, neben dem Springbrunnen saß der Weihnachtsmann, daneben stand sein Schlitten, es liefen Elfen herum und Engel, überall standen geschmückte Weihnachtsbäume und da war eben auch dieser Schneemann, der, wenn ich mich nicht täuschte, ständig da war, wo Lucilla und ich waren. Egal wo wir hinliefen.

»Wieso hoppelt dieser Schneemann immer hinter uns her? Wer ist das?«

»Vielleicht ist es ein geheimer Verehrer?« Lucilla bekam einen träumerischen Blick. Der Gedanke gefiel ihr.

»Unsinn.«

Doch Lucilla war von dieser Idee nicht mehr abzubringen. Sie war Feuer und Flamme. Sie grabschte nach meinem Arm und hauchte: »Das ist sooo romantisch.«

»Was ist in deinen Augen denn nicht romantisch!«, stöhnte ich.

Aber sie ließ sich nicht beirren. Sie entwarf ein Szenario, in dem ein schüchterner, aber wahnsinnig gut aussehender Junge sich unsterblich in ein Mädchen verliebt hat und in seiner Nähe sein will und daher auf die kreativ-romantische Idee gekommen ist, sich als Schneemann zu verkleiden, und ihr nun überallhin folgt, bis er den Mut hat, sie anzusprechen. Total logisch, oder? Ich wollte Lucilla eigentlich sagen, dass das alles absoluter Blödsinn sei, aber schon nach kurzer Zeit hatte sie mich so weit, dass ich die Idee auch spannend fand. Hey, ein Mädchen durfte doch wohl noch träumen.

»Wir müssen unbedingt rauskriegen, wer es ist«, meinte Lucilla.

»Ach und wie? Wir stürzen uns auf ihn, werfen ihn zu Boden, nehmen ihm den Schneemann-Kopf ab und schauen nach, wer in der Verkleidung steckt?«

»Ja, so ähnlich. Nur etwas unauffälliger und vielleicht eleganter.«

»Nein, echt nicht. Ich will keinen neuen Ärger im Einkaufszentrum, bin froh, dass ich wieder herkommen darf.«

Dann fiel Lucilla was ein: »Wen von uns beiden meint er eigentlich?«

»Wie meint?«

»Na, hinter wem von uns beiden läuft er her?«

»Keine Ahnung.«

Lucilla drehte sich nach dem Schneemann um und zwinkerte ihm zu. Aber das half ihr wohl nicht weiter. Ob man's glaubt oder nicht, keins der Knopfaugen zwinkerte zurück.

»So wird das nichts. Ich weiß, was wir tun. Wir trennen uns. Dann muss er sich entscheiden. Dann sehen wir, hinter wem er weiter herläuft.«

Ich seufzte. Lucilla würde keine Ruhe geben, bevor wir nicht zumindest das geklärt hätten. Ich ging Richtung Springbrunnen, Lucilla bog ins Pizzaparadies ab. Nach ein paar Schritten sah ich mich verstohlen um und stellte zufrieden fest, dass ich den Schneemann immer noch im Schlepptau hatte. Hach! Gewonnen! Erstaunlich, denn Lucilla ist eigentlich immer diejenige von uns beiden, die eher auf Jungs wirkt, aber dieser Schneemann hatte eindeutig an mir Interesse.

Als Lucilla und ich uns wieder trafen, hatte Lucillas Begeisterung merklich nachgelassen.

Sie zuckte die Schultern und meinte: »Okay, der Verrückte ist also hinter dir her.«

»Ach ja, vorher war er romantisch, jetzt ist er verrückt«, sagte ich vorwurfsvoll.

Lucilla sah mich an, dann meinte sie: » Entschuldige. Es war nur … Ich fand das so toll, einen heimlichen Schneemann-Verehrer zu haben …«

»Es ist ja wohl immer noch toll, auch wenn er hinter mir herläuft!«, wies ich sie zurecht.

Lucilla nickte. Dann hatte sie ihre Enttäuschung wohl verwunden und strahlte mich an. »Ja, du hast recht, also, was tun wir jetzt?«

»Ich weiß nicht. Läuft er immer noch hinter uns?«

»Ja«, flüsterte Lucilla. »Sollen wir ihn ansprechen?«

»Was sollen wir denn sagen?«

Lucilla überlegte. »Was sagt man zu einem Schneemann?«

»Genau genommen redet man nicht mit Schneemännern. Ich glaube, wir sollten gar nichts tun. Und hier schon gar nicht. Ich will wirklich nicht auffallen.«

Lucilla nickte. »Ja, du solltest hier wirklich nicht unangenehm auffallen, das ist zu riskant mit den vielen Sicherheitskameras hier. Bist du fertig mit deinen Einkäufen?«

Ich nickte.

»Dann lass uns jetzt langsam zum Ausgang gehen, und wenn wir draußen sind, dann stellen wir ihn zur Rede. Und jetzt beachten wir ihn erst mal nicht mehr.«

Guter Plan.

Als wir draußen waren, drehten wir uns um, aber der Schneemann war weg. Ich war etwas enttäuscht.

»Und jetzt?«

Lucilla sah sich um, lief noch mal ins Einkaufszentrum, schaute zur Tür rein und kam dann wieder zu mir. »Er ist weg. Sollen wir wieder reingehen und ihn suchen?«

»Nee, das ist ja peinlich.« Ich war wirklich enttäuscht.

Lucilla überlegte kurz und meinte dann: »Ja, man muss sich rarmachen, das erhöht das Interesse. Wir gehen morgen wieder ins Einkaufszentrum und suchen nach ihm. Lass uns jetzt zu dir gehen.«

Bei mir zu Hause setzten wir uns in die Küche, wo meine Mutter gerade meiner nervigen kleinen Schwester Flippi einen Weihnachtskakao zubereitete. Nach Flippis Anweisungen musste sie dabei Spekulatius zerkrümeln und in den Kakao streuen.

»Wie war's im Einkaufszentrum?«, erkundigte sich meine Mutter, während sie weiter unter Flippis strengem Blick Spekulatius zerbrach.

»Gut«, meinte ich wortkarg. Ich hatte nie viel Interesse daran, meine Freizeitaktivitäten vor meiner Mutter noch einmal Revue passieren zu lassen. Sie kommentierte immer zu viel und war mir zu aufgeregt und nahm zu viel Anteil. Lucilla hielt sich nicht an meine Ein-Wort-Antworten, sie rief eifrig: »Es war total aufregend!«

»Ach ja. Was war denn?«, erkundigte sich meine Mutter, höchst erfreut, dass jemand ihr Details erzählen wollte.

»Jojo hat einen geheimen Verehrer«, teilte Lucilla ihr mit.

»Oh! Im Ernst?«, wunderte sich meine Mutter.

Ich war sauer, das war ja oberpeinlich. Sie tat so, also wäre es eine Sensation, dass jemand Interesse an mir zeigte.

»Ach«, meinte Flippi, »hat wohl jemand 'ne Wette verloren.«

Wir ignorierten alle ihren Kommentar.

»Wer ist es denn?«, fragte meine Mutter freundlich.

Lucilla strahlte. »Wissen wir nicht. Es ist ein Mystery Man, er verfolgt Jojo. Die ganze Zeit.«

»Wahrscheinlich hat sie irgendwo vergessen zu bezahlen«, kommentierte Flippi.

Meine Mutter stellte schnell eine weitere Frage, um von Flippi abzulenken. »Und wie kommt ihr darauf, dass er Jojo verehrt?«

»Das haben wir überprüft. Wir haben uns getrennt und er ist hinter Jojo hergelaufen«, berichtete Lucilla. »Also hat er an

Jojo Interesse. Ich finde es soooo romantisch!«, fügte Lucilla schwärmerisch hinzu.

»Aber ihr wisst nicht, wer es ist?«

»Nein«.

»Wie sah er aus?«

»Etwa so groß wie wir, schwarzer Hut, Karottennase, Kohleaugen …«

Meine Mutter hatte einen blanken Ausdruck auf ihrem Gesicht.

»Wie ein Schneemann eben so aussieht«, sagte ich.

»Ein Schneemann?«

»Ja«, rief Lucilla, »hatten wir das nicht gesagt? Er hat sich als Schneemann verkleidet. Tarnung, sozusagen.«

Meine Mutter wechselte von aufgeregter Anteilnahme zu sichtbarem Misstrauen. »Ein Schneemann ist hinter Jojo hergelaufen?« Sie seufzte und wechselte das Thema. »Habt ihr denn auch eure Weihnachtseinkäufe erledigen können?«

»Ja.«

Nun mischte sich wieder meine Schwester Flippi ein. »Was schenkst du mir eigentlich zu Weihnachten?«, wollte sie von mir wissen.

»Nichts.«

Flippi sah unsere Mutter fordernd an. »Mami, rede mit ihr. Erklär ihr den Sinn des Weihnachtsfestes!«

Meine Mutter wand sich etwas. Vorsichtig begann sie: »Na ja, also der Sinn von Weihnachten besteht nicht darin, dass man sich etwas schenkt, es geht um …«

Aber Flippi ließ sie nicht ausreden, sie unterbrach, als ihr klar wurde, dass unsere Mutter nicht in ihrem Sinne argumentieren würde. »Aber natürlich geht es darum! Menschen, die man liebt, schenkt man etwas.«

»Genau! Menschen, die man liebt!«, rief ich.

»Und Menschen, bei denen man gesetzlich dazu verpflichtet ist, sie zu lieben!«, mahnte Flippi.

»Mam, sag ihr, dass es so ein Gesetz nicht gibt.«

Meine Mutter seufzte.

»Nun sag es ihr schon!«, forderte ich.

»Also, ein echtes Gesetz gibt es natürlich nicht«, begann meine Mutter und bemühte sich um eine Erläuterung, die unsere unterschiedlichen Standpunkte berücksichtigen würde. »Aber es besteht vielleicht so etwas wie eine moralische Verpflichtung, der eigenen Schwester zu Weihnachten etwas zu schenken. Also, es wäre zumindest sehr nett.«

Ich nickte. »Wenn diese Schwester nett wäre.«

»Ich bin nett!«, brüllte Flippi.

Ich sah meine Mutter an und wies mit der Hand auf Flippi. »Sie ist unmöglich!«

Lucilla stand auf. »Ich muss jetzt gehen, ich seh dich morgen, Jojo, mach's gut.« Aber bevor sie die Küche verließ, sah sie mich noch tadelnd an und meinte: »Also, wenn ich eine Schwester hätte, würde ich ihr schon etwas schenken. Tschüs!«

Was denn? Meine beste Freundin fiel mir nun auch schon in den Rücken?! Lucilla kannte Flippi doch lange genug und wusste, wie schrecklich sie sich immer benahm. Nun ruhte auch noch der mahnende Blick meiner Mutter auf mir.

Ich fühlte mich schlecht und sagte verteidigend zu meiner Mutter: »Ich hab doch schon längst was besorgt!« Es stimmte zwar nicht, aber ich konnte es ja noch tun.

»Hast du nicht!«, schimpfte Flippi.

»Woher willst du das denn wissen?«, fragte ich etwas ertappt.

»Recherche.«

Da kam mir ein Gedanke, ich sah Flippi wütend an. »Warst du das?«

»Nein.«

»Weißt du überhaupt, was ich meine?«

»Nein. Woher soll ich das denn wissen?«

»Weil du Nein gesagt hast.«

»Ich sag immer Nein, wenn mich jemand fragt: ›Warst du das‹?«

»Hast du in meinem Zimmer rumgewühlt?«, fragte ich, denn vor zwei Tagen sah mein Zimmer noch chaotischer aus als sonst, und eben kam mir der Gedanke, dass Flippi dafür verantwortlich sein könnte, auf der Suche nach Weihnachtsgeschenken.

Das macht sie nämlich Jahr für Jahr, sie durchwühlt das ganze Haus, um zu wissen, wer ihr was zu Weihnachten schenkt. Und wenn man sie zur Rede stellt, sagt sie immer: »Ich mag keine Überraschungen, ich will wissen, was auf mich zukommt.«

»Also, hast du in meinem Zimmer nach Geschenken gesucht?«

»Nein.«

»Hast du doch! Wieso sagst du Nein?«

»Hab ich dir doch eben erklärt. Selbstschutz.«

»Mam!«, rief ich. »Schimpf mit ihr.«

Meine Mutter sah Flippi etwas leidend an. »Flippi, hast du Jojos Zimmer durchwühlt?«

Flippi wandte sich an unsere Mutter. »Ich hab nur kontrolliert, ob sie mir schon was zu Weihnachten gekauft hat.«

»Kontrolliert? Bist du die Geschenke-Polizei?«, rief ich erbost.

Flippi dachte nach. »Interessante Geschäftsidee. Aber wer

würde mich dafür bezahlen? Ich könnte Strafzettel ausstellen …«, überlegte sie weiter.

»Lass den Blödsinn. Was fällt dir ein, in meinem Zimmer herumzuschnüffeln?! Wieso tust du so etwas?«

»Ich tue es für dich«, stellte Flippi fest. Sie sah mich ernst an. »Ich denke da nur an dich, an dein Seelenheil.«

»Wie bitte?«

Flippi fuhr unbeirrt fort: »Wie wirst du dich fühlen, wenn es Heiligabend ist und du mir kein Geschenk überreichen kannst?!«

»Ich werde mich gut fühlen!«

»Besorg lieber was«, riet sie mir. »Dann fühlst du dich besser.«

Ich sah meine Mutter Hilfe suchend an. Aber sie meinte: »Flippi hat recht.«

Ich fiel aus allen Wolken.

Meine Mutter wandte sich an Flippi und fragte vorsichtig: »Du hast doch auch ein Geschenk für Jojo, oder?«

»Aber natürlich«, rief Flippi empört. »Ich würde nie eine Gelegenheit verstreichen lassen, um Jojo meine schwesterliche Verbundenheit auszudrücken.«

Meine Mutter sah mich mit einem Siehst-du-Blick an.

Ich verdrehte bloß die Augen.

Na ja, auf der anderen Seite, vielleicht sollte ich wirklich mal netter zu Flippi sein.

Wenigstens zu Weihnachten.

Das Telefon klingelte.

Als meine Mutter zurückkam, machte sie ein süßsaures Gesicht.

»Das war eben die Kostümabteilung vom Theater.« Meine Mutter arbeitet dort als Kostümbildnerin.

Flippi sah höchst interessiert auf.

Meine Mutter sah Flippi mit durchbohrendem Blick an und sagte sehr kühl zu ihr: »Sie lässt dir ausrichten, dass du vergessen hast, das Kostüm zurückzubringen, das du dir, angeblich auf meine dringende Bitte hin, für deine Schulaufführung ausgeliehen hast. Sie brauchen es für die Weihnachtsvorstellung morgen.«

»Okay«, meinte Flippi leichthin.

Der eisige Blick meiner Mutter ruhte nach wie vor auf ihr. »Wieso weiß ich nichts von dieser Schulaufführung?«

»Och, hab ich das nicht erwähnt?«

»Nein. Du hast es nicht erwähnt. Sicher deshalb, weil es keine Schulaufführung gab.«

»Na, dann ist das ja geklärt.«

»Nicht ganz. Ich denke, du schuldest Jojo auch noch eine Erklärung.«

Nun horchte ich auf. Wieso mir?

Flippi stand auf, nahm ihren Kakao und sagte: »Ich geh dann mal in mein Zimmer. Schönen Nachmittag noch.«

»Wieso schuldet sie mir eine Erklärung?«, erkundigte ich mich bei meiner Mutter, als wir alleine waren.

»Rate mal, was für ein Kostüm sie sich ausgeliehen hatte?«

»Keine Ahnung.«

»Ein Schneemannkostüm!«

CHANTAL SCHREIBER

Arwen on Ice

Dienstag

Seit Tagen hab ich das Barometer beobachtet und gebetet, dass es kalt bleibt und nicht zu schneien anfängt. Wenn es schneit, während der Teich gerade zufriert, wird das Eis nämlich scheußlich. Und wenn es schneit, nachdem er schon zugefroren ist, muss man mit den Kufen durch die bremsende Schneeschicht pflügen. Aber das Wetter hat gehalten – konstante Minusgrade seit über einer Woche, kaum Wind, kein Schnee. Das Eis müsste perfekt sein. Ich durchquere den Schlosspark im Schnellschritt und fange vor lauter Ungeduld in der letzten Biegung des Kiesweges sogar zu laufen an. Da liegt er vor mir, der Teich, überzogen von einer dunkelgrünen, spiegelglatten Eisfläche. Ich merke, wie sich ein Grinsen auf meinem Gesicht breitmacht: Idealbedingungen.

Nun ja, beinahe ideal. Ich hatte eigentlich gehofft, das Eis an einem Dienstagnachmittag mehr oder weniger für mich zu haben. Und die paar Mütter mit kleinen Kindern würden mich auch nicht stören. Aber die fünf Jungs dort drüben, die gerade wie die Nazgûl ausschwärmen und auf ihren klobigen Hockeyschuhen das Eis unsicher machen, die hätte ich nicht unbedingt gebraucht.

Der alte Mann, der den Kiosk betreibt, ist auch wieder da, wie jeden Winter. Er verkauft Tee und Glühwein, gebrannte

Mandeln und heiße Maroni und bläst amerikanische Weihnachtslieder durch den Lautsprecher. Schrecklich kitschig, aber irgendwie passt es hierher.

Ich ziehe meine weißen Lederschlittschuhe an und schnüre sie fest. Dann steige ich vom Steg vorsichtig aufs Eis. Die anderen sind alle über den Strand gegangen. Hier war noch keiner vor mir, unberührtes, dunkelgrünes Eis. Die ersten Meter will ich so richtig genießen. Ich spüre die glatte Fläche unter meinen Kufen und hole ganz tief Luft.

»Na, Angst vorm Hinfallen?«

»Brauchst du jemanden zum Festhalten?«

»Trainerstunde gefällig?«

Ich hab ja gewusst, dass die Nazgûl Ärger bedeuten. Aber ich will mir nicht meinen ersten Tag auf dem Eis verderben lassen und fahre einfach los, erst langsam, dann immer schneller. Die Jungs ignoriere ich. Übersteigen vorwärts und rückwärts. Ich fahre Achten und Kreise und als ich aufgewärmt bin, probiere ich eine Pirouette und ein paar einfache Sprünge. Aus dem Augenwinkel beobachte ich die Jungs und lache beinah laut raus. Sie starren mich an, als wäre ich ein Alien. Einer von ihnen hat tatsächlich den Mund offen stehen. Abgesehen davon ist er beinahe niedlich, mit seinen blauen Augen und den dunklen Haaren unter der grün-blau geringelten Mütze.

Mittwoch

Natürlich sind sie wieder da. Wär ja auch zu schön gewesen.

»Wo hast du dein rosa Röckchen gelassen, Eisprinzessin?«

»Lass mich dein Eisprinz sein!«

»Applaus für Miss Pirouette!«

Sie haben sich also neue Sprüche einfallen lassen. Wie überaus kreativ. Können sie mich nicht einfach in Ruhe lassen? Es gibt im ganzen Jahr höchstens acht bis zehn Tage, an denen das Eis so wunderschön ist. Warum müssen sie mir das versauen? Der mit der grün-blauen Mütze ist der lauteste von allen. Von wegen niedlich. Einmal schneidet er so knapp an mir vorbei, dass er mich fast aus dem Gleichgewicht bringt. Idiot. Ich werfe ihm einen bitterbösen Blick zu. Er zuckt entschuldigend mit den Schultern und beobachtet mich von etwas weiter weg. Soll er glotzen, so viel er will, Hauptsache, er hält die Klappe und lässt mich in Ruhe.

Freitag

»Hey, bist du von ›Holiday on Ice‹?«

»Kann ich ein Autogramm haben?«

»Oder eine Locke von deinem ebenholzfarbenen Haar?«

Das ist doppelt albern, weil ich nämlich gar keine Locken habe. Meine Haare sind zwar lang, aber völlig glatt. Das sieht man trotz Mütze. Aber egal. Einfach ignorieren. Das mit der Locke hat der Blauäugige gesagt. Er kann mit Abstand am besten eislaufen. Die anderen sind einfach nur schnell und wild. Er hingegen hat auch etwas Technik drauf. Entweder ein Naturtalent oder er hatte mal Unterricht. Schade eigentlich, dass er so bescheuert ist.

Samstag

Heute wird mein Nazgûl-Fanclub Augen machen. Ob die wohl genauso frech sind, wenn Lea dabei ist, meine Mom? Ich habe ihr natürlich von den Jungs erzählt und wir veranstalten extra für sie eine kleine Show. Walzertanzen. Pirouetten. Dann nehmen wir uns an den Händen, sodass unsere Oberkörper und Arme eine waagrechte Linie bilden, und springen abwechselnd, während wir uns im Kreis drehen, immer schneller und schneller.

»Vermehrt ihr euch durch Zellteilung?«

»Die Eisklone vom Schlossteich!«

»Deine Schwester hat ja auch kein rosa Röckchen!«

Natürlich. Das hab ich davon, dass Lea so jung aussieht. Kein Respekt. Aber sie lassen doch ein wenig mehr Abstand als sonst. Der mit der blau-grün geringelten Mütze sagt heute gar nichts und beobachtet nur.

»Gehört der auch dazu?«, fragt Lea, als wir ein bisschen verschnaufen und eine große Runde über den Teich drehen, unter der Brücke durch und an beiden Stegen vorbei.

»Der ist sonst der Schlimmste von allen«, erkläre ich. »Wahrscheinlich traut er sich nur heute nicht so, weil wir zu zweit sind.«

»Schade«, meint meine Mutter. »Er sieht irgendwie süß aus.«

»Die Nazgûl dienen alle dem dunklen Fürsten«, erwidere ich düster. »Einer wie der andere.«

»Dina, Süße«, lacht Lea. »Vielleicht solltest du mal Hanni und Nanni lesen, zur Abwechslung.« Sie wirft noch einen Blick auf das Grüppchen und lacht wieder. »Obwohl der Vergleich gar nicht schlecht ist. Gibt es ein Gesetz, das Jungs in deinem Alter verbietet, bunte Jacken zu tragen?« Sie hat recht. Alle tragen dunkelblaue oder schwarze Kapuzenjacken.

»Die dunkle Seite der Macht«, erkläre ich im selben Ton wie zuvor.

»Schluss mit *Herr der Ringe*«, seufzt sie. »Der legt sich aufs Gemüt.«

»Das war nicht *Herr der Ringe*«, erkläre ich ihr und verdrehe die Augen. »Das war *Star Wars*.«

Sonntag

Die Eisprinzessinnen-Sensation hat sich endlich abgenützt. Keine Kommentare heute. Blöderweise geht die super Eissaison auch dem Ende zu. Morgen kann ich nicht und für übermorgen haben sie Schnee angesagt. Mist.

Der Blau-Grün-Geringelte fährt echt ganz gut. Ich meine, so gut es eben geht mit Hockeyschuhen. Einmal treffen sich unsere Blicke. Total zufällig natürlich. Der soll sich bloß nichts einbilden! Ich meine, ich kann schließlich hinschauen, wo ich will, oder?

Dienstag

Die Nazgûl sind nicht da. Ich atme auf. Heute ist überhaupt sehr wenig los. Wahrscheinlich alle mit Weihnachtseinkäufen beschäftigt. Ich hab den Schlossteich fast für mich, nur da drüben tapsen ein paar kleine Kinder übers Eis. Der Kioskmann spielt »Walking in the Winter-Wonderland«. Es ist wirklich eigenartig, ohne meine dunkel gekleidete Begleittruppe. Ich stelle fest, dass ich sie auf irgendeine Art beinahe vermisse. Verrückt.

»Hey. Wie heißt du eigentlich?«

Ich fahre herum. Die blau-grüne Mütze. Ich war so in Gedanken, dass ich ihn gar nicht bemerkt habe. Mein Herz klopft etwas schneller, zugegeben. Aber ich bleibe ganz cool. »Wow«, sage ich. »Das ist ja jetzt eine Überraschung.«

»Was?«

»Dass du richtig sprechen kannst. Diese Wortspenden, die ihr sonst so absondert, deine Freunde und du, zählen nämlich nicht.«

Er wird rot. »Tut mir leid. Echt. Ich weiß, das war blöd, aber …«

»Aber?«

»Na ja, liest du keine *Bravo*? Wir Jungs haben nur sehr begrenzte Möglichkeiten, wenn wir Aufmerksamkeit erregen wollen.«

Ich muss lachen. »Soll das heißen, ich kann noch froh sein, dass du nicht wie ein Gorilla rumgehüpft bist und dir auf die Brust geschlagen hast?«

»Ganz genau.« Er grinst und ich muss sagen, es ist echt ein nettes Grinsen. Wenn er sich die letzten Tage nur nicht so bescheuert benommen hätte!

»Du warst von euch allen die größte Landplage.«

»Echt? Und was schließt du daraus?«

»Dass du ein Idiot bist?«

»Nein, dass ich ganz besonders deine Aufmerksamkeit erregen wollte.« Wenn er lacht, kriegt er ein Grübchen in der linken Wange. »Sagst du mir jetzt deinen Namen? Ich heiße Aaron.«

»Hmmm ...« Ich ziehe die Augenbrauen hoch und mustere ihn skeptisch.

Er legt den Kopf schief. »Bitte???«

Ich seufze. »Also gut. Ich heiße Dina. Zufrieden?«

»Dina.« Er klingt sogar sehr zufrieden, als er meinen Namen wiederholt. »Schöner Name. Obwohl ich dir schon einen anderen gegeben hatte.«

»Wie bitte?«

»Ich hab dich Arwen genannt. Du weißt schon, die ...«

»Die Elbenprinzessin aus *Herr der Ringe*. Ich weiß.«

Immerhin hat er einen guten Buchgeschmack. Ach nein. Vermutlich hat er nur die Filme gesehen.

»Das ist interessant«, antworte ich und versuche, wegen Arwen nicht geschmeichelt zu sein. »Ich habe euch nämlich die Nazgûl genannt.«

Er lacht auf. »Sehr schmeichelhaft. Aber ich schätze, wir haben's verdient.« Er weiß auf Anhieb, wer die Nazgûl sind. Vielleicht hat er's doch gelesen?

»Dina«, sagt er und ich bin mir nicht ganz sicher, ob er nur probeweise meinen Namen noch mal ausspricht, oder ob er etwas sagen will.

»Du hast ja ein Wahnsinnsgedächtnis«, bemerke ich also.

»Und du fährst sensationell gut Schlittschuh«, sagt er. »Hat's dir deine Mutter beigebracht?«

»Du meinst wohl meine Schwester?«, grinse ich, gebe ihm aber ein paar Punkte, weil er gecheckt hat, dass Lea nicht meine Schwester ist. »Ja, füge ich hinzu. Sie war mal Profi-Eistänzerin.«

»Und du? Willst du das später auch mal?«

»Sechsmal pro Woche knochenhart trainieren? Keine Zeit für Freunde und Familie? Dauernd der Erfolgsdruck? Nein, danke. Ich fahre, weil's mir Spaß macht. Und das soll auch so bleiben.«

Er denkt kurz nach, nickt. Seine Augen haben ein ungewöhnliches Blau. So dunkel. »Versteh ich«, sagt er. »Bringst du's mir bei?«

»Was?« Beinahe stolpere ich, so verblüfft bin ich bei der Frage.

»Ob du's mir beibringst. Zumindest ein paar Sachen. Rückwärts übersteigen. Walzer tanzen. Die einfachen Sprünge.«

»Das soll wohl ein Witz sein.«

»Ist keiner«, sagt er und klingt fast beleidigt.

»Das sagst du doch nur, weil deine Kumpels nicht da sind. Wenn sie zusehen, ist dir das sicher peinlich.« Ich mustere ihn prüfend. »Oder vielleicht habt ihr sogar gewettet, dass ich blöd genug bin, drauf einzusteigen. Nein, danke. Vergiss es.«

»Du bist ja verdammt misstrauisch.«

»Komisch. Wo du dich doch so bemüht hast, dir mein Vertrauen zu verdienen.«

»Du wirst schon sehen«, sagt er, wendet und fährt ohne ein weiteres Wort von mir weg. Spinner.

»Und außerdem geht das gar nicht mit Hockeyschuhen!«, rufe ich ihm noch nach.

Mittwoch

Mann, heute ist ja was los. Was, frage ich, wurde aus dem schönen Brauch des Last-Minute-Shoppens? Ich sehe mich suchend um. Ja, auch die Nazgûl sind wieder vollzählig da, inklusive Aaron. Natürlich kommt er heute nicht zu mir her und redet in ganzen Sätzen, so wie gestern. War ja klar. Ist ihm peinlich vor den Kumpels.

Obwohl, das ist vielleicht etwas vorschnell. Vielleicht hat er mich ja noch gar nicht gesehen? Ich fahre absichtlich nahe an der Gruppe vorbei. Einer seiner Freunde pfeift lang gezogen, ein anderer stupst Aaron an und zeigt auf mich. Er schaut mir genau in die Augen, grinst. Ich will schon die Hand heben und winken, da dreht er plötzlich um und fährt weg, Richtung Kiosk. Einfach so, ohne mich auch nur zu begrüßen.

Die Enttäuschung trifft mich unvermittelt, fühlt sich an wie ein Faustschlag in den Magen. Ich habe wirklich geglaubt – oder glauben wollen –, dass er das ernst gemeint hat, gestern. Verdammt, ich hab mir eingebildet … Jetzt steigen mir tatsächlich die Tränen in die Augen! Wegen dieses blöden Kerls, mit dem ich einmal geredet hab! Plötzlich bricht »Jingle Bells« ab und vollkommen andere Klänge tönen über die Eisfläche. Ein Sound, den ich sofort erkenne. »May it be« von Enya, aus der *Herr-der-Ringe*-Filmmusik.

Diese Nummer ist einfach magisch. Man merkt, wie die Leute einen Augenblick den Atem anhalten, die Stimmung auf dem Teich verändert sich, bekommt etwas Unwirkliches. Die nackten Bäume in der beginnenden Dämmerung, das dunkelgrüne Eis. Fast erwartet man, dass eine Gruppe von Elben aus dem Nichts auftaucht und über den Teich schwebt. Die meisten Leute sehen zum Kiosk hinüber, fragen sich, was es mit der Musik wohl auf sich hat. Ich sehe auch in die Richtung, aber alles ist noch leicht verschwommen. Mit einer Fleecehandschuh-Hand fahre ich mir über die Augen und kneif sie zusammen. Grade geht jemand wackelig – weil auf Kufen – vom Kiosk weg, auf den Teich zu. Nein, nicht irgendjemand. Das ist die grünblaue Mütze. Ich meine Aaron. Er zieht die Schoner aus und kommt aufs Eis. Er ist noch ziemlich weit weg, aber ich könnte schwören, dass er genau auf mich zufährt. Jedenfalls schaffe ich es nicht, woanders hinzuschauen oder gar wegzufahren. »May it be«. Hat er den Kioskmann gebeten, das zu spielen? Ich bin wie hypnotisiert von der Musik. Oder von den dunkelblauen Augen, die immer näher kommen. Irr ich mich oder trägt er heute …? Tatsächlich! Er hat nicht seine Hockeyschuhe an den Füßen, sondern schwarze Eiskunstlaufschuhe! Jetzt entdeckt er grade, wie super man mit den Zacken Schwung holen kann, er fährt schneller. Jetzt ist er nur mehr fünf Meter von mir entfernt. Vier. Drei. Was macht er jetzt? Plötzlich fährt er nicht mehr, sondern schlittert die letzten zwei Meter auf mich zu, auf einem Knie und einer Kufe, mit ausgebreiteten Armen wie ein Eistänzer. Er grinst triumphierend übers ganze Gesicht. Genau vor mir kommt er zum Stehen oder vielmehr: zum Knien. »Hallo, Dina-Arwen«, sagt er. Am Rande meines Gesichtsfeldes nehme ich die Nazgûl wahr. Sie prusten vor Lachen.

»Aaron, du Pfeife!«, grölt einer von ihnen.

Also, wenn man alles zusammenrechnet: seine Freunde, die sich über ihn lustig machen, die Musik, die Kunsteislaufschuhe, dann sieht das nicht mehr so aus, als wollte er bloß eine Wette gewinnen oder mich sonst wie verarschen.

»Ich schätze, du hast meine Aufmerksamkeit«, sage ich und spüre, wie ich rot werde. »Und die von noch mindestens fünfzig anderen Leuten.«

Er lacht. »Bringst du's mir nun bei?«

Ich nehme seine Hand, um ihn hochzuziehen, damit uns endlich nicht mehr alle anstarren. Aber als er aufstehen will, kommt er ins Rutschen und bringt mich auch aus dem Gleichgewicht. Unwillkürlich halten wir uns aneinander fest und stehen plötzlich da wie ein Liebespaar, eng umschlungen. Seine dunkelblauen Augen sind nur Zentimeter von meinen entfernt. Wir stehen jetzt beide wieder ganz fest und er könnte mich eigentlich loslassen, aber er tut es nicht. Es ist, als wären wir zwei ganz allein auf dem Eis. Eine Schneeflocke landet genau auf seiner Nasenspitze und wir sehen beide gleichzeitig nach oben. Da kommen noch mehr Flocken. Das Ende des spiegelglatten Eises. Aber das ist schon in Ordnung. Dafür ist es verdammt romantisch. Und morgen ist schließlich Weihnachten.

BRINX/KÖMMERLING

Anne und Mika

Anne findet Mika

Das Gute an mir ist: Ich habe ein Konzept. Immer, für alles und besonders für Weihnachten. Während alle anderen vor dem Heiligen Abend wochenlang jeden Tag in der Stadt rumrennen, sich gegenseitig auf die Füße treten, in langen Schlangen anstehen, um das Ergatterte zu bezahlen, und für nichts anderes mehr Zeit haben, sammle ich ganz in Ruhe meine Ideen, liege auf dem Sofa, eine weiche Wolldecke um mich geschlungen, ein Tässchen dampfenden Tee nebst Weihnachtsplätzchen auf dem Beistelltisch, und schreibe auf, wem ich was schenke.

CD von Polarkreis 18 für meinen Bruder Josch, Milchaufschäumkännchen aus Edelstahl für Mama, neuester Krimi von Frau George für Papa. Ein Rubbellos für meine Freundin Bille, weil sie unbedingt reich werden möchte, stahlblauer Lidschatten für Oma Ingrid, schenke ich ihr jedes Jahr, und ein Kreuzworträtselbuch XXL für die andere alte Dame plus die leckeren Champagnertrüffelpralinen. Und so weiter.

Irgendwann kurz vor Weihnachten habe ich alles zusammen. Dann sortiere ich die Liste nach dem Vorkommen der Waren im Kaufhaus Busch, von oben nach unten: CDs ganz oben, Kännchen bei Haushaltwaren im dritten, Rubbellos EG, Bücher UG, Pralinen auch.

Erst am 24. begebe ich mich aus der bequemen Lauerstellung ins Getöse. Ich mache alles an diesem einen Tag und habe ansonsten nichts mit all der Weihnachtshektik zu tun. Natürlich lasse ich mir einen gewissen Zeitpuffer, falls zum Beispiel die Champagnertrüffel aus sind und ich noch woanders hinmuss, aber bisher hat das immer wunderbar geklappt. Spätestens um eins, eine Stunde bevor das Kaufhaus Busch weihnachtlich schließt, habe ich alles zusammen und gehe entspannt dem Heiligen Abend entgegen.

So auch dieses Jahr. Im Kaufhaus Busch ist wie immer an diesem Tag die Hölle los. Die Leute laufen mit hektischen roten Flecken im Gesicht an dem großen Christbaum vorbei, Weihnachtslieder dudeln aus den Lautsprechern und keiner hat Augen oder Ohren für den Mann mit der roten Mütze, der mit einer großen Glocke das Fest ankündigt. Ich lasse mich nicht aus der Ruhe bringen, ich nicht, ich habe ein Konzept, quetsche mich damit in den proppenvollen Aufzug und fahre meiner ersten Anlaufstelle entgegen, der Musikabteilung ganz oben. Ich stehe zwischen einem sehr dicken Mann und einem Kinderwagen. Luft anhalten, das Baby hat eindeutig in die Hose gemacht. Der Aufzug hält im ersten Stock, obwohl keiner rein und keiner rauswill. Im zweiten. Ich schließe die Augen. Ruhig bleiben. Der Aufzug stockt, ächzt, fährt dann aber doch weiter und hält im dritten.

Ich mach die Augen wieder auf und schaue direkt in die zwei wasserblauen eines Jungen, der es tatsächlich schafft, sich noch neben mich in die Kabine zu zwängen, und mir bleibt nicht nur deswegen komplett die Luft weg. Der Typ sieht umwerfend aus, nicht nur die Augen, einfach alles. Er lächelt mich an und auf einmal ist es vollkommen egal, dass es nach Kinderkacke riecht und der dicke Mann ganz furchtbar schwitzt, ich würde nichts lieber tun, als noch stundenlang mit dem süßesten Jungen der Welt dicht gedrängt Aufzug zu fahren. Vierter Stock, Endstation. Wir steigen aus, er lächelt mich noch einmal an und geht dann Richtung Musikabteilung. Ich muss mich räuspern, um mich zu sammeln und wieder ins Konzept zu kommen, dann laufe ich ihm hinterher, gleiches Ziel, zum Glück, schnell!

Da stellt sich mir die Frau mit dem Baby, das mittlerweile nicht nur stinkt, sondern auch noch schreit, in den Weg.

»Entschuldige, könntest du Pupsi mal kurz halten?«

Wer traut sich da Nein zu sagen? Ich stehe mit dem kreischenden Pups auf dem Arm zwischen Aufzug und Musikabteilung, während Mutti ihre Wickeltasche durchforstet, und werfe dem süßesten Jungen der Welt verzweifelte Blicke hinterher – bitte hab sehr viel zu tun bei den CDs, bitte warte auf mich! Als Mutti mir das Baby endlich wieder abnimmt, habe ich den Sichtkontakt verloren, stürze wie von der Tarantel gestochen Richtung Blauauge und lasse mich jetzt auch nicht mehr von dem Dicken aus dem Aufzug aufhalten, der im Drehkreuz stecken geblieben ist und mindestens drei verzweifelte Angestellte beschäftigt. Ich drücke mich einfach unter ihm durch.

Auf der Suche nach der Polarkreis-CD finde ich auch den Zaubermann wieder und lasse ihn fortan nicht mehr aus den Augen. Immer wenn ich zu ihm hinschaue, schaut er zufällig gerade auch. Dann gucken wir beide schnell wieder weg.

Endlich entdecke ich die CD meines Vertrauens, eine einzige ist noch da, die letzte. Gerade als ich sie mir schnappen will, legt sich eine andere Hand darauf. Seine Hand.

»Erster!«, sagt er und zuckt mit den Schultern.

Ich schüttle den Kopf. »Auf keinen Fall. Die gehört mir,

sonst bin ich schon ganz am Anfang vollkommen aus dem Konzept.«

»Wie heißt du?«, will er wissen, als täte das in diesem Moment etwas zur Sache.

»Anne«, antworte ich trotzdem und schnappe mir die CD. »Und die ist für meinen Bruder!«

Der Typ mit den schönen Augen seufzt und schaut mich bittend an. »Anne, bitte, ich muss die haben. Mein Vater fährt noch heute Abend auf seine Bohrinsel zurück und da braucht er dieses Lied.« Er schnippt mit den Fingern und singt: »Allein, allein, allein, allein!«

Ich glaube ihm natürlich kein Wort, aber was der kann, kann ich schon lange. »Wie heißt du denn?«

»Mika«, sagt er und schnappt mir die CD aus der Hand, einfach so.

»Lieber Mika, wenn ich meinem kleinen Bruder diese CD heute Abend nicht schenke, wird er an seiner chronischen Bronchitis ersticken. Und das willst du doch nicht?« Mit diesen Worten hole ich mir die CD zurück. »Wie wär es denn für deinen Vater mit ›Eine Insel mit zwei Bergen‹?«

Mika schüttelt den Kopf. »Das passt nicht!«, raunt er mir ganz im Vertrauen zu. »Wenn ich dir kurz erklären darf, wie eine Bohrinsel aussieht?«

»Das weiß ich, danke. Aber wieso ist dein Vater ausgerechnet an Weihnachten dort? Familienväter bekommen in solchen Fällen doch frei, soweit ich mich an die Bohrinselregeln erinnern kann!« Ich bin wild entschlossen, ihn in die Enge zu treiben. Mir so einen Mist zu erzählen!

Mika seufzt und nickt leidend dazu. »Mein Vater kann einfach nicht Nein sagen. Und als sein Kollege, der eben keine Kinder hat, er heißt übrigens Karl und war eigentlich zum

Weihnachtsdienst eingeteilt, sich den Knöchel verstauchte, nur weil er mal wieder oben rumbalanciert ist, um übers Meer zu schauen …«

Da tippt mir plötzlich jemand auf die Schulter.

»Hey, Anne-Baby, auch noch letzte Weihnachtseinkäufe?«

Es ist der coole Bob aus meiner Klasse. In jedem anderen Fall wäre mir jetzt vor Aufregung das Herz in die Hose gerutscht, weil sich alle Mädchen auf der ganze Welt wünschen, von Bob mit Baby angesprochen zu werden. Aber in diesem speziellen Fall stört er und es regt mich auf, dass er einfach so mein Gespräch mit dem schönen Mika unterbricht.

»Erste und letzte, Bobbymausi!« Das muss ich unbedingt Bille erzählen, wie cool ich bin, denke ich noch, da dreht Mika sich seufzend um, sagt: »Okay, dann frohe Weihnachten«, überlässt mir die CD und verschwindet. Raus aus der Musikabteilung Richtung Rolltreppe, weg von mir. Ich schaue ihm nach, halte die CD in die Luft – hier nimm sie, aber bleib hier –, kriege aber keinen Ton raus außer: »Scheiße, jetzt ist er weg!«

Bob grinst mich an. »Scheiße sagt man nicht und schon gar nicht an Weihnachten!« Damit macht er sich vom Acker und ich stehe da mit meinem ersten Konzeptpunkt in der Hand, aber ohne Mika mit dem Bohrinselpapa.

Okay. Ich versuche mich wieder in den Griff zu kriegen, bezahle ordnungsgemäß und kontrolliere meine Liste. Nächste Station: Haushaltswaren, jetzt ganz ruhig bleiben, Anne. Ich renne zur Rolltreppe, nehme zwei Stufen auf einmal, schaue rechts und links, nicht auf der Suche nach dem ultimativen Milchkännchen, sondern nach Mika. Wenn ich den jetzt nicht wiederfinde, dann sehe ich ihn nie wieder. Und wenn ich ihn nie wiedersehe, dann sterbe ich. Verkümmere wie ein Weihnachtsstern ohne Wasser, ein Engel ohne Sternenstaub, das Christkind ohne Geschenke. Und wenn ich sterbe, dann habe ich ihn nie geküsst. Nicht ein einziges Mal. Ich rase durch den gesamten dritten Stock, schnappe mir dabei noch das erstbeste Milchkännchen, zahle, suche, aber finde nicht.

Zweiter, erster, EG, UG. Mika ist weg, dafür habe ich mein Konzeptpapier schneller abgearbeitet als je zuvor. Aber was nutzt es? Ich rase sämtliche Rolltreppen wieder hoch Richtung Musikabteilung. Möglicherweise ist ihm auch eingefallen, dass er mich da nicht einfach so stehen lassen kann. Mich, die Frau seiner Träume. Er hat mich doch angelächelt, da kann er doch nicht einfach gehen! Ich stocke in meinen Gedanken. Vielleicht hat er aber auch gedacht, Bob ist mein Freund, und deswegen – ganz Gentleman – das Feld geräumt. Immerhin hat dieser Idiot Baby zu mir gesagt! Noch vor zwei Stunden hätte ich beinahe alles dafür gegeben, wenn Bob mein Lover wäre, jetzt erscheint mir die Vorstellung, Mika vor Augen, mehr als mau und ich überlege mir alle möglichen Rachefeldzüge gegen Bob, weil er mein Leben zerstört hat. Einfach so und ohne wirklich etwas von mir zu wollen.

Die Musikabteilung ist leer, nein, natürlich nicht, sie ist vollgestopft mit Leuten, aber leer von Mika.

»4 … 7 … 9 bitte, 4 … 7 … 9 bitte 3 … 8 … 6!«, sagt eine Frauenstimme durch die Lautsprecher.

Was soll das heißen? Da habe ich plötzlich eine Idee!

Durchsage

Seit zwanzig Jahren arbeite ich im Kaufhaus Busch. Erst an der Kasse, dann bin ich aufgestiegen, vierter Stock, Ansagen machen. Außerdem überwache ich die Monitore und habe den gesamten Komplex im Blick, alles im Griff.

Seit zwanzig Jahren bin ich gerne hier, jeden Tag, außer sonntags und an Weihnachten. Das ist so eine Sache. Es ist wirklich der einzige Tag, an dem ich gerne die anderen wäre und nicht die Frau im vierten Stock, die Ansagen macht.

Ich schaue auf die Uhr. 12 Uhr 50, noch etwas mehr als eine Stunde, dann ab nach Hause, wo meine beiden Katerchen Jim und Bim schon auf mich und ihr besonderes Weihnachtsmenü warten. Jetzt wird nicht mehr viel passieren.

Ein Mädchen reißt meine Glastür auf, ohne zu klopfen. »Sie müssen mir helfen!«

Ich lehne mich zurück. So geht's ja nicht, so nicht! »Guten Tag, frohe Weihnachten und müssen muss ich gar nichts!«

Das Mädchen ist ziemlich aus dem Häuschen, ihre Wangen leuchten rot und sie redet auf jeden Fall schneller als normal. »Bitte, Entschuldigung, frohe Weihnachten, aber ich habe meinen kleinen Bruder verloren, in der Musikabteilung, bitte, könnten Sie ihn ausrufen?«

Natürlich kann ich das, dafür bin ich da und das Mädchen schreibt mir genau auf, was ich sagen soll.

»Anne sucht ihren kleinen Bruder Mika, den sie in der Musikabteilung verloren hat. Mika, bitte melde dich in der Kontrollstation, vierter Stock, deine Schwester wartet hier auf dich und du sollst nicht mehr böse sein, du kannst die CD haben und sie eurem Papa für die Bohrinsel überreichen!«

Mika findet Anne

Die Polarkreis-CD kann man überall kriegen. Gehe ich eben woanders hin, dachte ich, als der Blödmann das süßeste Mädchen der Welt Baby nannte. Also ab zu Musik-Reiter.

Hier liegt ein riesiger Stapel von *Allein, allein,* keiner reißt sich darum, vor allem keine zuckersüße Anne. Während ich an der Kasse in der Schlange stehe, fange ich ganz langsam an, mich grün und blau zu ärgern. Wie konnte ich einfach gehen? Immerhin war es doch möglich, dass der Typ überhaupt nicht Annes Freund war, sondern nur einer von den Idioten, die sich einbilden, alle Mädchen Baby nennen zu dürfen. Warum bin ich nicht einfach dageblieben und habe die Sache mit der chronischen Bronchitis ihres Bruders näher beleuchtet? Ich hätte mich noch stundenlang mit ihr unterhalten können! Immerhin stirbt man erstens nicht an chronischer Bronchitis und zweitens wenn, hält einen doch auch dieses kleine Lied nicht davon ab. Sie hat gelogen, so wie ich, und es wäre doch wirklich interessant gewesen, wer von uns beiden als Erster das Handtuch geschmissen hätte. Wir wären bestimmt eine Cola trinken gegangen oder hätten Schnick-Schnack-Schnuck um die CD gespielt, auf jeden Fall hätten wir Zeit miteinander verbracht und am Ende unsere Handynummern ausgetauscht, aber nein, ich renne einfach weg, eingeschüchtert von so einem aufgeblasenen Typen, der eh nicht zu Anne passt. Das hätte ich doch erkennen müssen, verdammt!

Vor mir will sich ein anderer Idiot sieben CDs als Geschenk einpacken lassen. Bis die Verkäuferin damit fertig ist, ist Weihnachten vorbei und ich werde Anne nie mehr wiedersehen, weil ich einfach gekniffen habe und die Rolltreppe runtergefahren bin.

»Kann ich vielleicht schnell vor?«, frage ich. »Ich hab's total eilig.«

»Wer nicht?«, meint der Typ und verdreht die Augen.

Ich wedle mit der CD und in meiner Verzweiflung fällt mir nur Anne ein. »Eine Freundin von mir braucht die ganz dringend für ihren Bruder. Der hat chronische Bronchitis und erstickt sonst.«

»Und meine Oma fährt im Hühnerstall Motorrad«, sagt der Typ, lässt mich aber trotzdem vor.

»Danke!«, seufze ich, zahle und renne los. Immerhin gibt es die geringe Chance, dass Anne noch irgendwo im Kaufhaus Busch zu finden ist. Vielleicht kauft sie alle Geschenke direkt am 24. Und nur da! Unwahrscheinlich (wer macht schon so was?), aber ich will nichts unversucht lassen und meinen Fehler schnell wiedergutmachen.

Als ich bei Busch ankomme, ist es Viertel vor zwei. Gleich werden sie schließen. So gleich, dass mich der Türsteher ziemlich grimmig anschaut und auf seine Armbanduhr klopft, als ich an ihm vorbeistürme.

»Liebe Kunden! Wir möchten Sie darauf aufmerksam machen, dass wir in fünfzehn Minuten schließen. Wir wünschen Ihnen ein gesegnetes Weihnachtsfest!«, verkündet eine freundliche Frauenstimme über die Lautsprecher.

Ja ja! Ich renne durch sämtliche Abteilungen, UG, EG, erster Stock, zweiter, dritter und schließlich vierter Stock, Musikabteilung. Das Kaufhaus ist deutlich leerer geworden und Anne ist nirgendwo zu finden. Natürlich nicht. Sie hat die CD gekauft und ist gegangen. Auf Nimmerwiedersehen. Die Frau an der Kasse fängt an, das Geld zu zählen, während die Ansagerin die restlichen Kunden endgültig bittet, Busch zu verlassen.

»Entschuldigen Sie, haben Sie ein Mädchen gesehen, die Haare bis zu den Schultern, blond und sehr schöne grüne Augen?«

Die Kassiererin schaut mich an, als hätte ich nicht alle Tassen im Schrank. »Davon habe ich heute ungefähr zweihundert gesehen!«

Kann nicht sein. Blöde Kuh. Davon gibt es nur die eine!

»Wir haben geschlossen!«, erinnert sie mich noch und da muss man schon taub und blind sein, wenn man das nicht bemerkt.

Dann grinst ihre Kollegin sie plötzlich an. »Vielleicht ist er ja dieser Mika, Frau Bärbaum!«

Ich reiße die Augen auf. Woher kennt die meinen Namen?

»Seit wann sieht der aus wie ein kleiner Bruder, Frau Schöffmann?«, kontert die Kassierin.

Mika? Kleiner Bruder? Ich schaue verwirrt von einer zur anderen. War Anne etwa hier? Hat sie nach mir gefragt?

»Ja, ja, der bin ich, dieser Mika«, sage ich aufgeregt.

Die Kollegin lächelt zufrieden die Kassiererin an. »Hab ich es doch gesagt.«

»Was denn genau?«, will ich jetzt endlich wissen.

»Na, deine Schwester hat dich gesucht. Sie hat dich sogar ausrufen lassen. Irgendwas wegen einer CD und Bohrinsel und so ein komisches Zeug.«

Mir fällt direkt mein Herz in die Hose. »Und jetzt? Wo finde ich sie … meine Schwester?«

Die Kassiererin zuckt mit den Schultern und deutet auf eine Glastüre. »Du solltest dich im Kontrollzentrum melden! Aber jetzt ist geschlossen!«

Ich winke ab und renne los, stürme ohne anzuklopfen durch die Glastür und bekomme einen ziemlich mürrischen Blick von einer dicken Frau, die sich gerade ihren Mantel überzieht. »Wir haben geschlossen!« Ich kann's nicht mehr hören. »Ich bin Mika. Ich sollte mich hier melden.«

Die dicke Frau runzelt die Stirn. »Du bist der kleine Bruder von Anne?«

»Äh, Bruder, ja.«

Sie schüttelt den Kopf. »Sie hat bis vor Kurzem hier auf dich gewartet. Aber jetzt ist sie weg. Wir haben geschlossen.«

Hmpf.

»Aber das stimmt doch alles nicht, oder? Du bist doch nicht Annes Bruder! Und die ganze Geschichte mit der Bohrinsel, glatt erfunden!«

Ich starre sie verzweifelt an. »Ist doch egal. Anne und ich sind ... also, wir haben uns gesehen und gefunden und wieder verloren. Das kann doch nicht sein, echt, das kann doch nicht so bleiben!«

Die dicke Frau schaut mich mitleidig an. »Du kannst dir ja gar nicht vorstellen, was alles sein kann, mein Junge! Wenn man nicht aufpasst, dann ist das Glück davon!« Sie beugt sich zu mir, legt mir tröstend die Hand auf die Schulter und lässt mich wissen: »Das Glück ist schneller als der Schall!«

Dazu fällt mir nichts anderes ein, als ihr frohe Weihnachten zu wünschen, dann trotte ich los Richtung Aufzug, in dem ich vorhin noch so nah an meinem Glück drangestanden habe. Gerade quetschen sich die letzten Kunden hinein und ich folge ihnen. Wenn ich Anne schon nicht wiedersehen soll, dann will ich wenigstens noch einmal in dem Aufzug fahren, in dem ich ihr das erste Mal begegnet bin. Die Leute schimpfen, weil ich mich noch reindränge, aber ich kann auch nichts dafür, dass dieser dicke Mann, der vorhin schon mitgefahren ist, auch wieder so viel Platz wegnimmt.

Der Aufzug fährt ächzend los und hält nirgendwo mehr, erst im Erdgeschoss wieder. Ich halte meine Augen geschlossen, denke an Anne und habe die ganze Zeit das Gefühl, als wäre sie ganz in meiner Nähe. Ist es möglich, dass ein Mädchen so besonders riecht, dass man das in der Nase behält? Und sollte es wirklich so sein, dann muss ich jetzt ein Leben lang mit diesem wunderbaren Geruch in der Nase leben und mich damit zufriedengeben. Kein anderes Mädchen wird mehr zu mir vordringen können, weil Annes Geruch für immer und ewig zwischen mir und der Frauenwelt stehen wird, wie eine unüberwindliche Mauer, wie die wunderschöne Rosenhecke um Dornröschens Schloss. Mir ist so etwas noch nie passiert. Ich habe noch nie ein Mädchen getroffen, das diesen Schnalz in meinem Kopf ausgelöst hat, zoing. Nur mit dieser plötzlichen Hirnleere kann ich mir mein Versagen auf ganzer Linie erklären. Sie hat auf mich gewartet. Sie hat mich gesucht. Und ich? Mist, wie kann man nur so bescheuert sein und das noch an Weihnachten!

Alle drängen aus dem Aufzug, nur ich bleibe wie versteinert stehen, will nicht gehen, nur noch ein bisschen Anne fühlen, mir einbilden … Da steht sie plötzlich. Wirklich, auf einmal ist sie da und zwar genau, als der dicke Mann sich ächzend und schwitzend an mir vorbeigeschoben hat. Sie war die ganze Zeit da, hinter ihm versteckt. Jetzt starrt sie mich fassungslos an und ich starre zurück.

»Mika! Wo warst du denn die ganze Zeit?«, flüstert sie, als alle weg sind, die Aufzugtür einfach von selber zugeht und die Kabine sich wieder ächzend in Bewegung setzt.

Ich kann nicht anders, grinse von einem Ohr zum anderen und schaue sie vollkommen verzückt an. »Das gibt's doch nicht. Du bist noch da!«

Sie grinst zurück und genau in diesem Moment ächzt der Aufzug noch einmal besonders laut, ruckt, zuckt und bleibt stehen. Nicht im UG, nicht im ersten, zweiten oder dritten, nein, mittendrin.

»Mist, was ist jetzt los?« Anne drückt hundertmal auf den Knopf, mit dem man normalerweise die Türen öffnen kann. Nichts passiert. Entweder ist er stecken geblieben oder der Letzte hat das Licht ausgemacht, den Strom abgestellt und das Kaufhaus verlassen. Weihnachten, Schluss, Ende, aus. Wir schauen uns an.

»Es gibt einen Notknopf, hier, da kann man die Firma Heintze, Aufzugsdienst, anbimmeln!« Ich zeige auf den roten Knopf ganz unten.

Anne nickt. »Wir sollten sie holen, immerhin ist Weihnachten!«

Ich nicke zurück, »Mach du!«, und bin vollkommen begeistert, weil sie nicht in hysterisches Kreischen ausbricht, grässliche Platzangst oder sonst irgendwas vortäuscht. Sie steht einfach nur da und grinst mich an.

»Ich habe Champagnertrüffelpralinen.«

»Nicht wahr! Meine Lieblingspralinen!« Seit heute!

Sie lässt sich an der Aufzugswand hinunter, bis sie sitzt, und wühlt in ihrer Tüte. »Wir könnten sie hier in das Milchkännchen füllen. Das ist stilvoller.« Sie reißt die Schachtel auf, stapelt die Pralinen in das Kännchen und stellt es vor sich auf den Boden.

Ich setze mich neben sie, ganz nah, so nah, wie ich mich eben traue, um sie zu riechen, zu fühlen, bei ihr zu sein. So ist das mit dem Glück, liebe dicke Frau, es ist schnell weg, aber eben auch schnell wieder da.

Plötzlich geht das Licht im Aufzug aus. Anne kichert. Ich

taste nach den Pralinen, finde ihre Hand, die gerade das Gleiche tut, und halte sie fest.

»Wo ist dein Mund?«, flüstert Anne und steckt mir eine Praline hinein. »Frohe Weihnachten!«

»Allein, allein, zu zwein, zu zwein!«, singe ich, lasse mir die Praline auf der Zunge zergehen und taste nach ihren Lippen.

»Und du? Hast du auch einen?« Ich finde sie und fühle genau nach, obwohl ich mich sehr gut an die Herzform erinnern kann.

»Meinst du, jetzt wird dein Bruder sterben?«, flüstere ich.

»Und dein Vater? Vereinsamen auf der Bohrinsel?«, flüstert sie zurück. Dann küssen wir uns und ich kann mir kein schöneres Weihnachten vorstellen.

IRENE ZIMMERMANN

Weihnachten mit Bürzlers

Dieses Jahr wird alles anders! Denn Bürzlers aus dem dritten Stock ziehen aus.

»Der Möbelwagen fährt gerade los«, berichtet Oma, die jeden Donnerstag bei uns zu Besuch ist. Sie zieht die Gardine ein Stück zur Seite, um besser sehen zu können. »Jetzt sind Bürzlers tatsächlich weg«, kichert sie, als sei sie sechzehn und nicht sechzig. »Da bin ich aber mal auf Weihnachten gespannt. Unser erstes Fest in diesem Haus ohne Bürzlers! Dass ich das noch erleben darf.«

Dazu muss man wissen, dass Frau Bürzler weihnachtsverrückt ist. Liegt vielleicht auch daran, dass sie am ersten Feiertag Geburtstag hat und ihr Mann am zweiten. Jedenfalls gibt es für Frau Bürzler – und für ihren Mann mindestens genauso – nur ein Thema: Wie macht man aus Weihnachten noch mehr, als es eigentlich schon ist – ein Mega-Mega-Event sozusagen! Und das Ergebnis war die ganzen Jahre über ein gnadenloser Wettbewerb bei uns im Haus.

Angefangen hatte es eher harmlos: Bürzlers hatten sich im Treppenhaus über die Höhe ihres Weihnachtsbaumes geäußert, was dazu führte, dass wir im folgenden Jahr eine Zwei-Meter-fünfzig-Tanne hatten, mit der wir prompt im Aufzug stecken blieben.

Am darauffolgenden Weihnachtsfest wurde bei uns dann

lichttechnisch aufgerüstet – was aber leider für Stunden die Stromversorgung im ganzen Haus lahmlegte und dazu führte, dass Papa im Dunkeln über die Krippe stolperte, sich das Bein brach und die Feiertage im Krankenhaus verbringen durfte.

Aber sosehr wir uns auch anstrengten, Bürzlers gingen immer als Sieger hervor. Zwar nadelte letztes Jahr ihr Baum als Erster (hurra!), doch dafür hatten sie es geschafft, an Heiligabend bis sechzehn Uhr den Kinderchor der Musikschule zu engagieren. Weihnachtslieder live in Bürzlers Wohnzimmer! Kein Wunder, dass wir anderen im Haus blass vor Neid wurden. Bürzlers hatten eindeutig die Nase vorn, was Weihnachten anging.

Kein Wunder also, dass an diesem Dezembertag, nachdem Bürzlers samt ihrem Umzugswagen verschwunden sind, meine Mutter aufatmet und sagt: »Endlich! Dieses Jahr feiern wir Weihnachten ganz schlicht. Wir besinnen uns wieder auf das Wesentliche. Und befreien uns von dem ganzen überflüssigen Weihnachtsglitzerkram.«

Und das Wesentliche ist, so stellt sich recht schnell heraus, dass es bei uns in der Wohnung kein bisschen weihnachtlich zugeht. Meine kleine Schwester Karla motzt zwar ein paarmal herum, von wegen alle in ihrer Klasse hätten zumindest einen Weihnachtsbaum und was daran so schlimm sei, aber meine Eltern bleiben hart: »Wie gesagt, wir besinnen uns wieder auf das Wesentliche!«

Dabei bleibt es auch, obwohl kurz vor Weihnachten Frau Wagenbach-Bürzler, eine geschiedene Schwester von Herrn Bürzler, mit ihren beiden Kindern in die Wohnung im dritten Stock einzieht. Meine Mutter hat in vorsichtigen Gesprächen im Hausflur herausbekommen, dass Frau Wagenbach-

Bürzler glücklicherweise, im Gegensatz zu ihrer Schwägerin, von Weihnachtsrummel gar nichts hält.

»Ach, ist das herrlich!«, freut sich meine Mutter am Mittag des Vierundzwanzigsten und streckt sich auf dem Sofa aus. »Herrlich! Das ist mal ein Heiligabend völlig ohne Weihnachtsstress. Wisst ihr noch, wie Papa letztes Jahr um diese Zeit nochmals losmusste, weil irgendwer unsere Nordmanntanne aus dem Keller geklaut hatte? Mit dem Baum hätten wir es Bürzlers aber gezeigt!«

Leider versteht Karla nur Baum und plärrt sofort los. »Und wo legt das Christkind heute Abend die Geschenke hin?«, will sie mit Tränen in den Augen wissen. »Wenn wir doch keinen Baum haben.«

Svenja, meine ungeheuer sensible ältere Schwester, feixt: »Hach, Karla, dieses Jahr kommt das Christkind wahrscheinlich nicht. Geschenke kannst du dir also abschminken. Wir beschränken uns nämlich auf das Wesentliche. Das hat Mama jetzt oft genug erklärt und …«

Der Rest geht unter in Karlas Geschrei, Mamas Schimpfen und Papas genervtem »Das ist ja schlimmer als der Bürzler'sche Weihnachtsstress«. Ich verabschiede mich stillschweigend in mein Zimmer. Bis zur Bescherung um sechs wird sich meine Familie hoffentlich wieder beruhigt haben.

Eher zufällig geht mein Blick aus dem Fenster. Und was sehe ich? Ole Wagenbach, der ältere der beiden Wagenbach-Brüder, kämpft sich mit seinem Fahrrad mit Anhänger durch das dichte Schneetreiben. Ich schiebe die Gardine ein bisschen zur Seite. Aha, Ole transportiert einen Weihnachtsbaum. Zwar nicht im Mindesten vergleichbar mit dem Superexemplar, das Bürzlers angeschleppt hätten, aber immerhin. Ich spüre, wie es mir einen leichten Stich gibt. So ganz ohne Baum Weihnachten zu feiern ist doch ziemlich ungewohnt.

Ich werfe nochmals einen kurzen Blick nach unten – und genau in diesem Moment schaut Ole hoch. Ich bin ziemlich sicher, dass er mich am Fenster entdeckt hat; ich habe sogar den Eindruck, dass er verstohlen grinst. Womöglich bildet er sich jetzt ein, dass ich ihn beobachten würde. So ein Schwachsinn. Also bloß weg vom Fenster!, ist mein einziger Gedanke, das hier ist ja so was von oberpeinlich. Und wie gerufen klingelt in diesem Moment das Telefon in der Diele.

»Sarah Habermann!«, melde ich mich und im nächsten Moment fällt mir auch schon fast der Hörer aus der Hand. Denn Frau Bürzler ist am Apparat, in allerbester Stimmung, und sie muss mir dringend etwas sehr Erfreuliches mitteilen.

»Das ist nicht wahr!«, ruft meine Mutter entsetzt, als ich mit der Katastrophenmeldung ins Wohnzimmer komme. »Sarah, das ist nicht dein Ernst! Sag sofort, dass du dir das ausgedacht hast!«

Ich schüttle nur den Kopf. So etwas Entsetzliches kann man sich nicht ausdenken.

»Und was machen wir jetzt?«, fragt Svenja schockiert.

»Ja, was machen wir jetzt?«, echot Oma.

Gute Frage! Es ist Heiligabend, alle Geschäfte sind bereits seit einer halben Stunde geschlossen, wir haben unsere gesamte Weihnachtsausrüstung auf dem Flohmarkt verkauft – und in einer Stunde werden Bürzlers anrücken, mit Kokosmakronen, Lebkuchen und Stollen, natürlich alles selber gemacht. Mit vielsagendem Gesichtsausdruck werden sie sich in unserem ganz und gar unweihnachtlichen Wohnzimmer umsehen. Und danach natürlich sofort den Maltekrons im zweiten Stock davon berichten, den Ewingers im Erdgeschoss, den …

»Diese Blamage«, jammert Oma in ihrem Schaukelstuhl und wippt aufgeregt hin und her. »Es gibt nur eine Lösung: Wir tun so, als ob wir nicht da sind. Licht aus, Rollläden runter, Türen verrammeln, Maschinengewehr in Stellung bringen!«

»Mama, du liest zu viele Krimis«, sagt meine Mutter. Sie ist aufgestanden und tippt Papa auf die Schulter. »Komm! Wir müssen schauen, ob wir irgendwie auf die Schnelle noch einen Baum organisieren.«

»Aber die Geschäfte haben schon alle geschlossen. Und in den Wald wie letztes Jahr kriegst du mich nicht noch mal.«

Der Protest meines Vaters ist zwecklos. Er murmelt zwar noch: »Ich dachte, wir wollten uns auf das Wesentliche besinnen«, doch da greift meine Mutter schon nach dem Autoschlüssel und geht zur Wohnungstür. Schulterzuckend marschiert er hinterher, während Oma immer noch kopfschüttelnd dasitzt und murmelt: »Dass ich das noch erleben muss!«

»Ich verzieh mich mal. Auf Bürzlers bin ich ehrlich gesagt nicht so wild«, murmelt Svenja und verschwindet mit einer Familienpackung Schokoladenherzen – eines der wenigen Zugeständnisse an dieses Fest – in ihrem Zimmer, gefolgt von Karla, die nur Augen für die Süßigkeiten hat.

»Oh, oh, oh«, seufzt Oma. »Da können wir nur hoffen, dass der Förster deine Eltern nicht erwischt. Vielleicht läuft ihnen ja auch ein Baum über den Weg. Wobei der dann normalerweise nicht geschmückt ist.« Sie schaut auf die Uhr. »Was? Schon so spät! Weißt du was? Vielleicht sollte ich jetzt lieber nach Hause gehen.«

»Oma, du wirst doch nicht kneifen?«

»Nein, natürlich nicht. Na gut, dann schau ich mal bei Svenja vorbei und entreiße ihr die Schokoherzen, vielleicht kann ich sie ja noch vermehren.«

Ich starre sie an. Ist Oma vor Schreck vielleicht verrückt geworden? Aber sie grinst nur und meint: »Wenn ich hinter die Herzen einen großen Spiegel stelle, sieht es eindeutig nach mehr aus. Und eine Kerze finden wir in diesem Haushalt bestimmt auch noch.«

»Großartig!«, rufe ich. »Dann wird unser Wohnzimmer bestimmt sehr weihnachtlich aussehen.«

Oma macht ein Siegeszeichen und verschwindet in Svenjas Zimmer. Ich lehne mich auf die Fensterbank und schaue in das Schneetreiben. Da fällt mir Ole ein. Wozu brauchen Wagenbachs eigentlich einen Baum? Bestimmt nicht, um damit Bürzlers zu beeindrucken, denn mit denen hat Frau Wagenbach-Bürzler ziemlichen Ärger (wegen einer Erbschaft, behauptet Oma, die das angeblich aus erster Hand weiß). Das bedeutet nichts anderes, als dass Bürzlers ganz bestimmt nicht Wagenbachs besuchen und folglich im dritten Stock ein Weihnachtsbaum völlig umsonst herumsteht!

Sekunden später renne ich die Treppe hoch und klingle Sturm. Ole Wagenbach macht auf. »Oh, hallo«, sagt er überrascht und klingt sogar ein bisschen erfreut, soweit ich das auf die Schnelle beurteilen kann. »Schöne Weihnachten.«

»Ja, auch schöne Weihnachten«, gebe ich zurück und spähe an ihm vorbei in die Wohnung. Die Tür zum Wohnzimmer steht weit offen. Wow! Was ich dort sehe, ist einfach mega. Und genau das, was ich brauche.

»Wahnsinn, euer Baum«, sage ich anerkennend. »Das ist ja ein Superexemplar! Und wenn der erst geschmückt ist …« Dabei werfe ich Ole einen Blick zu, den ich Svenja abgeschaut habe und mit dem sie angeblich alle Jungs völlig willenlos macht. Und er scheint zu funktionieren, denn Ole weiß plötzlich überhaupt nicht mehr, wo er hingucken soll, und kriegt außerdem einen knallroten Kopf. Doch bei der Frage, die ich dann stelle, wird er blass. »Sag mal, könntest du mir den Baum kurz ausleihen?«

»Pech auf der ganzen Linie«, flüstert meine Mutter mir zu, als sie und Papa eine halbe Stunde später nach Hause kommen. Ohne Baum, aber dafür mit Bürzlers im Schlepptau, denen sie gerade vor dem Haus über den Weg gelaufen sind.

»Schöhöhöne Weihnacht überall«, trällert Frau Bürzler und will zielstrebig Richtung Wohnzimmer gehen, da stellt sich Papa breitbeinig in den Weg. »Tut mir wirklich sehr leid, aber das geht jetzt auf keinen Fall! Unser Weihnachtszimmer ist noch nicht geöffnet. Sie wissen doch: für die Öffentlichkeit erst nach der Bescherung!«

»Jahaha«, lacht Frau Bürzler und macht ihrem Mann Zeichen, dass er den Teller mit Weihnachtsgebäck irgendwo abstellen soll. »Lieber Herr Habermann, aber das gilt doch nicht für uns. Wo wir doch schon so lange Weihnachten zusammen feiern. Wir müssen unbedingt einen klitzekleinen Blick darauf werfen, was Sie sich dieses Jahr wieder haben einfallen lassen.« Sie stößt ihren Mann in die Seite. »Nicht wahr, Herbert, wir erinnern uns da immer noch sehr gern an das riesige Vierer-Rentiergespann. Wie das hier in diesem kleinen Wohnzimmer aufgebaut war, eine Meisterleistung!«

Und Herr Bürzler fügt hinzu: »Und dann sind wir natürlich schon sehr auf Ihren sagenhaften Kartoffelsalat gespannt!«

»Ja, Kartoffelsalat«, murmelt Mama. Dann holt sie tief Luft. »Liebe Frau Bürzler, lieber Herr Bürzler. Wir haben beschlossen, dieses Jahr einmal ganz anders Weihnachten zu feiern. Wir haben beschlossen, uns auf das Wesentliche zu beschränken. Deshalb ...« Ein Blick zu Papa, er nickt und sie fährt entschlossen fort. »Deshalb haben wir uns dieses Jahr ...«

»... auf den Weihnachtsbaum beschränkt!«, rufe ich dazwischen und stoße die Wohnzimmertür auf.

»Mein Kompliment!«, bringt Frau Bürzler gerade noch heraus. Sie wankt zum Sofa, während Oma in ihrem Schaukelstuhl wie ein Honigkuchenpferd strahlt.

Es dauert eine Weile, bis Frau Bürzler sich wieder gefasst hat. Sie räuspert sich und sagt: »Ich muss zugeben, so einen herrlichen Weihnachtsbaum habe ich noch nie gesehen. Und wenn ich das sage, ist das auch so. Das können Sie mir glauben. Ich bin schließlich Expertin!«

Ich kann ihre Reaktion verstehen, denn der Baum in unserem Wohnzimmer ist wirklich wunderwunderschön. Über und über haben Ole und ich ihn mit roten Äpfelchen, goldenen Sternen, duftenden Bienenwachskerzen, silbernen Lamettafäden und dazwischen feingesponnenem Engelshaar geschmückt. Und ganz am Schluss hat Ole sogar im Keller nach dem gläsernen Engel mit der Posaune gesucht. Den hat er dann an der Baumspitze befestigt, und als unser Meisterwerk fertig war, musste ich Ole einfach einen Kuss geben.

Weil es viel zu mühsam wäre, den Baum nach Bürzlers Besuch wieder abzuräumen und zurück zu Wagenbachs in die Wohnung zu schleppen, feiern Ole, sein Bruder und seine Mutter kurzerhand mit uns zusammen Weihnachten. Was eine prima Sache ist, denn erstens ist es jetzt wahnsinnig weihnachtlich bei uns und zweitens ist es auch ganz schön prickelnd, so dicht neben Ole auf dem Sofa zu sitzen und seine Hand zu halten.

MARTINA SAHLER

Glücksnuss und Glitzerflocken

Normalerweise passieren in unserem Jugendhotel Villa Wildsee keine schrecklichen Sachen. Es gibt lustige und romantische, spannende und manchmal abenteuerliche Ereignisse, aber schreckliche? Nein, ich kann mich nicht erinnern. Bis auf dieses eine Mal.

Es war im letzten Winter, als Vanessa noch solo war und nicht ahnte, dass sie sich in wenigen Monaten in Tobi verknallen würde. Damals war sie noch voll auf dem Trip, so viele Jungen wie möglich kennenzulernen und mit möglichst vielen auch herumzuknutschen, um Erfahrungen zu sammeln.

Zugegeben, manchmal hat sie solche Anwandlungen auch heute noch. Wenn mit Tobi mal Schluss sein sollte, fürchte ich, dass sie wieder zu ihrem alten Wesen zurückfinden wird.

Im letzten Dezember hatte sie sich in einen Typen aus unserer Schule verguckt. Leon besuchte die Oberstufe. Er sah klasse aus, wie alle Jungen, in die sich Vanessa verliebt.

Besonderen Mut machte ihr, als sie im Internet eine Glücksnuss öffnete und den Hinweis erhielt: »Eine traumhafte Begegnung steht dir bevor!«

Vanessa glaubt fest an solche Dinge, vor allem, wenn sie so positiv sind. Sie liest auch immer ihr Horoskop und achtet darauf, welche Sternzeichen zusammenpassen und so. Auf jeden Fall fand sie, dass sie nach dieser Glücksnuss keine Zeit mehr verschwenden sollte. Ihre »traumhafte Begegnung« sollte Leon sein.

Wiebke und ich beobachteten, wie sie in der großen Pause zu der Gruppe von Oberstufenschülern ging, die vor dem Schultor zusammenstand. Eine Rauchwolke schwebte über denen. Auf dem Schulgelände dürfen die älteren Schüler nicht rauchen, deswegen überqueren sie in der Pause die Straße und paffen auf der gegenüberliegenden Seite. Wir aus der Mittelstufe dürfen eigentlich das Schulgelände nicht verlassen, aber das war Vanessa in diesem Moment piepegal.

Wiebke und ich blieben auf der Treppe zum Schuleingang sitzen und beobachteten, wie unsere Freundin mit wiegendem Gang wie ein Topmodel auf die Jungen zuschlenderte.

»Mann, so selbstbewusst möchte ich auch einmal im Leben sein«, flüsterte Wiebke mir ins Ohr, während wir Vanessa zusahen.

Ich nickte, aber ich war mir nicht sicher, ob ich tatsächlich so sein wollte wie Vanessa. Irgendwie fand ich es – Glücksnuss hin oder her – auch peinlich, dass sie so einfach auf die Elftklässler zuging, als gehöre sie dazu.

Als Vanessa zurückkam, waren ihre Wangen rosa. Sie ging auch nicht mehr ganz so lässig langsam wie auf dem Hinweg, sondern war jetzt doch eilig unterwegs, um wieder im sicheren Kreis unserer Mädelsgang zu sein.

»Na, wie war's? Was hat er gesagt?«, erkundigte ich mich sofort, brennend vor Neugier.

Vanessa zuckte nur mit den Schultern und machte eine überhebliche Miene. »Was soll er schon gesagt haben? Riesig gefreut hat er sich über meine Einladung.«

»Wozu hast du ihn nun genau eingeladen?«, hakte Wiebke nach.

»Na, zum Schlittschuhlaufen natürlich. Das wollten wir heute doch sowieso machen, oder? Kommt ja selten genug vor, dass der Wildsee zufriert. Das sollten wir ausnutzen. Und wenn Leon dann neben mir läuft und ich komme rein zufällig ins Stolpern …« Träumerisch richtete sie den Blick in den Himmel, an dem sich Schneewolken zusammenballten. »… Dann wird er mich mit seinen starken Armen auffangen, wir werden uns tief in die Augen schauen und der Moment wird für die Ewigkeit sein, bis sich unsere Lippen endlich zum ersten Kuss finden!«

Wiebke und ich stießen einen genervten Laut aus und kicherten dann. Jetzt knallte sie noch völlig durch, unsere Freundin. »Du liest die falschen Romane, Hasi«, sagte ich. »So etwas passiert im richtigen Leben nicht.«

»Vielleicht solltest du noch eine weitere Glücksnuss öffnen?«, schlug Wiebke vor. »Vielleicht bringt dich die nächste Botschaft auf den Teppich?«

»Jetzt seid mal nicht so negativ«, erwiderte Vanessa, stimmte aber in unser Kichern ein. »Ihr werdet schon sehen!«

»Außerdem … Opa hat den See noch nicht zum Schlittschuhlaufen freigegeben«, erinnerte ich sie. »Er ist nicht sicher, ob das Eis dick genug ist, um uns zu tragen.«

Vanessa machte eine wegwerfende Handbewegung. »Ach, hör doch auf. Wenn es nach deinem Opa geht, müssten wir auf die nächste Eiszeit warten, bis wir endlich auf den See dürfen. Seit einer Woche haben wir nachts Temperaturen unter dem Gefrierpunkt. Das dürfte doch wohl reichen, oder?«

»Aber tagsüber hat es manchmal wieder getaut«, wagte Wiebke einzuwenden.

»Das ist doch normal! Das ändert aber nichts an der Eisstärke«, behauptete Vanessa und bekam hektische Flecken am Hals.

Ich sah meiner Freundin deutlich an, wie schrecklich es für sie wäre, wenn sie ihr Date abblasen oder noch einmal zu den Jungen müsste, und nur deswegen, weil möglicherweise der Boden, auf dem wir uns bewegen würden, sich auftun könnte. Nun ja.

»Ich rede noch mal mit Opa«, versprach ich ihr.

»Das wirst du schön bleiben lassen!«, schrie Vanessa. »Was, wenn der alte Brummbär aus Übervorsicht ablehnt? Nein, nein, vertraut mir, Mädels. Ich gehe auch als Erste aufs Eis und teste, ob es irgendwo knackt.«

Wiebke und ich wechselten einen Blick. Schließlich zuckte ich mit den Schultern. »Okay, sagen wir es keinem, aber wir müssen auf jeden Fall vorsichtig sein.«

»Wen wollen wir noch einladen?«, erkundigte sich Wiebke.

»Keinen!«, entschied Vanessa. »Es reicht doch voll, wenn wir drei da sind und Leon. Ihr beide könnt Hand in Hand fahren, und ich nehme den, der übrig bleibt.« Wieder lachten wir alle drei, aber ich nahm mir vor, trotzdem zumindest Philipp Bescheid zu geben. Vielleicht konnte er sich ein Stündchen freinehmen, obwohl in der Weihnachtszeit so viel in der Bäckerei seines Vaters zu tun war, so viele Lebkuchen, Plätzchen und Früchtekuchen mussten gebacken werden, dass es eher unwahrscheinlich war, dass er zu Besuch kommen konnte.

Am Nachmittag schlenderten wir zu dritt aus der Villa Wildsee zum See. Philipp hatte ich angerufen, aber er hatte traurig abgesagt. Keine Zeit.

Normalerweise hätten wir uns unsere Schlittschuhe über

die Schultern gehängt, aber Vanessa entschied, dass wir sie diesmal in Sporttaschen packten.

Sie nannte keinen Grund, aber ich konnte mir denken, was ihr durch den Kopf ging: Sie befürchtete, dass wir einem der Erwachsenen über den Weg laufen würden. Natürlich hätten sie sofort das Thema auf die Schlittschuhe gebracht. Für Vanessa war klar: Wir fragten nicht um Erlaubnis, damit uns niemand etwas verbieten konnte. Also taten wir in ihrer Logik nichts Verbotenes, wenn wir unsere Runden auf dem See drehten. Ich hatte trotzdem ein mulmiges Gefühl und rechnete mit dem Schlimmsten, wenn uns jemand erwischte.

Ich hatte mir meinen langen Pullover mit dem Norwegermuster über die Jeans gezogen, einen glitzergrünen Fransenschal um den Hals gewunden, eine passende Mütze mit Ohrenklappen und warme Handschuhe dazu.

Abgesehen davon, dass mein Vater, meine Stiefmutter oder mein Opa mit Sicherheit etwas dagegen hätten, freute ich mich tierisch auf die Runden auf dem Eis! Ich liebte nämlich die Bewegung an der frischen Luft, und zum Schlittschuhlaufen hatten wir wirklich selten genug Gelegenheit.

Wiebke war ähnlich dick eingemummelt wie ich. Nur Vanessa tanzte selbstverständlich aus der Reihe. Über ihre hautenge Jeans trug sie einen knallengen rosa Pulli mit tiefem Ausschnitt und darüber nur eine knapp bis unter die Brust reichende süße Lederjacke. Zugegeben, das sah mal wieder megachic aus, zumindest so lange, bis sie sich den Popo abfror, ihre Nase vor Kälte rot anlief, ihre Augen im frischen Wind tränten und die Wimperntusche verlief.

Wer schön sein will, muss leiden, hat meine Mama früher immer gesagt, wenn sie mir die langen Haare kämmte und es überall ziepte. Blöderweise fiel mir genau in diesem Moment, als ich meine topgestylte Freundin sah, dieser Spruch ein. Aber ich behielt ihn für mich – man will in solchen Dingen nicht so spießig werden wie die eigene Mutter, oder?

Wiebke und ich verkniffen uns jeden Kommentar. Es hatte sowieso keinen Sinn. Vanessa tat stets, was ihr gefiel, und richtete sich niemals nach anderen, auch wenn die eindeutig die besseren Argumente brachten.

Wir – beziehungsweise Vanessa – hatten Glück: Kein Mensch begegnete uns auf unserem Weg zum Seeufer.

Mein Opa backte mit dem Mini-Koch in der Küche die köstlichsten Weihnachtsplätzchen, wie ich am Duft erkennen konnte. Die beiden waren wirklich Weltklasse in der Weihnachtszeit. Und wenn sie richtig gut drauf waren, kochten sie dazu auch noch Kakao mit echter geschmolzener Schokolade.

Papa und seine Lebensgefährtin Angela waren offenbar gemeinsam in die Kreisstadt gefahren, denn der Landrover stand nicht auf seinem Parkplatz.

Mein älterer Stiefbruder Ludger besuchte ein Yoga-Seminar in Stralsund, und der jüngere, Valentin, klebte garantiert wieder mit der Nasenspitze am Monitor bei einem seiner Ego-Shooter- oder Strategie-Spiele. Valentin ist ein waschechter Nerd, den man nur unter Androhung von körperlicher Gewalt ins Freie bekommt. Nicht, dass sich einer die Mühe machen würde, ihn zu zwingen. Also ich für meinen Teil kann grundsätzlich hervorragend auf Valentins Gesellschaft verzichten.

Ein ungutes Gefühl beschlich mich, als wir den Weg zum See hinabstiefelten. Der Schnee unter meinen Füßen war längst nicht so verharscht wie noch vor zwei Tagen. Er fühlte sich matschig an, und die Luft kribbelte auch nicht vor Kälte, wenn ich einatmete. Ob es überhaupt unter null Grad kalt war?

Als spiegelglatte Fläche lag der herrliche See vor uns. An den Seiten ragte das Schilf zwischen dem Eis hervor, unbeweglich und erstarrt in dieser Jahreszeit.

Wohin sich wohl die Enten und Frösche verdrückt hatten, die sich hier in den wärmeren Monaten vergnügten?

Die Sonne blinzelte hinter einer der dicken grauen Wolken hervor und ließ das Eis und die Flocken in den Wipfeln und auf den Ästen glitzern.

Vanessa warf ihre Sporttasche zu Boden und breitete die Arme aus. »Na, was wollt ihr mehr? Das perfekte Timing für drei Eisprinzessinnen und einen Prinzen!«

»Hallo?«, meinte Wiebke. »Für mich gibt's nur einen Prinzen, und der wohnt in Köln.«

»Und Prinz Philipp schiebt gerade die nächste Fuhre Lebkuchen in den Ofen!«, erklärte ich grinsend.

Vanessa lachte. »Keine Einwände.« Sie drehte sich um. »Wo bleibt er bloß?«

Auch Wiebke und ich wandten die Köpfe.

Die Villa Wildsee lag da wie verlassen.

Kein Prinz auf dem Fahrrad, kein Prinz als einsamer Spaziergänger von der Bushaltestelle kommend.

»Welche Uhrzeit habt ihr ausgemacht?«, erkundigte sich Wiebke.

»Punkt drei.«

»Na, prima«, erklärte ich mit einem Blick auf mein Handy. »Jetzt ist es acht Minuten nach.«

»Vielleicht ist die Busverbindung ungünstig«, überlegte Vanessa. »Bestimmt ist sie das!«

Wiebke und ich wechselten einen Blick. Bei einer ungünstigen Busverbindung wäre einer, der ernsthaft an Vanessa interessiert ist, doch lieber zwei Stunden zu früh aufgekreuzt als acht Minuten zu spät, oder? Ich wusste, dass Wiebke das Gleiche dachte wie ich.

»Nun, dann haben wir wenigstens noch Zeit, das Eis zu überprüfen«, meinte ich.

»Ich mach's«, erklärte Wiebke sofort.

»Nein, ich«, erwiderte ich. »Ich bin schließlich die Juniorchefin hier. Das ist mein Job, oder?«

Keine widersprach mir, als ich den ersten Fuß zögerlich auf die Eisdecke setzte, dann den zweiten nachzog. Wenige Zentimeter vom Rand entfernt stand ich auf dem gefrorenen See und hüpfte ein bisschen auf der Stelle. Es bewegte sich null Millimeter. Trotzdem schlug mein Herz bis zum Hals. Auf ein unfreiwilliges Bad in der Eisbrühe konnte ich gut verzichten.

»Bombenfest, würde ich sagen«, erklärte ich mit einem Blick über die Schulter zu meinen Freundinnen.

Ich ging ein paar Schritte weiter hinaus, testete jedes Mal mit federnden Bewegungen, ob irgendwo was knackte, aber nichts geschah. Die Eisdecke schien wirklich sicher zu sein.

Doch dann, als ich weitere zehn Schritte gegangen war und mich in Richtung des linken Ufers bewegte, wo das Schilf wuchs, hörte ich ein Knacken. Ganz deutlich! Nicht direkt unter mir, aber dahinten, bei den vielen Pflanzen.

So schnell ich konnte, rannte ich ans sichere Ufer zurück. Mein Pulsschlag war mindestens auf 180.

»Nee, Mädels, das funktioniert nicht. Hier und in der Mitte scheint der See fest zu sein, aber an den Rändern knackt es. Ich habe es ganz deutlich gehört.«

Vanessa hatte schon begonnen, ihre Schlittschuhe anzuziehen. Sie saß auf dem Holzsteg und band sich die Schnürriemen zu. Ihre Miene drückte aus, dass sie zu allem entschlossen war. Und nichts würde sie aufhalten. »Na, dann laufen wir eben nur in der Mitte.«

Ich biss mir auf die Lippe. Ich jedenfalls würde nach dem lauten Knacken keinen weiteren Schritt aufs Eis setzen. Und ich wünschte, ich könnte es meiner Freundin auch ausreden.

»Vanessa, hör mal … Das ist zu gefährlich, wirklich. Lass es bitte bleiben, ja? Mir zuliebe. Du bringst auch mich in Schwierigkeiten, wenn dir was passiert. Dann heißt es bestimmt, ich hätte die Verantwortung als Tochter des Chefs oder so …«

Vanessa stieß ein Lachen aus. »Ach, Lilly, nun komm mal wieder runter. Keiner ist für mich verantwortlich – nur ich«, erwiderte sie, erhob sich und stand auf den Kufen wie auf Eiern. Schon setzte sie einen Fuß aufs Eis, zog den zweiten nach und begann sofort, mit den Armen zu rudern, während sie ins Gleiten geriet.

Sie lachte und blickte über ihre Schultern zu uns. »Hey, Mädels, das ist echt cool! Los, worauf wartet ihr noch? Wenn Leon endlich eintrudelt, soll er sich bloß nicht einbilden, wir hätten am Ufer auf ihn gewartet. Der soll sehen, dass wir auch ohne ihn Spaß hatten, oder?«

Ach, deswegen wollte sie unbedingt aufs Eis! Damit sich Leon nicht zu viel einbildet. Ich wünschte, uns wäre eine andere Idee gekommen, als ausgerechnet aufs Eis zu gehen. Wir hätten ja auch Gymnastik am Ufer treiben können oder so was.

Wiebke verstaute ihre Schlittschuhe wieder. Ihr war nach meinem Bericht über den Zustand der Eisdecke auch nicht mehr zum Laufen zumute. »Hab du mal Spaß, Vanessa!«, rief sie. »Wir schauen dir zu.«

»Ihr seid solche Langweiler!«, rief Vanessa. Sie hatte inzwischen ihr Gleichgewicht gefunden, glitt elegant über den See, hob ein Bein nach hinten, breitete die Arme aus, drehte eine Pirouette.

Wir klatschten Beifall vom Rand. »Sieh zu, dass du in der Mitte bleibst!«, rief ich ihr zu.

Mir war überhaupt nicht wohl in meiner Haut, ich machte mir Sorgen um Vanessa, aber ich wusste auch, dass sie sich von ihrem Vorhaben von mir niemals hätte abbringen lassen. Also blieb mir nichts als beten, dass alles gut ging.

Doch es nützte nichts.

Denn Vanessa eroberte inzwischen den ganzen See, den sie ja für sich allein hatte, und kurvte viel zu nah am schilfigen Ufer entlang. Ich hörte es bis zu meinem Platz knacken, legte die Hände zu einem Trichter geformt um meinen Mund und schrie: »Nicht dahin, Vanessa! Komm zurück!«

Da fiel sie der Länge nach hin. In der nächsten Sekunde sahen wir, wie der Eisboden unter ihr aufbrach. Mir schlug das Herz bis zum Hals. Gleichzeitig spürte ich Wiebkes Hand wie eine Eisenkralle an meinem Oberarm.

»Oh, shit«, flüsterte Wiebke. »Komm, wir müssen ans andere Ufer laufen!«

Ich verschwendete keine Sekunde mehr, während Vanessa nun, bis zum Bauch im eiskalten Wasser, um Hilfe schrie und zappelte. Solche Angst hatte ich noch nie zuvor in meinem Leben verspürt.

Ich kannte Filme, in denen jemand auf einem zugefrorenen See einbrach und mit dem Kopf unter die Eisdecke geriet. Das Schlimmste war, dass man das Loch nicht mehr wiederfand, wenn man einmal die Orientierung unter Wasser verlor. Dann ertrank man jämmerlich und qualvoll in der eiskalten Brühe.

Wir rasten so schnell, dass unser Puls hämmerte und das Blut in den Ohren rauschte.

Als wir die Stelle erreichten, an der Vanessa eingebrochen war, sahen wir, dass sie leichenblass war, während sie zappelnd versuchte, sich hochzuhieven. Doch immer wieder brach die Eisdecke ein, sobald sie sich hochzustemmen versuchte.

»Vanessa, halt durch!«, schrie ich ihr zu und schaute mich verzweifelt um. Da entdeckte ich den langen Ast einer Trauerweide, der offenbar durch die Schneemassen der vergangenen Wochen abgebrochen war. Ich packte ihn und zerrte ihn aus dem Gebüsch. Wiebke zog mit.

Schließlich hatten wir ihn in der richtigen Position, um ihn Vanessa vom Ufer aus durch das Schilf zuzuschieben.

»Halt dich daran fest, Vanessa! Ganz fest! Wir ziehen dich heraus!«

Wir mussten uns ziemlich weit übers Ufer beugen, damit der Ast Vanessa erreichte, aber schließlich gelang es ihr, die Spitze mit beiden Händen zu umfassen. Kurz tauchte sie tiefer ins Wasser, war nun bis zur Brust klatschnass, aber sie hielt fest und wir zogen, so doll wir konnten.

Zentimeter um Zentimeter kam Vanessa mit keuchendem Atem näher ans Ufer heran. Wiebke und ich stöhnten und atmeten schwer vor Anstrengung, aber wir wussten, wir durften jetzt nicht nachlassen.

Endlich glitt Vanessa nahe genug heran, dass sie die Füße auf den Boden setzen konnte. Zwischen Schilf und Ufer gab es nur eine sehr dünne Eisdecke, die man mit einem Schritt durchbrechen konnte, und so watete sie an Land, triefend nass, kalkweiß und völlig ermattet. Sie ließ sich auf die braun-matschige Wiese fallen, als hätten alle Kräfte sie verlassen, und schloss die Augen.

Wiebke und ich hockten uns neben sie und starrten ihr ins Gesicht.

»Vanessa?«, flüsterte ich.

Da sah ich, wie sich ihr Gesicht zum Weinen verzog. Tränen kullerten aus ihren Augen. Ich hob ihren Oberkörper an und nahm sie fest in die Arme, auch wenn ich selbst dadurch klatschnass wurde.

Wiebke neben mir streichelte Vanessa über die Haare.

»Es ist ja noch mal gut gegangen«, sagte Wiebke leise.

»Aber jetzt musst du so schnell wie möglich ins Warme. Sonst holst du dir noch eine Lungenentzündung.«

Sowohl Wiebke als auch ich verzichteten darauf, Vanessa Vorwürfe zu machen im Stil von »Haben wir es nicht gesagt?«. Sie wusste selbst, dass sie Mist gebaut hatte, und die Folgen musste sie nun tragen.

Wie durch ein Wunder begegnete uns auch auf dem Rückweg niemand, der unbequeme Fragen stellen konnte.

Vanessa hielt sich in unserer Mitte, hatte ihre Arme auf unsere Schultern gelegt und ließ sich mehr von uns schleppen, als dass sie selber ging. Dabei weinte sie ununterbrochen. »Hoffentlich kommt jetzt nicht gerade Leon! Wenn der mich so mit nassen Haaren und verschmierter Schminke sieht, macht der doch gleich wieder kehrt!«

»Hallo?«, rief Wiebke neben ihr verärgert, als wir schon an den Stufen hinauf in die oberste Etage des Jugendhotels waren. »Du wärst gerade fast ertrunken, kriegst vielleicht noch eine Lungenentzündung und machst dir um nichts anderes

Sorgen als um dein Aussehen und diesen Leon, der dich eiskalt versetzt hat? Geht's noch, Vanessa?«

Vanessa schniefte. »Ist doch noch mal gut gegangen«, griff sie Wiebkes eigene Worte auf. Dann grinste sie schief zu mir. »Danke, dass ihr mir geholfen habt.«

»Das war doch selbstverständlich«, erwiderte ich, obwohl ich mich genau wie Wiebke über sie ärgerte. Wie oberflächlich sie wieder war! Außerdem war es inzwischen schon Viertel nach vier – entweder hatten Vanessa und Leon bei der Verabredung ihres Dates komplett aneinander vorbeigeredet, oder Leon interessierte sich nicht die Bohne für sie.

Als wir mein Zimmer betraten, hörte ich ein Klappern neben mir. Tatsächlich, Vanessas Zähne schlugen aufeinander.

»Los jetzt, ausziehen und ab unter die Decke in mein Bett!«, befahl ich wie die Stationsschwester, und Vanessa gehorchte. Ich gab ihr einen Winterschlafanzug aus Frottee von mir, einen mit Charlie Brown und Snoopy vorne drauf, den Vanessa trotz klappernder Zähne zunächst mit spitzen Fingern von sich hielt, um ihn zu betrachten.

Ich half ihr dann mit energischen Bewegungen hinein. Uns stand keine Modenschau bevor, das Einzige, was zählte, war, dass es Vanessa wieder warm wurde. Dafür war das Frotteeteil bestens geeignet.

Ihre Klamotten legte ich über die Heizung, die ich voll aufdrehte. Dann entzündete ich ein paar Räucherstäbchen und lief nach unten, um ein Tablett mit heißem Tee, Kandiszucker und frisch gebackenen, noch warmen Schokoladenplätzchen aus der Küche zu holen. Mein Opa bekam einen Kuss auf die Wange, Mini-Koch Nasi nur eine Kusshand.

»Ihr seid die besten«, rief ich und eilte wieder davon, bevor die beiden unbequeme Fragen stellen konnten.

Als ich zurückkam, sah man von Vanessa nur noch Haare, Stirn und Nasenspitze. Wiebke hatte alle Decken und Kissen, die sie finden konnte, auf und um sie herum gelegt. Außerdem hatte sie Kerzen angezündet, und es duftete wunderbar nach Zimt und Vanille durch die Räucherstäbchen. Allerbeste Atmosphäre, um wieder fit zu werden, fand ich.

Wir wärmten uns die Hände an den heißen Bechern, halfen Vanessa beim Trinken und fütterten sie mit Kekskrümeln. Draußen vor dem Fenster sahen wir, wie Glitzerflocken vom Himmel fielen. Sie tanzten in der Dämmerung.

»Geht's dir besser?«, erkundigte sich Wiebke bei Vanessa.

Sie nickte und kaute. »Auf jeden Fall ist mir nicht mehr kalt. Puh, ich glaube, das war ganz schön gefährlich, oder?«

»Kann man so sagen«, stimmte ich ihr zu.

Wir schwiegen. Wiebke und ich warteten, dass Vanessa fortfuhr.

Und das tat sie dann tatsächlich: »Ich glaube, ich habe mich ziemlich dumm verhalten, oder?«

Na endlich war es raus. Wir hätten es nicht besser zusammenfassen können. Wir nickten heftig. Dann kicherten wir alle drei.

»Und das alles nur wegen Leon«, fuhr Vanessa fort und seufzte. »So blöd, dass er mich hat sitzen lassen. Er klang echt begeistert, als ich ihn einlud.«

»Tja, so kann man sich täuschen«, meinte Wiebke gnadenlos. »Vergiss ihn einfach. Andere Mütter haben auch schöne Söhne.«

Wer wusste das besser als Vanessa. »Hört mal, der kleine Unfall bleibt aber unter uns, oder? Wäre ja oberpeinlich, wenn es Leon irgendwie zu Ohren kommen sollte, dass ich beim Warten auf ihn ins Eis eingebrochen bin.«

»Natürlich bleibt das unter uns«, erwiderte ich. »Aber ich glaube sowieso, dass sich Leon wenig dafür interessieren würde …«

»Was wohl die Glücksnuss mit der traumhaften Begegnung meinte?«, sinnierte Vanessa.

»Vielleicht die albtraumhafte Begegnung mit dem eiskalten Wasser? Oder, wer weiß, eine Begegnung mit dem Notarzt, falls du noch Fieber bekommst?« Wiebke, so lieb sie auch ist, kann ganz schön kratzbürstig werden, wenn ihr Vanessas Art auf den Sender geht.

In diesem Moment schraken wir alle zusammen. Es klopfte nämlich zaghaft, und so leise klopft in unserer Familie niemand. Die poltern alle, dass die Wände wackeln, oder fallen sogar ohne anzuklopfen ins Zimmer. Ein fremdes Klopfen an meiner Tür …

»Ja?«, sagte ich mit dünnem Stimmchen.

Da lugte ein Kopf um die Tür herum, ein ziemlich hübscher Kopf. Er gehörte zu … Leon!

Wiebke und ich schauten uns an. Das ist jetzt nicht wahr, oder?, dachte ich. Wiebkes Gedanken gingen ganz sicher in eine ähnliche Richtung.

»Störe ich?«, fragte er mit einem Grinsen.

»Nein, gar nicht!« Vanessa richtete sich sofort mit einem Strahlen auf, bis ihr offenbar einfiel, dass sie Charlie Brown und Snoopy auf der Brust trug. Sofort zog sie die Decke wieder bis zum Hals herauf.

Leon trat ein, die Hände hinter dem Rücken haltend.

»Sorry, Vanessa. Ich bin echt ein Idiot. Stell dir vor, wie blöd muss man sein, um sich in den richtigen Bus in die falsche Richtung zu setzen? Du glaubst nicht, wo ich gelandet bin, und bis der Busfahrer wieder kehrtmachte, verging auch erst einmal eine halbe Stunde, in der er sein Butterbrot essen musste.«

Wir lachten. Blöder ging's echt kaum.

»Aber zum Glück gab's an der Buswende wenigstens ein paar Läden. Auch einen Blumenshop …« Er zog die Hände hinter dem Rücken hervor und präsentierte einen kleinen hübschen Strauß mit traumhaft schönen Rosen. Sehr süß.

Das fand auch Vanessa, die so lieblich errötete, dass gar nicht mehr auffiel, dass sie praktisch ungeschminkt war. Wie eine Prinzessin auf der Erbse lag unsere Freundin in dem Kissenmeer, und ihr Prinz nahte zu ihrer Rettung. Ging es noch märchenhafter?

Ohne Absprache standen Wiebke und ich gleichzeitig auf. War ja selbstverständlich, dass ich meiner angeschlagenen Freundin in diesem speziellen Fall mein Zimmer zur Verfügung stellte, damit sie mit ihrem Leon alles besprechen konnte, was es so zu besprechen gab.

Vanessa lächelte uns dankbar zum Abschied zu. »Ich sag nur: Glücksnuss!«, rief sie noch, als wir schon fast draußen waren.

Selbstverständlich war auch, dass Wiebke und ich, als die Tür hinter uns zufiel und wir auf dem Flur standen, unsere Ohren an das Holz hielten, aber die beiden flüsterten so leise, dass wir kein Wort verstanden.

Die Umstände waren doch perfekt, fand ich: Die beiden hatten es gemütlich in meinem warmen Zimmer, Tee stand bereit, Kerzen brannten romantisch. Ob das erste Date auch so glücklich verlaufen wäre, wenn sie beim Paarlauf Hand in Hand ins Eis eingebrochen wären?

Wenn ich mich richtig erinnere, war Vanessa dann noch bis Ende Dezember mit Leon zusammen. Auf der Silvesterparty in der Villa Wildsee lernte sie Basti kennen, einen leidenschaftlichen Mountainbiker, und der …

Aber das ist eine andere Geschichte.

Chantal Schreiber

Eiskalt erwischt

»Sie geht mit mir hin! Daran besteht überhaupt kein Zweifel!«

»Wieso sollte sie mit dir gehen, sie hat doch Augen im Kopf!«

»Eben! Und mit diesen – wie du wahrscheinlich gar nicht bemerkt hast – aufsehenerregend schönen Augen wird sie mich gleich ansehen und sagen: James, selbstverständlich gehe ich mit dir auf die Fete!«

»Absolutely habe ich das bemerkt und zwar lange vor dir, mein Alter, denn, wie du weißt, kenne ich sie gezählte zwölf Minuten länger als du! Und damit habe ich nicht nur das bessere Aussehen, sondern auch die älteren Rechte!«

»Jungs!«, erkläre ich kategorisch, bleibe stehen und nehme James meine Sporttasche und Phil meine Büchertasche weg. »Time-out, please! Ich weiß noch nicht mal, ob ich überhaupt zu der Party gehe!«

Die beiden sehen einander an, schütteln dann wie auf ein Signal den Kopf, wenden den Blick zurück zu mir.

»Sie scherzt«, sagt Phil.

»Das ist dieser berühmte trockene Festlandhumor«, erklärt James und nickt so ernsthaft, dass ich beinahe lachen muss.

»Sie will uns auf die Probe stellen!«

»Sie will sehen, wer als Erster aufgibt!«

»Ich bestimmt nicht, Prinzessin!«

»Und ich erst recht nicht, Hoheit!«

»Ein Mistelzweig ohne Euch ist nur Gemüse, Princess!«

»Ein Tanz ohne Euch ist ein Tanz mit der Falschen!«

»Grace sieht das sicher anders!«, erkläre ich Phil. Grace steht so sehr auf ihn, dass sie mir schon richtig leidtut.

»Grace ist neben Euch wie ein Gänseblümchen neben einer Rose, Hoheit!«

»Und was ist mit Sarah?«, wende ich mich James zu. »Off again?«

James zuckt nur mit den Schultern und grinst. Die beiden haben seit zwei Monaten eine stürmische Romanze am Laufen, wobei der Sturm offenbar häufig die Romantik wegpustet. Sie trennen sich im Dreitagesrhythmus, um sich gleich darauf wieder zu versöhnen. In den off-Phasen machen sie einander mit Dritten eifersüchtig. Alles andere als erwachsen. Wahrscheinlich wüsste James gar nicht, was er tun sollte, wenn er mich tatsächlich unter den Mistelzweig kriegt. Denn wenn Sarah ihn mit einer anderen schmusen sieht, ist es wahrscheinlich endgültig aus, und er mag sie wirklich, also wird er das nicht riskieren.

Aus der zweiten Reihe kommt ein Räuspern, Jacob drängt sich zwischen Phil und James hindurch und greift nach dem Knauf des Gartentores. Ach ja, Jacob. Ihn hätte ich beinahe vergessen. Jacob ist mein Gastbruder, der Sohn meiner Gasteltern, und wir sind bei unserem Haus angelangt.

Jacob nickt den beiden anderen Jungs zu und geht voraus, wahrscheinlich um mir nicht das Gefühl zu geben, er würde mich beim Verabschieden beobachten. Nicht, dass es was zu sehen gäbe. Auch wenn die beiden wirklich witzig sind (na ja, zugegeben, die Princess-Scherze nerven schon etwas. Aber ich heiße nun mal Diana, was soll ich machen), ich brauch jetzt eine Pause von ihnen. Ich brauch jetzt …

Ich seufze. Einen Spaziergang über den Christkindlmarkt mit meiner kleinen Schwester, wie jedes Jahr am letzten Schultag vor Weihnachten. Die Weihnachtskekse meiner Mutter. Den vorweihnachtlichen Shoppingbummel mit meinem Vater. Ich brauch echten Schnee.

Und dabei hatte ich bis vor Kurzem keine Ahnung, dass mir das alles so fehlen würde. Der Sprühdosenschnee auf den Fenstern hier sieht auch sehr nett aus und man friert sich auf den Weihnachtsmärkten nicht die Finger ab. Jean und Perry sind als Gasteltern der Hammer und Jeans Ginger Cookies einsame Spitze.

Ich finde es hier toll. Südengland ist toll, meine Schule ist toll, meine Gasteltern sind toll, Jacob ist – ich weiß nicht, irgendwie kenne ich ihn immer noch nicht richtig, er ist freundlich, wenn wir bei den Mahlzeiten nebeneinandersitzen oder einander zufällig im Haus über den Weg laufen, aber wir reden kaum miteinander. Vermutlich ist er auch toll, ich weiß nur nicht, ob ich lange genug hier sein werde, um das herauszufinden. Jedenfalls ist sogar mein Zimmer toll – mit eigenem Bad und Blick in den Garten, der nebenbei bemerkt auch toll ist, wie die meisten Gärten hier – die Engländer lieben ihre Gärten.

Ich wollte diesen Student Exchange unbedingt machen, obwohl meine Mutter mich beinahe angefleht hat, noch zu warten. »Nur bis du in diese eklige Phase kommst, in der sich Töchter mit ihren Müttern ständig duellieren! Bis du mir richtig auf den Wecker fällst! Bis du fünfzehn bist!«

Ich wollte aber nicht warten, und weil sie eine ziemlich

coole Mutter ist, hat sie es trotzdem erlaubt. Es gibt gar nicht so viele Programme, bei denen man schon ab vierzehn mitmachen kann. Aber sie hat mir bei der Suche geholfen, alles hat super geklappt, wie schon gesagt. Ich hab mich hier vom ersten Tag an zu Hause gefühlt. Hatte keinen Tag Heimweh. Na ja. Nicht so richtig jedenfalls. Bloß so ein bisschen ab und zu. Sonst war alles cool.

Und dann kamen die ersten Weihnachtsschaufenster. Die ersten Weihnachtslieder im Radio. Die ersten Weihnachtsmänner. Und plötzlich will ich einfach nur nach Hause.

Das kann ich natürlich niemandem sagen. Meiner Mom nicht, weil sie sich bloß Sorgen machen würde. Meiner Gast-Mom nicht, weil sie denken würde, sie hat was falsch gemacht. Phil und James? Ha! Sehr witzig. Die wären total überfordert.

Meine Freundinnen zu Hause wollen sowieso bloß, dass ich wiederkomme. Und meine Freundinnen hier sind zwar alle sehr nett, aber eben noch nicht soooo gute Freundinnen. Sie würden versuchen mich aufzuheitern. Und ich müsste so tun, als würde das funktionieren.

Echt jetzt. Alles war perfekt. Und dann hat Weihnachten mich eiskalt erwischt.

Jacob hat die Haustür für mich offen gelassen und ich bin schon mit einem Fuß im Vorraum, da überlege ich es mir anders, stelle nur die Schulsachen drinnen ab, drücke die Tür zu, laufe ums Haus herum durch den lang gezogenen Garten.

Ganz dicht an der Hecke, die das Grundstück von dem des Nachbarn trennt, steht eines dieser Riesentrampoline, mit Netz drum herum. Das Netz ist sehr dicht, und auch wenn man natürlich durchsehen kann, fühlt man sich dahinter irgendwie geschützt, wie auf einer einsamen Insel. Seit meiner Ankunft im August ist das mein Lieblingsplatz.

Hier bin ich zum Lesen und zum Musikhören hergekommen, solange es noch warm genug war. Das Sprungtuch schaukelt sanft bei jeder Bewegung, einfach chillig.

Ich kicke meine Schuhe weg, nehme die Kopfhörer raus und suche das Album, das ich gestern runtergeladen habe: Greatest Christmas Hits ever. Dann ziehe ich die Kapuze meiner Jacke über die Ohren, lege mich auf den Rücken, starre in den grauen Himmel und bemitleide mich selbst zu meinem Weihnachtssoundtrack. Es ist nicht kalt, bestimmt zehn Grad plus, aber schön langsam beginne ich doch zu frösteln. Umso besser, denke ich. Zu Weihnachten muss man frieren, das soll so sein. Bei »White Christmas« beginnt das Trampolin plötzlich leicht zu schwanken und ich fahre erschrocken hoch, ziehe die earplugs aus den Ohren.

»Sorry«, sagt Jacob. »Wollte dich nicht erschrecken.« Er steht auf der kleinen Treppe, über die man aufs Trampolin klettert, und zögert. In der Hand hält er ein Päckchen.

»Ich dachte, du willst das hier vielleicht gleich haben«, sagt er. »Von deiner Mom.«

Die Weihnachtslieder haben mich knapp an die Flenn-Grenze gebracht, also muss ich erst ein paarmal schlucken und antworte nicht gleich.

»Kann ich reinkommen?«, fragt er und ich nicke. Natürlich will ich nicht, dass er reinkommt. Aber er wohnt schließlich hier. Das ist sein Trampolin.

Er kickt im Stehen die Schuhe weg, genau wie ich vorhin, steigt dann vorsichtig auf das Sprungtuch. Gleichzeitig setze ich mich auf und dadurch gerät das Trampolin ins Schwanken. Aus dem Gleichgewicht gebracht, stolpert er auf mich zu.

»Sorry«, sagt er wieder und grinst entschuldigend. »Ich

setz mich lieber auch hin. War schon zu lange nicht mehr auf dem Ding.«

Er setzt sich so weit von mir weg, dass er mir mit ausgestrecktem Arm gerade noch das Päckchen geben kann. Er will mir nicht zu sehr auf die Pelle rücken, und das weiß ich gerade echt zu schätzen. Ich nehme es, ohne ihn anzusehen, starre auf die Handschrift meiner Mutter, die bunten Weihnachtssticker, die meine kleine Schwester draufgeklebt hat, und die gerade vor meinen Augen zu verschwimmen beginnen.

»Are you okay?«, fragt Jacob und ich nicke wieder nur.

»Willst du lieber allein sein?«

Irgendwie … nicht. Ich schüttle den Kopf, starre weiter auf das Paket.

»Das hier war immer mein Lieblingsplatz«, redet er weiter, als ich nichts sage. »Zum Lesen, zum Musikhören, zum Lernen. Wenn ich schlecht drauf war.«

Ich sehe ihn an, die freundlichen braunen Augen, die halblangen mittelbraunen Haare, die ihm in Fransen ins Gesicht fallen. Seine Ohren stehen ein bisschen ab und seine Nase ist ganz leicht schief – seit sie ihm ein Hockeyschläger mal gebrochen hat, das weiß ich von Jean. Auch, dass ein kleines Stück seines linken oberen Schneidezahns fehlt, wegen desselben Hockeyschlägers. Er ist einen halben Kopf größer als ich und ziemlich kräftig.

»Du kannst es ruhig sagen, wenn du lieber allein sein willst.«

Erst hab ich mich geärgert, dass er aufgetaucht ist, aber seit er hier ist, geht es mir komischerweise besser. Ich schüttle erneut den Kopf.

»Willst du es nicht aufmachen?«

Ich denke auch darüber kurz nach und reiße dann kurzentschlossen das Papier weg. Mein Weihnachtsgeld hab ich schon gekriegt. Große Pakete schicken ist ziemlich teuer, also ist es besser, ich kaufe mir hier etwas, das haben wir so ausgemacht.

Was könnte also in dem Päckchen sein? Ich weiß es schon, bevor ich den Deckel des Kartons abnehme, der zum Vorschein kommt – der Duft ist eindeutig: Weihnachtskekse. Die kleinen, runden Schwabenbrötchen mit dem Johannisbeergelee in der Mitte, die Vanillekipferl nach dem Rezept meiner Oma, die Lebkuchenfiguren, die bestimmt Lina, meine Schwester, ausgestochen hat. Auf dem Karton liegt ein Kuvert. Ich schüttle es und heraus fallen zwei Karten. Ein Foto von Lina mit einer Weihnachtsmannmütze. Auf die Rückseite hat sie ihren Namen geschrieben, das »N« wie immer verkehrt herum. Und daneben steht in Moms ungeduldiger Handschrift: »Weihnachten ohne geht gar nicht. Süßes für meine Süße. Miss u. M.« Das andere ist eine Micky-Maus-Weihnachtskarte. Micky ist mit massenhaft Päckchen beladen, Minnie schwenkt ihr Handtäschchen und trägt ein plüschverbrämtes Winter-Hütchen. »Gutschein für einmal Shopping mit mir«, steht auf der Rückseite. »Außer du bist dafür zu erwachsen, wenn du zurückkommst ;-). Vermiss dich. Kuss, Daddy.«

Einerseits vermisse ich jetzt meine Familie gerade so sehr, dass es wehtut. Andererseits geht es mir auch besser. Es ist irgendwie tröstlich, dass meine Mutter mit so perfektem Timing die Kekse für mich verschickt hat, dass mein Vater unseren Einkaufsbummel ebenso sehr vermisst wie ich, dass zu Hause zwar alles so ist wie immer vor Weihnachten, aber eben irgendwie doch nicht – weil ich nicht da bin. Ich freue mich plötzlich wie wahnsinnig auf nächste Weihnachten. Und übernächste. Und ich weiß nicht, ob ich lachen oder weinen soll, aber tief drinnen ist mir plötzlich ganz warm geworden, obwohl meine Hände und Zehen mittlerweile eiskalt sind.

Das Einzige, was jetzt noch fehlt, ist der Schnee. Ohne es zu merken, hab ich mich ein bisschen an Jacob angelehnt, der näher gerutscht ist, weil wir im Trampolin eine Mulde bilden. Ich erstarre kurz, als ich es merke. Aber er scheint nichts dagegen zu haben, und wenn ich ehrlich bin, finde ich es schön, dass er da ist. Mein Blick fällt auf seine Hände – kräftige, ziemlich große Jungenhände. Sportlerhände. Sympathisch. Ich weiß nicht, warum sie mir vorher noch nie aufgefallen sind, denn irgendwie sehe ich bei Jungs immer auf die Hände. Na ja. Wahrscheinlich ist mir Jacob bisher einfach als Junge nicht aufgefallen.

Er räuspert sich. »Ich hab auch noch was für dich«, sagt er, und als ich überrascht zu ihm aufsehe, wird er rot. »Nur was ganz Kleines«, fügt er hastig hinzu und holt etwas aus seiner Jackentasche, das ich erst gar nicht erkennen kann, weil seine Hand es verdeckt. Er dreht sie um, öffnet sie und da steht eine von diesen altmodischen Schneekugeln: ein Reh, Tannenbäume und ein kleines Häuschen unter einer Glaskuppel – und weil er die Hand eben erst umgedreht hat, rieselt der Schnee gleichmäßig auf alles. Ich starre fasziniert auf das kleine Universum in seiner Hand. »Ich dachte, der Schnee fehlt dir vielleicht«, sagt er.

Ich nicke nur. »Ja«, sage ich dann leise. »Das tut er.« Ich schaue ihn an und auf einmal weiß ich nicht mehr, wie ich es all die Wochen nicht sehen konnte. Jacob mag mich. Er weiß genau, wie's mir geht. Hat mehr mitgekriegt als jeder andere hier. Die Haarfransen in seinem Gesicht, die warmen braunen Augen, die Ohren, die ein bisschen zu viel abstehen, und die Nase, die ein bisschen schief ist – plötzlich, mit so einem heißen Gefühl in meinem Magen, merke ich, wie sehr ich das alles mag – wie sehr ich ihn mag. Meine Augen schwimmen ein bisschen und meine Stimme zittert, als ich die Schneekugel aus seiner Hand nehme und in dem Moment, in dem sich unsere Finger berühren, sage: »Heute ist doch dieses Fest in der Schule. Hast du vielleicht Lust mit mir hinzugehen?«

BRINX/KÖMMERLING

Ein Kuss für den Nikolaus

Heute ist Nikolaus. 6. Dezember, wie jedes Jahr, und ich habe es immer noch nicht geschafft, mich mit Sven zu verabreden.

Nach den Sommerferien ist er neu in unsere Klasse gekommen und hat mich wirklich umgehauen. Aus den Latschen geschossen. Vollkommen hilflos gemacht.

»Wann verliebst du dich eigentlich mal?«, hat meine beste Freundin Lilo mich immer gefragt, vor allem immer dann, wenn sie im tiefsten Liebeskummer steckte. Das hat mich natürlich nicht gerade angespornt, abgesehen davon, dass man das doch nicht erzwingen kann, also ich jedenfalls nicht, und die Jungs, die in unserer Klasse rumhängen, nein danke. Dann kam Sven und wurde rot, als Frau Brandt ihn vorstellte.

»Das ist euer neuer Mitschüler Sven, und wie ich euch kenne, werdet ihr alle sehr nett zu ihm sein!«, grinste sie.

»Jaaaa!«, schrie ich ihr innerlich zu und konnte meinen Blick nicht von ihm lassen, wie er zu seinem Platz neben Torben, dem Idioten, ging und langsam wieder eine normale Gesichtsfarbe annahm.

»Ganz süß!«, flüsterte Lilo mir zu.

»Sehr süß!«, raunte ich heiser zurück, und da grinste sie übers ganze Gesicht und wusste Bescheid.

»Ist es endlich so weit!«, kicherte sie und ich seufzte nur.

Seitdem schaue ich von meinem Platz hinten auf Svens schönen Rücken, beobachte ihn in der Pause und kriege keinen Ton raus, wenn er mit den anderen Jungs mal zu uns kommt und auch nicht viel sagt. Er ist schüchtern und genau das ist es, was mir so gut gefällt. Nicht so ein Großmaul wie Torben und die anderen, keiner, der dauernd rumboxen muss oder unbedingt irgendeinen Gegenstand besser als die anderen mit dem Fuß in die Mülltonne schießen kann. Er ist auch nicht besonders schön, ich meine, nicht schöner als alle, aber er hat einen ziemlich knackigen Hintern und sehr schwarze Augen, und wenn sie sich mal zufällig treffen, unsere Augen, dann schaut er ganz schnell wieder weg, bevor ich für immer darin versinke.

»Hast du vor, ihn dieses Jahr noch anzusprechen?«, fragt Lilo. Wir hängen in ihrem Zimmer rum und warten auf den Nikolaus. Natürlich kommt der nicht wegen uns, sondern zu Lilos kleiner Schwester. Die ist erst fünf und glaubt noch an den Mann mit dem roten Mantel.

»Was soll ich denn sagen? Jetzt mal ehrlich!«

Lilo zuckt mit den Schultern. »Keine Ahnung. Du kannst ihn natürlich auch dein Leben lang von hinten anhimmeln.«

Super Tipp, da klingelt es an der Tür. Wir stürmen ins Wohnzimmer und freuen uns über die roten Wangen von Lilos kleiner Schwester und das eifrige Nicken, als der Nikolaus ihr sagt, sie soll immer ihre warme Jacke im Winter anziehen, ohne jedes Mal so ein Theater zu machen. Der Nikolaus ist Lilos Onkel Hans, aber die Kleine merkt das nicht und auch wir bekommen ein kleines Säckchen mit Süßigkeiten.

»Ich habe gehört, du findest einen Jungen gut und weißt nicht, wie du ihn ansprechen sollst«, brummt Onkel Hans mich mit tiefer Stimme an und ich habe große Lust, Lilo für immer in die Wüste zu schicken. Die spinnt wohl, grinst aber nur und schaut woanders hin.

»Höre auf einen Rat vom Nikolaus: Wenn du auch nur ein bisschen das Gefühl hast, dass er dich auch gut findet, dann trau dich, bevor es zu spät ist.«

Meine Wangen sind mindestens genauso rot wie die von Lilos kleiner Schwester und kaum ist Onkel Hans weg, nehme ich mir meine Freundin zur Brust. »Du hast sie wohl nicht mehr alle. Was geht das denn deinen Onkel Hans an?«

Lilo schaut mir tief in die Augen. »Ich wollte dir ja nur helfen. Hör mal, ich bin deine Freundin und schaue jetzt seit Monaten zu, wie du dich nach diesem Typen verzehrst.«

»Ich weiß ja nicht mal, ob es ihm annähernd genauso geht!«

»Ich aber. Das merkt doch jeder. Ihr seid bloß beide so schüchtern, dass es kracht. Da muss doch mal einer nachhelfen!«

»Und du meinst, das könnte ausgerechnet der Nikolaus sein?!«

Lilo will antworten, aber dann bleibt ihr der Satz im Hals stecken und sie schaut mich nur an. Ich kann förmlich sehen, wie es in ihrem Kopf rattert.

»Ja, Suse, genau, ja, das ist es, der Nikolaus!«

Ich lasse mich in ihren Sitzsack fallen und verschränke die Arme. »Bitte? Was möchtest du mir sagen?«

Lilo strahlt übers ganze Gesicht. »Ich weiß jetzt, wie wir es machen. Du verkleidest dich als Nikolaus und bringst Sven eine kleine Überraschung. Vollkommen unverfänglich.«

»Unverfänglich?«, kiekse ich, so empört bin ich. »Das nennst du unverfänglich? Ich klingle als Nikolaus an seiner Tür und überreiche ihm Süßigkeiten?«

Lilo schüttelt ungeduldig den Kopf. »Nee. Sven wohnt

doch in der Giselastraße. Da fahre ich jeden Tag vorbei und deswegen weiß ich, dass sein Haus im Moment von oben bis unten eingerüstet ist. Du tauchst als Nikolaus an seinem Fenster auf. Das haut den um, Mann, kannst du dir vorstellen, das würde er bei dir machen? Da würdest du doch dahinschmelzen!«

»Wäre mir auch wesentlich lieber«, murmle ich, aber zugegeben, die Idee ist wirklich gut, und wenn ich verkleidet bin, sieht er auch nicht, wie ich rot werde.

»Du stehst da, sagst ein Gedicht und wedelst mit seinem Tütchen. Er wird dir das Fenster aufmachen, dich hereinbitten und dann redet ihr über dies und das, knuspert die Süßigkeiten und irgendwann wird er sagen, wie süß du bist, weil du so eine gute Idee hattest, und dann …!« Lilo sieht alles genau vor sich und auch wenn ich nicht mit ihr bis zu der Stelle gehe, an der wir uns dann küssen sollen, sie hat mich überzeugt.

»Dann aber los jetzt!«

Traditionell kommt Onkel Hans eine halbe Stunde nach seinem Nikolausauftritt als Onkel Hans zu Besuch. Wir schnappen ihn uns und schwatzen ihm das Nikolauskostüm ab, das er unten im Keller versteckt hat.

Ich ziehe mich direkt dort um, damit die kleine Schwester mich nicht sehen kann und vollkommen durcheinanderkommt. Lilo steckt den roten Mantel unten mit Sicherheitsnadeln fest, weil er mir natürlich viel zu lang ist, und bläut mir das Nikolausgedicht ein, das ich aufsagen soll: »Von draus vom Walde komm ich her …!«

Der Bart, die Mütze und schon bin ich nicht mehr zu erkennen. Lilo flitzt noch einmal nach oben, um eine Kerze zu holen, mit der ich mein Gesicht beleuchten soll, weil Sven mich sonst ja gar nicht sieht da draußen im Dunkeln, und das Süßigkeitentütchen, das ich bekommen hatte und direkt an ihn weitergeben werde, dann schwingen wir uns auf die Räder und fahren Richtung Giselastraße.

»Hey guck mal, der Nikolaus!«, rufen die Leute, die mich sehen.

Ich winke gnädig und sage: »Ho, ho, ho!«, und Lilo und ich lachen uns halb schlapp.

Sven wohnt in einem Altbau, der neu gestrichen werden soll. Wir fahren in den Hinterhof und stellen unsere Fahrräder dort ab. Dann macht Lilo eine Klingelanalyse. Das heißt rausfinden, in welchem Stock Sven wohnt. »Zweiter!«, ruft sie mir zu.

»Psst!«, mache ich und merke, wie mir die Aufregung ins Herz schleicht. »Kommst du mit?«

Lilo nickt und langsam klettern wir die Leiter hoch, die die verschiedenen Gerüststockwerke miteinander verbindet. Vorbei am ersten Stock. Hier sitzt eine sehr alte Frau am Tisch und tut nichts. Im zweiten drücken wir uns an die Wand und versuchen herauszufinden, welches Fenster zu Svens Zimmer gehört, wenn überhaupt, sonst müssen wir noch um das ganze Haus herumlaufen und es ist ziemlich hoch.

Lilo macht die Späherin, während ich meinen Bart zurechtrücke, die Kerze anzünde, versuche, mein klopfendes Herz im Zaum zu halten, und mir das Gedicht noch einmal vorsage, obwohl ich davon ausgehe, dass ich eh keinen Ton rauskriege, wenn ich da stehe und Sven mich anstarrt.

»Von draus vom Walde komm ich her …!«, flüstere ich vor mich hin.

Lilo winkt mir vom dritten Fenster aufgeregt zu. Sie scheint Sven gefunden zu haben und kommt auf allen vieren zu mir. »Da hockt er an seinem Schreibtisch. Wir haben Glück!«

Ich werfe ihr einen verzweifelten Blick von unter meiner roten Mütze her zu. »Meinst du wirklich?«

Lilo schaut sehr streng zurück. »Jetzt nicht kneifen, los! Du stellst dich da auf mit deiner Kerze und dann klopfst du ans Fenster. Okay?«

Okay? Ich weiß nicht. Langsam balanciere ich auf den knarrenden Brettern zu Svens Fenster. Da sitzt er. Tatsächlich. Macht irgendwas an seinem Computer und sieht so süß aus, dass ich mich am liebsten schon wieder damit zufriedengeben würde, ihn nur anzuschauen. Aber das würde Lilo eh nicht durchgehen lassen. Also räuspere ich mich, halte die Kerze unter mein Gesicht und werfe Lilo noch einen Blick zu. Sie nickt. Die hat gut nicken.

Ich gebe mir einen Ruck und will gerade klopfen, da öffnet sich Svens Zimmertür und ein wunderschönes Mädchen kommt herein. Lange, blonde Haare bis zum schmalen Hintern, schwebender Gang und beseeltes Lächeln mit vollen, roten Lippen. Wenn das kein Engel ist, dann …?

Sie geht von hinten zu Sven und legt die Arme um ihn. Entsetzt reiße ich die Augen auf. Wenn das kein Engel ist, dann ist es seine Freundin. Wie schrecklich! Wie peinlich!

Ich trete einen Schritt zurück, ganz automatisch, Rückzug irgendwie, und setze dabei mit der Kerze meinen Bart in Brand. Während ich hektisch versuche, ihn auszuklopfen, verliere ich den Boden unter den Füßen und stürze beinahe ab, kann mich gerade noch halten, hänge an den Brettern. »Mist!«

»Was machst du denn?« Lilo eilt zu mir, versucht mich wieder hochzuziehen, aber ich bin viel zu schwer und schaffe es schließlich, mich auf die Plattform im ersten Stock runterzulassen.

Sofort eilt Lilo die Leiter zu mir hinunter. »Hey, was ist denn passiert?«

»Er hat eine Freundin!«, keuche ich und schleudere wütend die Kerze runter in den Hinterhof.

Lilo legt mir tröstend den Arm um. »So ein Käse!«

Mir schießen die Tränen in die Augen. »Und ich mache mich hier total lächerlich!«

Lilo nickt. »Aber das konnten wir ja nicht wissen! Komm, wir hauen ab und besprechen alles zu Hause!«

Sie klettert die Leiter hinunter und ich will ihr gerade mit meinem zerbrochenen Herzen folgen, da geht das Fenster auf.

»Oh, das ist aber eine Überraschung! Der Nikolaus!« Die alte Frau steht im Fenster und strahlt übers ganze Gesicht. »Dass du noch mal an mich denkst!«

»Nein, das ...«, ist ein Irrtum, will ich ihr gerade erklären, da räuspert sie sich und stellt sich hin wie Lilos kleine Schwester vorhin, ganz artig die Hände gefaltet, und fängt an, mir ein Gedicht aufzusagen.

»Von draus vom Walde komm ich her, ich muss euch sagen, es weihnachtet sehr ...!«

Sie kann es bis zum Ende und ich höre ihr zu und weiß plötzlich, dass ich ihr nicht erklären darf, dass ich bloß Suse bin, die den Jungen von oben drüber überraschen wollte.

»Suse, kommst du?«, höre ich Lilo von unten und ich mache ihr Zeichen. Sie kommt langsam wieder hoch, erkennt die Situation und grinst mir zu.

»Nun sprecht, wie ich's hier drinnen find.
Sind's gute Kind, sind's böse Kind?«

Die alte Frau ist fertig. Ihre Wangen haben sich gerötet und sie schaut mich erwartungsvoll an. »Ich bin ein gutes Kind. Hast du mir meine Pfefferkuchen mitgebracht?«

Pfefferkuchen. Hab ich nicht.

»Es gibt hier …«, fange ich an zu sprechen, dann erinnere ich mich wieder, dass ich der Nikolaus bin und stelle meine Stimme tief, so gut es geht. »Es gibt hier eine Tüte Süßigkeiten!«

Die alte Frau schaut mich enttäuscht an. Dann macht sie das Fenster noch weiter auf. »Komm doch erst einmal herein, lieber Nikolaus.«

Ich drehe mich kurz zu Lilo um, die unten an der Leiter steht. Sie zuckt mit den Schultern, was wohl so viel heißt wie: Da musst du jetzt durch! Und so klettere ich durch das Fenster in die Wohnung der alten Frau. Alles ist sehr ordentlich und sauber, auf dem Tisch liegt ein Adventskranz und eine Schale mit Nüssen steht bereit. Die alte Frau zieht einen Stuhl weg.

»Setz dich doch erst mal. Du hast ja so einen weiten Weg durch den Wald hinter dir.«

Ich schaue sie an und überlege, ob sie mich vielleicht veräppelt, weil sie sonst nichts zu tun hat. Aber sie sieht vollkommen unschuldig aus, sie glaubt, was sie sagt und tut, und vielleicht ist sie schon ein bisschen alt im Kopf oder so, jedenfalls scheint sie tatsächlich der Überzeugung zu sein, dass heute der Nikolaus zu ihr gekommen ist.

»Du warst lange nicht mehr da!« Sie setzt sich mir gegenüber hin, faltet die Hände auf dem Tisch und lächelt. »Aber ich habe immer gewusst, dass du deine kleine Annemarie nicht vergessen hast und eines Tages wiederkommen würdest, um mir noch einmal diese leckeren Pfefferkuchen zu bringen.«

Ich lächle zurück und versuche unauffällig, die verbrannten Flusen aus meinem Bart zu zupfen. Diese Frau ist jetzt so glücklich und ich werde den Teufel tun und ihr das wegnehmen, niemals.

»Natürlich habe ich dich nicht vergessen«, brumme ich, »Annemarie.«

Vielleicht ist das ihre schönste Erinnerung an die Kindheit, als immer der Nikolaus kam und die Pfefferkuchen brachte.

Die alte Frau schaut sich um, dann zuckt sie mit den Schultern. »Mama und Papa sind nicht da und Erika und Peter auch nicht. Aber ich, ich habe immer auf dich gewartet.«

Mir wird ganz mulmig im Bauch. Wo bin ich denn jetzt bloß hineingeraten? Ich darf diese alte Frau nicht enttäuschen, aber vielleicht ist es ja auch nicht richtig, ihr was vorzuspielen. Ich meine, was mach ich hier?

Sie legt ihre beiden Hände auf den Tisch, die Handflächen nach oben und lächelt mich an. »Gibst du mir die Pfefferkuchen? Ich hab dir doch auch das Gedicht aufgesagt!«

Mist. Ich habe sie nicht. Verzweifelt schaue ich zum Fenster und sehe Lilo, die fragend hereinschaut. Wenn ich doch mit ihr sprechen könnte!

Ich räuspere mich. »Liebe Annemarie. Ich bin wieder zu dir gekommen. Aber dieses Jahr ist alles anders als sonst!«

Sie reißt die Augen auf und sieht vollkommen entsetzt aus.

»Ich meine anders, weil .... weil ... dieses Jahr müssen wir die Pfefferkuchen erst noch backen.« Was Besseres fällt mir nicht ein, aber es scheint nicht das Schlechteste zu sein, denn ein breites Strahlen legt sich auf das Gesicht der alten Frau.

»Das ist schön!«

»Hast du denn auch alles dafür im Haus? Ich meine, alles was man so braucht?«, stottere ich und habe nicht die geringste Ahnung, wie man Pfefferkuchen backt.

Sofort steht Annemarie auf. »Aber natürlich. Komm, Nikolaus, wir gehen in die Küche!«

Ich schicke sie vor, behaupte, dass ich noch kurz draußen

nach meinen Rentieren schauen muss, und mache das Fenster auf, kaum ist sie aus der Tür.

»Lilo, wie gehen Pfefferkuchen?«

»Hä?«

»Ich muss mit ihr Pfefferkuchen backen. Frag nicht.«

Lilo grinst. Zum Glück ist sie die begnadete Weihnachtsbäckerin vor dem Herren und macht daraus jedes Jahr eine riesige Wochenendaktion, bei der sie knietief im Mehl steht und ungezählte Blechdosen mit selbst gebackenen Plätzchen füllt.

Wie aus der Pistole geschossen nennt sie mir Zutaten und Rezept.

»Ich hol dich dann so in einer Stunde wieder ab.«

Ich nicke seufzend und schließe das Fenster. Eigentlich wollte ich heute glücklich werden. Aber jetzt ist die alte Frau dran und ich muss warten. Ich denke an Sven und sein schönes Engelchen und habe gerade das Gefühl, mein Herz muss in tausend Stücke reißen, da schaut Annemarie um die Ecke.

»Nikolaus? Kommst du?«

Ich richte mich auf, mache meine vor Liebeskummer nach vorne gefallenen Schultern wieder gerade und besinne mich auf die neue Aufgabe. Ich, der Nikolaus, werde mit Annemarie Pfefferkuchen backen, und dann habe ich wenigstens die gute Weihnachtstat schon vollbracht.

Die alte Frau hat alles herausgesucht und vor mir auf dem Küchentisch aufgestellt. »Es könnte sein, dass die Zutaten schon etwas … ähem, verjährt sind«, erklärt Annemarie mir eifrig, »ich wollte es immer versuchen und mir die selber backen, weil du so lange nicht da warst …« Sie räuspert sich und wird ein bisschen rot. »Entschuldige, das sollte kein Vorwurf sein, ich weiß ja, wie viel du zu tun hast, es gibt ja noch so viele andere Kinder auf der Welt.« Verwirrt kratzt sie sich am

Kopf. »Aber ich bin schon zu alt, ich kriege das nicht mehr hin alleine und …«

»Jetzt bin ich ja da!«, brumme ich und versuche, sie zu retten, bevor sie sich noch mehr in ihren verschiedenen Gedanken verheddert, die alle nicht so ganz zusammenpassen. »Hast du einen Topf? Wir müssen ein paar Sachen warm machen.« Fieberhaft sage ich mir die Anleitung von Lilo immer wieder im Geiste vor, um bloß nichts zu vergessen, und während Annemarie umständlich und laut scheppernd nach einem Topf sucht, kremple ich mir die Nikolausärmel hoch, atme einmal tief durch und fange an, die Zutaten abzuwiegen und auf den Tisch zu kippen.

Wie ärgerlich, dass ich nie Lust hatte, Lilo beim Backen zu helfen. Stattdessen saß ich immer nur Teig naschend auf der Küchenzeile und hab mich über sie lustig gemacht.

»Hier ist einer!«, schreit die alte Frau und schwingt den riesigen Topf wie eine Trophäe über ihrem Kopf.

»Sehr gut!« Ich nehme ihn ihr schnell ab, bevor noch ein Unglück passiert, gebe Margarine, Honig und Sirup hinein und erhitze das kleine Häufchen in dem Monstertopf auf dem Herd.

»Das machst du wirklich sehr gut, Nikolaus!«, lobt mich die alte Frau und lässt mich keine Sekunde aus den Augen.

»Du könntest schon mal ein Backblech rausholen und den Herd vorheizen«, versuche ich, sie zu beschäftigen, und sofort macht sie sich eilig ans Werk, hört aber mittendrin wieder auf, um ins Wohnzimmer zu laufen und eine alte Weihnachtsschallplatte aufzulegen. Strahlend kommt sie wieder zurück. »Wir müssen doch Weihnachtslieder dazu hören, oder?«

Ich lächle sie an, schütte das erwärmte Zeug auf die restlichen Zutaten auf dem Tisch und versuche dann, einen Teig daraus zu kneten. Als ich gerade bis zu den Ellenbogen in der klebrigen Masse versunken bin – ehrlich, da stimmt doch was nicht, das wird doch nie was –, klingelt es an der Tür.

»Oh, wer kann das sein?«, flötet die alte Frau und eilt davon, um zu öffnen.

»Ach, hallo, mein Kleiner, du kommst gerade richtig!«, höre ich sie aus dem Flur und verrenke mir den Kopf, um zu sehen, wer da kommt, den ich jetzt auch noch überzeugen muss.

»Ja? Ich wollte dir einen frohen Nikolaus wünschen und habe ein bisschen Schokolade mitgebracht, Omi.« Die Stimme eines Jungen, der gerade den Stimmbruch hinter sich gebracht hat.

»Siehst du, das wäre nicht nötig gewesen. Denn weißt du, wer in meiner Küche steht und Pfefferkuchen backt?«

»In deiner Küche?«

Annemarie kichert. »Ja. Der Nikolaus!«

Jetzt sagt der junge Mann gar nichts mehr, sondern kommt direkt zu mir in die Küche gestürmt.

Es ist Sven. Ausgerechnet. Wohnt er also mit seiner Omi in einem Haus und ist auch noch so lieb, an Nikolaus an sie zu denken. Blöder blonder Engel!

Mir rutscht natürlich das Herz in die Hose, aber nur einen Augenblick, dann fällt mir wieder ein, dass ich als Nikolaus verkleidet bin und er mich hoffentlich nicht erkennt. Außerdem hat er ja eine Freundin und ich brauche gar nicht mehr aufgeregt zu sein, wenn ich ihn sehe. Bin ich aber trotzdem.

»Guten Abend!«, brumme ich mit tiefer Stimme und widme mich wieder meiner Klebmasse.

Sven verschränkt die Arme vor der Brust, legt den Kopf schief und schaut mich an. »Äh, was machen Sie denn hier?«

Seine Omi kommt herein und legt ihm den Arm um. »Sven, den Nikolaus siezt man doch nicht.«

»Wie ist der denn hier reingekommen?«

»Von draus vom Walde komm ich her!«, brumme ich und muss fast kichern. Was ist das denn hier für eine Situation? Das glaubt einem doch zu Hause wieder kein Mensch!

»Durchs Fenster!«, erklärt die alte Frau mit roten, glücklichen Wangen. »Und jetzt bekomme ich endlich meine Pfefferkuchen!«

Sven versteht gar nichts, beschließt aber, die Sache so zu nehmen, wie sie ist, vor allem, nachdem er das glückliche Gesicht seiner Omi gesehen hat. Er beobachtet mich kurze Zeit, krempelt dann seine Ärmel hoch und mischt sich ein.

»Darf ich mal, Nikolaus? So wird das doch nie was.«

Er schüttet noch etwas Mehl zu der Masse, fängt an zu kneten und es geht gleich viel besser. Ich schaue ihn an und unsere Augen treffen sich kurz, nur kurz, aber sofort richtet er sich auf und will noch mal genauer hinsehen. Kommen ihm wohl bekannt vor. Eilig stürze ich mich auf den Herd, mache ihn an, zerre ein Blech raus und fette es ein.

»Annemarie? Hast du Ausstecher und ein Nudelholz?«

»Hab ich, hab ich, Nikolaus, alles da!«, flötet die und macht sich auf die ausführliche Suche.

»Und? Was treibt deine Schwester so, Sven?«, fragt sie ihren Enkel.

Sven hat mittlerweile einen wunderbaren Teigklumpen hingekriegt. »Ach, die kämmt wahrscheinlich ihre langen blonden Haare. Sie hat irgendwo gelesen, dass Sissi das zwei Stunden pro Tag gemacht hat. Und du weißt ja, Omi, Selina ist eine Prinzessin, also …«

Annemarie kichert und mir bleibt vom Schreck der Erkenntnis beinahe das Papier auf dem Blech kleben. Die Blonde ist nicht seine Freundin, sondern nur seine Schwester. Sven ist also … frei?

Das ändert die Sachlage komplett und ich bin wirklich heilfroh und noch heilfroher, dass er mich nicht erkennt und zum Beispiel nicht sieht, wie ich jetzt allein bei der Vorstellung und vor lauter Aufregung knallrot werde.

»So, Nikolaus, das können wir jetzt ausrollen!«

Ich mache mich wortlos an die Arbeit, weil ich keinen Ton mehr rauskriege vor lauter Aufregung, der Teig bleibt natürlich ständig kleben und Sven steht ganz nah an mir dran, um das Nudelholz immer wieder mit Mehl einzureiben.

»Ich husche kurz in die Kammer. Da müssen die Ausstecher sein, ich kann sie sonst nirgendwo finden!«, flötet Omi Annemarie, verschwindet aus der Küche und lässt mich mit Sven alleine. Sofort hört er auf mit der ganzen Mehlsache, verschränkt die Arme vor der Brust und schaut mich an.

»Dann verrate mir doch mal, lieber Nikolaus, was du hier tust?«

»Ich backe Pfefferkuchen«, nuschle ich mit möglichst tiefer Stimme.

»Und warum ausgerechnet bei meiner Oma? Wer hat dich engagiert?«

Ich klopfe auf den riesigen Teigfladen auf dem Tisch und nicke zufrieden und suche in meinem leeren, verliebten Hirn fieberhaft nach einer guten Antwort.

»Jetzt sollte es gehen!«

»Wer, Nikolaus?«

Ich schaue ihn an und frage mich, wie lange ich das jetzt noch durchhalten soll. Ich meine, ich kann doch jetzt nicht den Bart abnehmen und sagen: »Ich bin's, Suse, und ich wollte dich überraschen, weil ich ziemlich verliebt in dich bin!«

Oder doch? Würde Lilo das tun?

Sven zieht die Augenbrauen hoch und wartet immer noch auf eine Antwort.

»Na, mich schickt der Himmel. Das ist doch immer so bei Nikoläusen, oder?« Okay, die Antwort war nicht schlecht.

Sven grinst schief. »Und jetzt für nicht ganz so kleine Kinder, bitte!«

In diesem Moment kommt Annemarie mit zwei Ausstechern in die Küche. »Hier, ein Stern und ein Herz. Das reicht. So waren sie immer, meine Pfefferkuchen, Sterne und Herzen, das ganze Leben!«

Sven seufzt. »Schön, Omi!«

Dann stechen wir alle drei die Pfefferkuchen aus und legen sie ordentlich auf das Blech.

»So, jetzt ungefähr zehn Minuten in den Ofen und schon sind sie fertig!«, brumme ich und schiebe das Blech hinein.

»Vielleicht möchte der Nikolaus ja was trinken?«, schlägt Sven vor, Omi holt Brause aus dem Kühlschrank und dann sitzen wir alle drei an dem vermehlten Tisch und starren in den Ofen. Leider ist es unmöglich, mit dem Bart zu trinken, und Sven grinst mich frech an.

»Du kannst den Bart ruhig abnehmen zum Trinken!«

Mistkerl.

»Wie redest du denn mit dem Nikolaus, Junge? Benimm dich gefälligst!«, rettet mich die alte Frau und dann klopft es nebenan ans Fenster. Wir hören es alle ganz deutlich. Mist, das kann nur Lilo sein, die mich abholen kommt und sich draußen den Hintern abfriert.

»Was ist das denn?«, meint Sven und steht auf.

»Vielleicht das Christkind?«, freut sich Omi und ich springe eilig auf.

»Das ist eindeutig eine Angelegenheit des Nikolauses. Bleibt hier sitzen, ich schaue nach.« Ich sause ins Wohnzimmer und da steht tatsächlich meine Freundin Lilo vor dem Fenster, schaut mich fragend an und deutet auf den Griff. Ich mache auf.

»Verschwinde!«, zische ich ihr zu.

»He, ich bin hier um dich zu retten, wie redest du eigentlich mit mir?«

»Lilo, was machst du denn hier?«

Natürlich ist Sven nicht sitzen geblieben und Oma Annemarie lugt neugierig hinter seinem Rücken vor. Alles klar, kann Lilo genauso gut hereinkommen. Sie schaut von mir zu Sven und wieder zurück, kann sich nicht erklären, was los ist, und weiß natürlich nicht, was sie jetzt sagen soll.

»Sven hat mir, dem Nikolaus, und seiner Omi beim Pfefferkuchenbacken geholfen!«, erkläre ich ziemlich eindeutig.

»Aaah, die Pfefferkuchen!«, kreischt die alte Frau und eilt zurück in die Küche.

Sven schaut Lilo an und wartet.

»Also, ich … äh … unten steht der Schlitten vom Nikolaus und … den hab ich gesehen … und da hab ich gedacht, hey, der Nikolaus und wollte mal nachschauen … äh … weißt du!«

Sven nickt langsam und ich reibe mir verlegen die Hände.

»Ja, und jetzt sind wir hier fertig mit den Pfefferkuchen, da hält mich wohl nichts mehr!«

Die alte Frau kommt mit den heißen Pfefferkuchen in einer Schüssel um die Ecke und stellt sie auf den Tisch. »Nichts da, die müssen wir jetzt doch probieren. Mmmmh, wie die duften, wie früher, stimmt's Nikolaus?«

Ich nicke und es bleibt uns nichts anderes übrig, als uns mit Omi an den Wohnzimmertisch zu setzen. Sie macht noch mal Musik und zündet die erste Kerze auf dem Adventskranz an. Dann beißt sie genussvoll in einen Pfefferkuchen.

»Oh … mmmh … lecker … greift zu!«

Sie sieht unglaublich glücklich aus und eins muss ich zugeben, die Pfefferkuchen schmecken wirklich richtig gut. Lilo futtert und grinst die ganze Zeit vor sich hin, das schadenfrohe Luder, und wenn ich jetzt nicht demnächst rauskomme, werde ich explodieren, das weiß ich. Ich mach das schon mit Sven, aber nicht jetzt, nicht hier, nicht nach dem ganzen Getue.

»So, dann muss ich jetzt aber wirklich weiter«, brumme ich, »Ich hab ja noch so viel zu tun … Ho, ho, ho!«

»Ich komme mit!«, hängt Lilo sich dran und wir gehen zum Fenster, weil wir irgendwie vollkommen vergessen haben, dass es auch noch eine Tür gibt.

»Macht es gut und frohe Weihnachten noch!«, winke ich, da kommt die alte Frau zu mir und umarmt mich. Sie hat Tränen in den Augen.

»Das war der schönste Nikolaustag in meinem ganzen Leben. Vielen Dank!« Noch einmal fällt sie mir stürmisch um den Hals und zack, ist der Bart ab und ich stehe da als Suse im roten Mantel.

Sven schaut mich mit großen Augen an und wird rot. »Suse?«

Eilig fummle ich mir den Bart wieder dran und winke ihm zu.

»Hat mich sehr gefreut!«, sage ich mit tiefer Stimme und ab durch die Mitte, Lilo hinterher.

Als wir unten bei unseren Fahrrädern sind, schleudere ich

den Bart auf den Boden. »Mist, Mensch, das ist ja wohl gründlich schiefgegangen!«

Lilo schaut mich verständnislos an. »Wieso das denn? Du hast seine Omi sehr glücklich gemacht.«

»Und mich auch!« Plötzlich ist Sven da und schaut mich an. »Wirklich, Suse, ich hab meine Omi noch nie so froh gesehen!«

Lilo schiebt ab und ich stehe vollkommen versteinert da. Aber weil Sven mich so unglaublich lieb anlächelt, kommt irgendwann doch noch Bewegung in mich zurück.

»Eigentlich wollte ich ja dich überraschen!« Ich ziehe die Süßigkeitentüte aus der Manteltasche und halte sie ihm hin.

»Hast du ja auch!«, flüstert der und dann küsst er mich einfach. Der schüchterne Sven den schüchternen Nikolaus.

IRENE ZIMMERMANN

Weihnachten in der Garage

Die Buden auf dem Weihnachtsmarkt sind schon geschlossen, es schneit, als ob die ganze Welt in Watte versinken will, und aus einem der Häuser hört man eine Posaune spielen: »Vom Himmel hoch, da komm ich her«.

Mama singt aus voller Kehle. Papa hat den Arm um sie gelegt und summt mit. Garantiert kennt er den Text nicht! Aber es ist auch so peinlich genug, am Heiligabend hinter den Eltern her durch den Schnee zu stapfen, direkt vor Luke und Ben, die es wahnsinnig witzig finden, mir immer wieder Schnee in den Halsausschnitt meines Anoraks zu stopfen.

»Ist das nicht wunderbar?«, fragt Mama. Sie und Papa sind stehen geblieben, um den Blick auf die festlich beleuchtete Altstadt zu genießen. Also bleibt mir nichts anderes übrig, als auch zu stoppen – mit dem Ergebnis, dass meine beiden Brüder mich anrempeln und zu Boden reißen.

Mir reicht es! Ich will nach Hause! Ich finde diese Familientradition, am Heiligen Abend vor der Bescherung durch die ganze Stadt zu latschen, sowieso ziemlich bescheuert. Bei anderen Leuten wird ferngeguckt – was man an den bläulichen Lichtern in vielen Fenstern deutlich sieht –, aber bei uns geht man spazieren. Das haben meine Eltern als Kinder angeblich schon gemacht und wahrscheinlich erwarten sie von uns, dass wir das bis in die übernächste Generation weitergeben.

Aber ohne mich! Ich habe mich aufgerappelt, dabei Ben noch ganz versehentlich einen Tritt gegen das Schienbein gegeben, und als ich mich bei Luke einhänge, kneife ich ihn in den Oberarm. Sein Geschrei ist überhaupt nicht angebracht; garantiert hat er durch den dicken Anorak hindurch überhaupt nichts gespürt.

Natürlich müssen jetzt unsere Eltern reagieren. »Es ist so friedlich hier«, sagt Papa. »Wenn ihr ganz leise seid, könnt ihr sogar die Schneeflocken fallen hören. An einem solchen Abend könnte man sich doch vertragen. Das gilt auch für dich, Nora!«

»Schneeflocken hören«, murmelt Luke. »Oh Mann, hoffentlich sieht mich keiner von meinen Kumpels. Ich würde im Erdboden versinken.«

Nicht nur du, denke ich. Ausnahmsweise muss ich meinem Bruder mal recht geben, aber weil wir jetzt endlich den Rückweg einschlagen, halte ich den Mund.

Ob ich wohl die Schlittschuhe kriege, die ich mir gewünscht habe? Falls ja – und ich hoffe es natürlich sehr –, dann werde ich gleich morgen mit meiner Freundin Ines zum Schlittschuhlaufen gehen … und dabei hoffentlich so ganz zufällig mit Ole ins Gespräch kommen.

Er ist nämlich fast jeden Nachmittag auf der Eisbahn, weil er mal ein richtig guter Eisschnellläufer werden will. Er wohnt im Nachbarhaus, aber leider tut er im Moment so, als ob er mich nicht kennen würde.

Ziemlich hochnäsig, finde ich. Aber das wird sich demnächst ändern. Vielleicht! Denn Ines meint, sie könnte sich gut vorstellen, dass Ole und ich …

»Jetzt freue ich mich erst mal auf eine schöne Tasse Tee«, höre ich Mama sagen, als wir vor unserem Haus stehen. »Wir zünden das Feuer im Kamin an, ihr bekommt eine heiße Schokolade und dann schauen wir mal, was das Christkind so gebracht hat. Jan, kannst du bitte aufschließen? Meine Finger sind fast abgefroren, trotz der Handschuhe.«

Meine Zähne klappern. Es ist so grauenhaft kalt und ich will nur noch ins Haus, an den warmen Kamin und endlich meine Schlittschuhe auspacken. Auch Ben und Luke schnattern vor Kälte, während Papa nach dem Schlüssel sucht.

Leider vergeblich! Der Schlüssel ist verschwunden! Spurlos verschwunden!

Genauso wie jegliche Weihnachtsstimmung. Mama ist stocksauer, behauptet, dass Papa den Schlüssel bestimmt verloren habe, Papa ist überzeugt, dass Mama den Schlüssel haben müsste. Es ist zum Davonlaufen! Und das ausgerechnet an Heiligabend!

Wir spielen alle Möglichkeiten durch, wie man ins Haus kommen könnte: Fenster einschlagen geht nicht, weil alle Fenster im Erdgeschoss durch Gitter gesichert sind. Schlüsseldienst anrufen geht auch nicht, weil wir nicht mal ein Handy mitgenommen haben. Irgendwelche Bekannten anrufen und um Hilfe bitten ist also auch nicht drin.

»Außerdem ist Heiligabend«, sagt Mama, »und da kann man nicht stören, jedenfalls nicht jetzt um 18 Uhr, wo überall Bescherung ist. Aber was machen wir jetzt?«

»Erfrieren!«, mault Ben. »Und das alles bloß, weil ihr …«

»Stopp!«, rufe ich. Ich habe gerade einen grau getigerten Schatten am Fenster unserer Garage gesehen. Bestimmt unsere Leni. »Was haltet ihr von Weihnachten in der Garage?«

Zuerst sind alle skeptisch, aber weil es immer noch schneit und uns immer kälter wird, meint Papa schließlich, die Idee sei vielleicht doch nicht so übel.

Weil natürlich auch der Autoschlüssel fehlt, schieben wir

das Auto mit vereinten Kräften nach draußen, um Platz zu schaffen. Wie gut, dass unsere Garage erstens sehr groß und zweitens sehr unaufgeräumt ist.

Wir stellen die Gartenstühle, die hier überwintern, im Kreis auf, einen Campingtisch in die Mitte, und Mama entdeckt ein altes rotes Bettlaken, das sie als Tischtuch zweckentfremdet. Dann holt Papa den elektrischen Strahler aus einer Ecke, der im Herbst bei uns auf der Terrasse stand, und stellt ihn an.

Langsam tauen wir auf. Es ist schon fast gemütlich in der Garage: Auf dem Tisch brennt das Eulenwindlicht, das im Sommer immer vor unserer Haustür steht. Unsere Katze liegt bei mir auf dem Schoß und schnurrt glücklich. Und Mama hat in ihrer Handtasche eine Packung Dominosteine gefunden, die sie als Notration (falls jemand von uns schlappmachen sollte) bei unserem Spaziergang dabeihatte.

»Hoffentlich überfress ich mich nicht«, grinst Ben, als er – wie wir anderen auch – zwei Dominosteine abgezählt in die Hand bekommt. »Und jetzt müssen wir singen. Damit es auch richtig Weihnachten wird.«

Wir sitzen in unserer Garage und singen Weihnachtslieder. Mama singt ganz wunderschön, Papa brummt ein bisschen, meine Brüder, na ja, hört sich etwas nach Stimmbruch an, finde ich, und sogar Leni schnurrt im Takt. Ich beuge mich über sie und singe ihr ganz leise vor, damit sie nicht erschrickt: »Kling Glöckchen, klingelingeling, kling, Glöckchen kling …«

Wir sind gerade bei »Fröhliche Weihnacht überall« angekommen, da höre ich draußen Geräusche und wenig später wird die Garagentür vorsichtig geöffnet.

»Oh!«, sagt Ole erschrocken. Und sein Vater fügt hinzu: »Entschuldigung, wir wussten nicht, dass Sie in der Garage Weihnachten feiern.«

»Das ist bei uns so Tradition!«, ruft Luke, dieser Blödmann.

Ole schaut mich ungläubig an. Ich schüttle den Kopf und merke, wie ich knallrot anlaufe. Was denkt Ole bloß von uns? Total bescheuerte Familie, Weihnachten in der Garage feiern?

»Wir haben uns dummerweise ausgesperrt«, gesteht Mama. »Und zur Bescherungszeit wollten wir natürlich niemanden stören.«

»Aber das wäre doch kein Problem gewesen«, meint Oles Vater. »Ich bitte Sie. Kommen Sie doch einfach mit zu uns. Es ist schließlich Weihnachten!«

Minuten später sitzen wir bei Oles Eltern im Wohnzimmer und futtern Weihnachtsgebäck. Sogar Leni durfte mitkommen, weil Ole ein totaler Katzenfan ist. Er sitzt neben mir und wir reden und reden, so, als würden wir uns schon irre lange kennen. Ich schwebe auf Wolke sieben.

Gegen halb elf gähnt Papa heftig, und weil ihm das vor unseren Gastgebern etwas peinlich ist, versucht er, das Gähnen noch schnell in einen heftigen Nieser umzuwandeln. Oles Mutter will ihm ein Taschentuch holen, aber Papa meint, er habe in der Innentasche seines Anoraks ein ganzes Päckchen.

»Und unseren Hausschlüssel!«, stellt er fassungslos fest, als er die Taschentücher herauskramt. »Das gibt's doch nicht. Der muss sich irgendwie verhakt haben.«

»Na, dann ist das ja wie ein Weihnachtsgeschenk«, meint Mama lächelnd. »Wundere dich also nicht, wenn du nachher bei unserer richtigen Bescherung nichts mehr kriegst.«

»Das war das allerschönste Weihnachtsfest, das wir je hatten«, murmle ich, als wir nach Hause gehen. Ich sehe, wie Papa und Mama einander einen vielsagenden Blick zuwerfen, und dann fragt mich Papa: »Wegen Weihnachten in der Garage oder wegen Ole?«

»Weihnachten in der Garage war natürlich schon mal was ganz Besonderes«, gebe ich zu. Ich hake mich bei den beiden unter und füge ganz leise hinzu: »Aber am allerschönsten ist doch die Sache mit Ole.«

BIANKA MINTE-KÖNIG

Nikolausstiefel

Der stand irgendwie ganz merkwürdig da.

Auf meinem Platz auf dem Schultisch.

So ein standardmäßiger Nikolausstiefel aus Plastik. Rot mit einem weißen Rand und oben mit Stoff, der mit einem glitzernden goldenen Band zugebunden war.

Meine Güte, aus dem Wichtelalter war ich ja eigentlich raus! Da machte sich doch sicher jemand einen blöden Joke mit mir.

Wenn ich diesen seltsamen Stiefel aufbinden würde, dann würde mir bestimmt ein kleines Teufelchen entgegenspringen, mir die Zunge rausstrecken und quietschen: »Angeschmiert!«

Also besser nicht aufmachen.

»Doch, klar, unbedingt«, riet mir meine Freundin Mila.

»Auf jeden Fall aufmachen«, empfahl mir auch Hanna.

»Los, Kati, mach schon, wir sind total neugierig!«

Ich ließ meinen Blick durch die Klasse schweifen. Es waren noch nicht alle Mitschüler da, aber am Fenster stand Vanessa mit Carmen und schaute sehr auffällig zu uns herüber. Ob die sich einen schlechten Scherz mit mir erlauben wollte?

Wo steckte denn Tobi eigentlich?

Markus kam grade rein und grinste, als er den Stiefel auf meinem Platz stehen sah.

»Wie putzig«, sagte er, »bei Kati war der Nikolaus!«

Mila warf ihm einen warnenden Blick zu. »Halt dich da raus«, meinte sie und es klang so, als hätte sie nichts dagegen gehabt, auch so einen Stiefel auf ihrem Platz vorzufinden.

Na gut, dann machte ich ihn eben auf, obwohl mir das vor allen Augen schon etwas peinlich war. Ich friemelte an dem Band herum.

Himmel, warum ging das verflixte Ding denn nicht auf? – So, endlich geschafft. Ich luchste in den Stiefel hinein. Nein, wie süß!

Als ich glücklich aufblickte, stand Tobi in der Klassenraum-tür.

Ich lief zu ihm und drückte ihm vor allen Mitschülern einen dicken Kuss auf den Mund.

»Danke, lieber Nikolaus!«, rief ich.

Alle lachten, nur Vanessa lief mal wieder vor Neid grün an.

»Was war denn drin?«, wollte Hanna dann flüsternd in der Stunde wissen.

Ich kicherte leise. »Ein Kussgutschein und ich habe ihn gleich eingelöst!«

CHANTAL SCHREIBER

Wahrheit oder Pflicht

»Was, das war schon wieder das letzte von diesen Schokodingern?«

»Tja, der frühe Vogel kriegt den Keks!«

»Ich hatte nur ein einziges!«

»Ich gar keines!«

»He, Leute, beruhigt euch!« Ich taste nach meinem Rucksack unter dem Büfetttisch und zaubere noch eine Keksdose hervor. »Hier ist Nachschub. Können wir uns jetzt wieder auf das Spiel konzentrieren?«

Lonis Eltern sind ziemlich cool, sie darf jedes Jahr die ganze Klasse zu einer Weihnachtsparty einladen. Loni und ihre Mutter dekorieren das riesige Haus und kochen Punsch. Und jeder aus der Klasse bringt etwas zu essen mit. Ich brauche gar nicht mehr zu fragen, was gebraucht wird, denn ich muss immer Schokokrapferl backen, nach einem Rezept meiner Großmutter. Ich weiß nicht, wieso die Dinger »Krapferl« heißen, aber wenn das ihr Geheimnis ist, dann soll es mir auch recht sein. Sie sind einfach unwiderstehlich. Jeder liebt sie. Und niemand kriegt das Rezept. Ich halte es absolut geheim.

Sieben Hände grapschen in die Keksdose, kaum dass der Deckel ein Stück angehoben ist.

»Okay, Tessa, Wahrheit oder Pflicht?«

Ich zucke mit den Schultern. »Wahrheit. Ich hab absolut

nichts zu verbergen.« Jedenfalls nicht vor den Mädels hier. Wir sind eine eingeschworene Clique, alle acht. Schließlich muss man zusammenhalten, wenn man den Jungs zahlenmäßig so stark unterlegen ist, acht gegen sechzehn. Seit zwei Wochen sogar siebzehn. Der Neue heißt Enno und wir wissen noch nicht, was wir von ihm halten sollen. Er hat ein Geländemoped und fährt damit Rennen. Das finden die Jungs natürlich cool. Man kann auch wirklich nicht sagen, dass er übel aussieht. Also von den O-Beinen abgesehen. Aber vielleicht sind die beim Mopedfahren ja praktisch. Er ist ziemlich groß und schlank und hat total schöne Augen. Gina hat gesagt, Augen wie Schokotoffees. Ich bin ja nicht so eine Romantikerin, aber seine Wimpern hätte ich jedenfalls auch gerne. Dass die beneidenswert dunkel und dicht und lang sind, das weiß ich, weil wir im Musiksaal nebeneinandersitzen. Aber was echt schräg ist, sind seine Haare. Also eigentlich die Abwesenheit von Haaren, denn er hat einen ziemlich extremen Crew Cut, Ein-Zentimeter-Borsten. Und auch, wenn das vielleicht superaerodynamisch ist, ich finde Haare irgendwie attraktiver.

Während meine Augen unauffällig zu Enno geschweift sind, der dort drüben gerade alleine an der Punschbar steht, haben die Mädels irgendwas ausgeheckt.

»Wahrheit, Tessa«, sagt Gina. »Das Rezept für deine Schokokekse!«

»He!«, protestiere ich. »Das ist unfair! Das gilt nicht! Ihr wisst genau, dass ich das Rezept nicht verraten kann! Altes Familiengeheimnis!«

Die Mädels sehen einander an und grinsen verschwörerisch.

»Dann also Pflicht?«, fragt Gina.

»Pflicht«, seufze ich.

»Du musst Enno küssen.«

»Was???« Ich starre entgeistert von einer zur anderen.

»Das oder das Keksrezept.« Gina hebt erwartungsvoll die Augenbrauen. Dass diese Schokodinger aber auch so verdammt gut sein müssen. Hätte nicht gedacht, dass ich das Rezept meiner Oma noch mal verfluchen würde. Natürlich sind sie überzeugt, dass ich klein beigebe. Aber nicht mit mir! Wie schwer kann es schon sein, den Jungen mit der Borstenfrisur unter den Mistelzweig zu kriegen?

»Wie ihr wollt.« Ich stehe entschlossen auf und schlendere unauffällig zur Punschbar, die Augen aller Mädels im Rücken. Dort steht Enno immer noch, löffelt Brombeeren aus seinem Becher und sieht dabei zu Theo und Ingmar hinüber, die sich bei irgendeinem Xbox-Spiel duellieren.

»Hey«, sage ich unverfänglich.

Er sieht mich an, zieht die Augenbrauen hoch, scheint ein bisschen überrascht zu sein, dass ich was zu ihm sage. Hallo? Wir sind in derselben Klasse, oder? Wir haben im Musiksaal nebeneinandergesessen, da kann man doch »Hey« sagen.

Zugegeben, ich habe bis jetzt kaum mit ihm gesprochen. Aber das liegt mehr am, wie soll ich sagen, sozialen Gefüge bei uns. Die Mädels sind eine eingeschworene Gruppe, die Jungs auch. Wenn einer oder eine neu dazukommt, wird der- oder diejenige erst mal von den Geschlechtsgenossen in alles eingeweiht. Sozusagen.

Ich schiele zu dem Mistelzweig, der im Durchgang zum Vorzimmer hängt, nur ein paar Schritte entfernt.

»Ähm …«

Er wendet seinen Blick wieder mir zu.

»Von da drüben sieht man bestimmt besser«, sage ich und werde rot. Er wirft einen Blick nach »drüben«, der für meinen Geschmack viel zu lange am Mistelzweig hängen bleibt, dann zum Bildschirm und schließlich zurück zu mir wandert. Ein kleines Grinsen zieht an seinen Mundwinkeln.

»Schon möglich«, sagt er. »Aber ich kriege Heuschnupfen von Mistelzweigen.«

»Wirklich?«

Er lacht und deshalb seh ich mir zum ersten Mal seinen Mund genauer an. Es ist ein ausgesprochen hübscher Mund, weiß auch nicht, warum mir das nicht schon eher aufgefallen ist. Wahrscheinlich, weil alle bloß von den Augen geredet haben. Und den Haaren natürlich.

»Nein«, sagt er. »Wirklich nicht.«

»Aber?«, frage ich, ein bisschen zu ärgerlich.

»Aber nur weil ich neu bin, bin ich nicht doof. Du hast in zwei Wochen noch kein einziges Wort mit mir gesprochen. Und nun stehst du plötzlich vom Wahrheit-oder-Pflicht-Spielen auf und willst mich unter einem fadenscheinigen Vorwand Richtung Mistelzweig locken. Es braucht kein Genie, um draufzukommen, was läuft.«

Ich seufze. »Also gut. Was muss ich tun, damit du mit mir da rüberspazierst und wir es hinter uns bringen können?«

»Klingt verdammt romantisch, wie du das so sagst. Normalerweise plaudere ich erst mal mit einem Mädchen, bevor ich es küsse.«

Ich verdrehe die Augen. »Also gut. Lass uns plaudern. Ich erzähl dir was von mir und du mir was von dir.«

»Cool.« Seine Toffee-Augen glänzen und er fährt sich mit der Hand über seine Haarborsten, als könnte er selber nicht glauben, dass sie so kurz sind. »Du fängst an. Was willst du wissen?«

»Warum sind deine Haare so kurz?«, frage ich, noch bevor ich richtig nachgedacht habe.

Er lacht. »Weil meine kleine Schwester mir vor zwei Wochen mit ihrer Bastelschere über der Stirn die Haare abgemäht hat. Als ich geschlafen habe. Glaub mir, Kahlschlag war die einzige Möglichkeit. Bin ich jetzt dran?«

Ich nicke nur. Irgendwie ist die Geschichte mit der kleinen Schwester süß.

»Also, was wäre die Wahrheit gewesen?«, fragt er. »Die Wahrheit, die du nicht sagen wolltest?«

Ha. Das hat er sich ja schön ausgemalt. Aber sorry, keine schlüpfrigen Geheimnisse.

»Das Keksrezept meiner Oma.« Jetzt bin ich mal mit Grinsen dran. »Familiengeheimnis. Kann ich nicht preisgeben.«

»Sind das diese Kekse hier?« Er deutet mit dem Kopf zum Klavier, wo die dritte Keksdose steht, die ich mitgebracht habe, natürlich auch schon leer.

»Genau die.«

»Die sind superlecker.« Er verzieht ein bisschen den Mund und runzelt die Stirn, als müsste er scharf nachdenken. »Folgender Vorschlag«, sagt er dann. »Du gibst mir das Keksrezept. Ich sage keiner Menschenseele, dass ich es von dir habe. Ich verkaufe es auch nicht bei eBay. Dafür stell ich mich unter den Mistelzweig. Was sagst du?«

Ich sage gar nichts, ich schnaufe wütend. Der Kerl hat Nerven. Der soll froh sein, dass er die Chance auf einen Kuss von mir hat, anstatt auch noch Bedingungen dran zu knüpfen! Aber wenn ich nicht darauf eingehe, blamiere ich mich nicht nur vor meinen Freundinnen, sondern muss auch allen sieben mein Rezept geben.

Ich überlege, ob ich ihn kurzerhand überfallen und zwangsküssen soll, aber er scheint meine Gedanken zu erraten.

»Ich bin Sportler«, sagt er und grinst. »Ich hab gute Reflexe.«

Ich weiß, wann ich verloren habe. Was soll's. Er will das Rezept schließlich nur für den persönlichen Gebrauch. Und die Mädels werden nie erfahren, wie das abgelaufen ist.

»Also gut«, sage ich. »Aber ich gehe zuerst hinüber und du kommst nach und küsst mich.« Dann werden sich die Mädels die Gehirne verrenken, wie ich das geschafft habe. Wenigstens ein kleiner Teilerfolg.

»Kein Problem. Also, Ehrenwort?«

»Ehrenwort.«

Ich kippe meinen Punsch runter, stelle den Becher ab, schlendere in Richtung Mistelzweig und will mich dort gerade malerisch an den Türrahmen lehnen, als Enno mich einholt, zu sich herumdreht, mein überraschtes Gesicht in seine Hände nimmt und mich küsst. Mitten auf den Mund. Ziemlich lange.

Ich mache die Augen erst wieder auf, als ich die Mädels am anderen Ende des Raumes johlen höre. Irgendwie habe ich sie ganz vergessen. Ennos toffeebraune Augen mit den dunklen Wimpern sind ganz dicht vor mir und glänzen. Er lässt mich los und macht einen Schritt zurück. »Nicht das Rezept vergessen«, sagt er. Dann lehnt er sich entspannt an den Türrahmen und scheint sich von einem Moment zum anderen nur noch für das Xbox-Duell zu interessieren.

Ich mache den ersten Schritt von ihm weg und merke, dass meine Knie irgendwie komisch sind. Beim zweiten Schritt fühle ich, dass meine Lippen vibrieren, als hätten sie einen elektrischen Schlag gekriegt. Die Mädels sehen mir erwartungsvoll entgegen. Beim dritten Schritt habe ich die glänzenden Toffeeaugen vor mir und fühle seine Hände auf meinem Gesicht. Beim vierten fällt mir die Geschichte von seiner kleinen Schwester wieder ein und ich muss lächeln, weil sie wirklich echt süß ist. Dann merke ich, dass mein Herz doppelt so schnell schlägt wie sonst. Und den fünften Schritt mache ich gar nicht mehr. Ich drehe auf dem Absatz um und gehe zurück zum Türrahmen. Enno sieht mich verblüfft an, aber ich gebe ihm keine Zeit, etwas zu sagen, sondern lege meine Arme um seinen Hals, stelle mich auf die Zehenspitzen und küsse ihn. Mitten auf den Mund. Ziemlich lange.

Diesmal haben es auch die Jungs mitgekriegt und johlen vor Begeisterung.

»Wow«, sagt Enno. »Du hast nicht gesagt, dass die Mädels noch einen zweiten Kuss wollten.«

»Wollten sie auch nicht«, sage ich. »Den wollte ich. Und das Keksrezept war er allemal wert.«

Enno sieht mich an, und irgendwie habe ich das Gefühl, ihn schon ewig zu kennen, samt seinen toffeebraunen Augen, dunklen Wimpern und hübschen Lippen. Samt seiner Igelfrisur und den O-Beinen.

»Cool«, flüstert er und seine Augen kommen wieder näher. »Unter diesen Umständen verzichte ich auf das Rezept.«

BIANKA MINTE-KÖNIG

Tierisch coole Weihnachtsüberraschungen

Wo Benni nur blieb? Wir hatten uns am Morgen des 24. Dezembers verabredet und ich wartete voller Ungeduld im Schneegestöber vor unserem Haus. Nervös schaute ich nun schon zum x-ten Mal auf meine Armbanduhr und stopfte dann meine Hände wieder in die Taschen meines warmen Parkas.

Sonst war er doch immer so pünktlich. Sorge schlich in mein Herz. Ihm war doch hoffentlich nichts zugestoßen. Das wäre ja schrecklich! Heute war doch Heilig Abend und wir hatten bis zur Bescherung in unseren Familien noch sooo viel zu tun. Ich wollte grade mein Handy herausziehen, um ihn anzurufen, als er um die Häuserecke in unsere Straße einbog. Ja, das war er. Unverkennbar, der schnelle, sichere Schritt und der dunkle Haarschopf. Wieder lief er ohne Mütze und nur mit einem wärmenden Stirnband über den Ohren. Ich zog meinen Kopf tiefer in meine Kapuze mit dem kuscheligen Fellbesatz und eilte ihm entgegen.

»Entschuldige, dass ich mich etwas verspätet habe, aber ich habe heute Morgen noch ein paar Spenden einsammeln können und die habe ich gleich noch in Geschenke investiert.« Ich schaute schmunzelnd auf die Jutetaschen, die er schleppte, und konnte mir denken, was das für Geschenke waren.

»Na, dann los!«, forderte ich ihn auf, nahm ihm einen Teil seiner Last ab und ging mit festen Schritten neben ihm zur Bushaltestelle. Dort stellten wir die Taschen ab und Benni nahm mich erst einmal lieb in den Arm.

Hach, seine Küsse waren einfach die allerbesten Muntermacher. Die dunkle Jahreszeit ging mir ehrlich gesagt ganz schön auf das Gemüt, aber sobald Benni in der Nähe war, schien die Sonne aufzugehen und mein Körper produzierte Unmengen Vitamin D, was sich sofort in gesteigerter guter Laune äußerte. So auch heute.

Als wir beim Tierheim ankamen, sprühte ich bereits wieder vor Energie und freute mich riesig darauf, den Tieren im Tierheim eine Weihnachtsfreude machen zu können.

Bodo und Svenja von der Tiernotrettung begrüßten uns mit großer Herzlichkeit und freuten sich, dass ich die Videokamera dabeihatte. »Schön«, meinte Bodo, »dann könnt ihr ja eure Weihnachtsbescherung für die Tierheimtiere filmen und auch noch in euren Promotionfilm für den Tierschutz einbauen.«

Ich nickte. Genau das hatten wir vor. Aber natürlich wollten wir auch selber ein bisschen Weihnachtsmann spielen und den Tieren eine Freude bereiten.

Wir stellten die Jutebeutel mit unseren Gaben auf den Tisch in der Tierküche. Hier wurden die Mahlzeiten für die Tierheimbewohner hergestellt und hier waren unsere Geschenke darum genau richtig. Erfreut packte Svenja aus und bald stapelten sich viele Büchsen Hunde- und Katzennahrung und Kartons mit Leckerlis und Kauknochen auf dem Tisch.

»Meine Güte«, rief Svenja erstaunt aus. »Wo habt ihr denn das alles her?« Ich grinste. »Haben wir alles in der Adventszeit gesammelt. Jeder hat was gebracht, der von unserem Plan gehört hat. Familie, Nachbarn, Freunde – Leute aus unserer Klasse, der Chef vom Lebensmittelladen … die waren alle total cool dabei.«

»Das sieht man«, meinte Bodo und ich hielt gleich mal die Kamera drauf. Wirklich ein richtig eindrucksvoller Stapel.

»Dürfen wir denn den Tieren davon schon etwas geben?«, fragte ich.

Svenja lachte. »Klar, deswegen seid ihr doch wohl gekommen.« Sie nahm ein paar Kartons mit Hunde- und Katzenleckerlis und Kauknochen vom Tisch und drückte Benni davon einiges in die Hände.

»Los, worauf wartet ihr noch. Eure Lieblinge sind schon ganz ungeduldig … die haben schon mitgekriegt, dass ihr da seid.«

Und wirklich, als wir vor das Gebäude traten, begannen die Zwingerhunde immer lauter zu bellen. Sobald wir den Gang zwischen den Boxen betraten, stürzten sie alle neugierig ans Gitter. Benni riss eine Verpackung auf und dann gingen wir an den Boxen entlang und gaben jedem Hund seine Weihnachtsleckereien. Die Freude war groß und bald verstummte das Bellen und fast alle Hunde lagen am Boden und nagten voller Hingabe auf ihren Kauknochen herum. Dennoch wurde mir ein bisschen weh ums Herz, als ich sie so auf dem nackten Betonboden ihrer Käfigzellen liegen sah. Wie viel schöner wäre es doch, wenn sie Weihnachten in einer Familie mit lieben Menschen feiern könnten. Ich dachte an unsere Hündin Schnuffel, die später am Nachmittag ganz selbstverständlich ihre Weihnachtswurst genau wie wir unsere Geschenke unter dem festlich leuchtenden Weihnachtsbaum finden würde. Nach der Bescherung würde sie wie in jedem Jahr zu mir kommen und ihren Kopf auf meinen Schoß legen, um sich streicheln zu lassen. Ich seufzte unwillkürlich. Sie hatte es so viel besser, als all die armen Tierheimhunde.

Svenja schien meine Gedanken erraten zu haben, denn sie zog mich von den Hunden weg, rüber zum Katzenhaus, wo wir unsere Bescherung fortsetzen wollten.

»Du musst nicht traurig sein«, sagte sie zu mir. »Ihr habt den Hunden eine große Freude gemacht und die meisten von ihnen haben es hier sehr viel besser als bei ihren früheren Besitzern. Wenn euer Film fertig ist, dann werden wir ganz sicher viele von ihnen in gute Hände vermitteln können.«

Auf dem Nachhauseweg machten Daniel und ich noch einen Stopp bei Starbucks. Wir suchten uns eine versteckte Sitznische und tranken unseren geliebten Vanillekaffee. Dabei knabberten wir Brownies.

»Ich, ich habe auch was für dich«, sagte ich leise. »Es ist ja schon Heilig Abend und wenn du willst, kannst du es gleich auspacken.«

Daniel lächelte. »Nur, wenn du auch mein Geschenk auspackst.« Er schob mir ein flaches Päckchen rüber.

»Was ist es?«, konnte ich meine Neugier nicht zurückhalten.

»Das musst du schon selber herausfinden«, meinte er mit einem lieben Lächeln und begann den Knoten an seinem Geschenk aufzufummeln. Ich tat es ihm gleich, aber mir zitterten vor Aufregung die Finger. Verdammt, wollte denn das Geschenkband überhaupt nicht aufgehen?

Endlich hatte ich es geschafft. Ich schielte zu Daniel rüber. Auch er hatte die Knoten gelöst.

»Mach das Papier ab«, sagte ich ungeduldig. Er schüttelte den Kopf.

»Nein, zusammen.«

»Okay.«

Wir wickelten im gleichen Rhythmus das Papier ab und starrten beide auf eine kleine längliche Schachtel. Hm …

Das war jetzt aber nicht geplant …

Auch Daniel wirkte etwas verwundert. Zu ähnlich sahen die Schachteln aus, die jeder von uns in der Hand hielt.

»Wie, wie hast du es rausgekriegt?«, fragte er irritiert.

»Ich, wieso ich … ich … äh …«

»Mach auf«, sagte Daniel. »Los, gleichzeitig, Deckel ab!«

Ich folgte seiner Aufforderung. Vor mir in der Schachtel lag ein schmales Lederarmband mit einer silbernen Schließe und einem flachen silbernen Anhänger. Darauf war ein Name graviert: Benni.

Ich nahm es vorsichtig aus der Schachtel und hielt es Benni hin, damit er es mir um den Arm legte.

Er grinste und küsste mich, nachdem er es geschlossen hatte, zart auf die Innenseite meines Handgelenks.

»Und jetzt du«, sagte er, griff in seine Schachtel und ich befestigte mein Freundschaftsband an seinem Arm.

Wir legten unsere Hände nebeneinander auf den Tisch und starrten noch immer fassungslos auf die vollkommen identischen Freundschaftsbänder an unseren Armen.

»So viel Übereinstimmung, das ist doch nicht normal«, meinte ich und Benni sagte lachend: »Ein echtes Weihnachtswunder.«

Als wir uns küssten, dachte ich mit klopfendem Herzen: Das muss Liebe sein.

IRENE ZIMMERMANN

Sizilianische Weihnacht

»Du kannst ruhig schon gehen, ich schaff das schon!«, sage ich, als ich merke, wie Mama sorgenvoll auf die Anzeigetafel schaut. »Du musst dir keine Sorgen machen. Hier gibt es bestimmt irgendwo einen Schaffner.«

Unser Zug hat Verspätung und Mama muss pünktlich im Krankenhaus sein. Kein Wunder, dass sie seit Minuten nervös von einem Bein auf das andere tritt. Dann entdeckt sie im Schneegestöber einen Schaffner, der auf dem menschenleeren Bahnsteig direkt auf uns zukommt.

»Könnten Sie ein wenig auf meine Kinder achtgeben?«, bittet sie ihn. »Die drei steigen vor der Grenze aus, dort holt sie mein Mann ab. Lena ist zwar schon zwölf, aber es wäre mir schon recht, wenn Sie ein Auge auf sie ....«

»Keine Sorge«, unterbricht der Mann sie. »An Heiligabend ist der Zug so gut wie leer. Da sind doch die meisten zu Hause und feiern. Ich pass auf Ihre Kleinen auf, versprochen.«

Kleinen! Wenn ich das schon höre. Trifft auf Benno mit seinen vier und Mira mit ihren sieben zu, aber keinesfalls auf mich. Ich werde nämlich nächste Woche schon dreizehn. Aber ich habe keine Zeit, die Sache richtigzustellen, denn jetzt gibt uns Mama allen einen dicken Kuss. Ich hab den Eindruck, dass sie gleich losheult, aber sie beißt sich auf die Lippen, gibt mir noch einen Klaps auf die Schulter und sagt beschwörend: »Lena, ich verlass mich ganz auf dich! Pass gut auf Benno und Mira auf. Und ruf mich sofort an, sobald ihr da seid, ja?«

»Logo«, erwidere ich und dann winken die beiden Kleinen und ich ihr nach. Einen winzigen Moment lang ist es ein komisches Gefühl, im Schneetreiben auf dem Bahnsteig zu stehen und auf den Zug zu warten, während in allen anderen Familien schon Weihnachten gefeiert wird. Aber dieses Jahr geht es bei uns nicht anders. Mama ist Krankenschwester und muss arbeiten. Deshalb schickt sie uns zu Papa und ich fahre zum ersten Mal ganz allein mit dem Zug – mit Mira und Benno, drei Rucksäcken, Stofftieren, einer Tüte mit Geschenken und Vesperbroten. Mama hat mir sogar einen alten Schnuller von Benno eingepackt, nur so für den Notfall, falls er im Zug wahnsinniges Heimweh kriegen sollte.

»Wann sind wir endlich da?«, quengelt Benno.

»Wir müssen erst mal losfahren, mein Süßer«, kläre ich ihn auf und nehme ihm die Kekspackung aus der Hand, die er sich gerade aus meinem Rucksack geholt hat. »Das ist Reiseproviant, den gibt's nachher.«

Aber zuerst einmal gibt es ziemliches Geschrei, weil Mira ihrem kleinen Bruder inzwischen einen Schneeball in die Jackentasche gesteckt hat.

»Ruhe! Jetzt seid doch endlich friedlich!«, brülle ich, aber meine Geschwister übertönen mich problemlos. Fällt aber nicht weiter auf, weil jetzt der Zug einfährt.

»Ihr Glücklichen! Ihr habt den Zug fast für euch allein!«, lacht der Schaffner, als wir einsteigen. »Sucht euch ein besonders schönes Abteil aus.«

Puh, schwierig, sich bei so vielen leeren Abteilen für eines zu entscheiden. Aber nachdem wir drei Wagen abgelaufen sind, reiße ich eine Abteiltür auf und entscheide: »Das nehmen wir!«

Kaum sitzen wir, klingelt auch schon mein Handy. In Sekundenschnelle habe ich es aus meiner Manteltasche geholt und melde mich erwartungsvoll … Es ist aber nur Mama.

»Alles in Ordnung bei euch?«, will sie wissen.

»Klar«, sage ich. »Mama, ich bin alt genug. Du musst jetzt nicht dauernd anrufen. Wir fahren übrigens gerade los.«

Sie will noch etwas sagen, aber da ist die Verbindung auch schon unterbrochen.

Ich hätte sowieso gleich aufgelegt, denn ich muss hinter Benno und Mira her, die entdeckt haben, dass man draußen auf dem Gang herrlich Fangen spielen kann.

»Schluss jetzt!«, rufe ich. »Ich bin jetzt hier die Bestimmerin. Wenn ihr nicht brav seid, gibt's keine Weihnachtsgeschenke!«

Das hilft, mindestens für ein paar Minuten. Ich checke mein Handy, ob vielleicht eine SMS gekommen ist … von Ole …!

Wir haben uns nämlich seit zwei Tagen nicht mehr gesehen und ich finde, er könnte sich ruhig mal melden und vielleicht sagen, wie traurig er ist, dass ich Weihnachten nicht zu Hause bin. Aber leider Fehlanzeige!

Ehrlich gesagt frage ich mich langsam ernsthaft, ob Ole wirklich der Richtige für mich ist. Seit drei Wochen geht das nun schon: Mal ruft er an, tut so, als fände er mich ganz toll, dann meldet er sich wieder tagelang nicht. Aber Kara, meine Freundin, hat wahrscheinlich recht, wenn sie sagt, dass ich auf alle Fälle durchhalten muss. Von nichts kommt nämlich nichts, auch nicht der erste Kuss. Und den will ich endlich kriegen!

Eigentlich habe ich mir ja dieses Jahr als Frist gesetzt, aber so, wie es im Moment aussieht, muss ich sie auf nächstes Jahr verlängern. Ich bin dann wahrscheinlich zwar die Einzige in der ganzen Klasse, die mit dreizehn noch ungeküsst ist, aber außer mir und Kara weiß das zum Glück niemand.

Ich muss geseufzt haben, denn Mira schiebt ihre Hand unter die meine und flüstert: »Ich bin auch traurig. Alle anderen feiern jetzt Weihnachten und wir müssen Zug fahren.«

»Quatsch! Ich bin kein bisschen traurig«, gebe ich zurück. »Wir feiern eben einfach ein bisschen später, das ist doch nicht schlimm. Und Papa erlaubt uns bestimmt, dass wir länger aufbleiben dürfen.«

Das eintönige Rattern der Räder wiegt zuerst Benno in den Schlaf und kurze Zeit später auch Mira. Ich kuschle mich in meinen Mantel und träume mich zu Ole – der sich aber immer noch nicht gemeldet hat. Dabei habe ich ihm vor zwei Tagen ganz deutlich zu verstehen gegeben, dass ich eine Nachricht von ihm erwarte. Noch besser wäre es natürlich gewesen, er hätte mich an den Bahnhof begleitet. Wobei das wahrscheinlich ein bisschen viel verlangt wäre; mit 'ner SMS bin ich ja auch schon zufrieden. Das ist aber das Mindeste! Sonst bin ich nämlich nicht bereit, ihn zu küssen. Leider habe ich aber keine Ahnung, ob er überhaupt von mir geküsst werden will.

Ich ziehe zum hundertsten Mal mein Handy aus der Manteltasche. Aber egal wie beschwörend ich es auch anschaue, die SMS, auf die ich warte, kommt nicht. Stattdessen eine von Papa, dass er sich freut und uns pünktlich vom Bahnhof abholen wird, eine von Kara, in der sie aufzählt, was sie alles zu Weihnachten bekommen hat und dass es immer noch schneit – sonst nichts! Enttäuscht stecke ich das Handy zurück und nehme mir vor, heute Abend ganz bestimmt nur noch ein einziges Mal nachzuschauen.

Ich merke, wie auch ich müde werde. Einschlafen sollte ich aber besser nicht, denn in einer halben Stunde müssen wir aussteigen …

Und dann ist da plötzlich Ole! Er steht an der Abteiltür, grinst breit und scheint dann etwas zu sagen … Wo kommst du denn her?, will ich rufen, aber dann verschwimmt Ole und ich erkenne den Schaffner.

»Tut mir leid, dass ich euch geweckt habe«, sagt er. »Aber vielleicht kannst du jemandem Bescheid sagen, dass wir Verspätung haben. Es gibt nämlich ein kleines technisches Problem und wir können im Moment leider nicht weiterfahren.«

»Aber unser Papa wartet doch!«, protestiere ich.

Er zuckt mit den Schultern. »Tut mir wirklich leid, ich hätte mir auch einen schöneren Heiligabend vorstellen können.«

»Toll!«, stellt Mira fest. »Jetzt müssen wir in diesem ollen Zug Weihnachten verbringen.«

»Komm, Mira«, beruhige ich sie, »ist doch nicht so schlimm. Wenn du willst, kriegst du jetzt auch ein paar Plätzchen. Aber …«

»Ich muss mal!«, plärrt Benno dazwischen. »Du musst aber mitkommen! Mama hat gesagt, ich darf im Zug nicht allein aufs Klo. Aber ich will auch Plätzchen haben.«

»Ja, ja«, gebe ich genervt zurück. »Aber zuerst muss ich Papa anrufen und ihm Bescheid sagen.«

Die Gelegenheit kann ich dann natürlich auch gleich nutzen, um doch nochmals nach einer SMS zu schauen. Spätestens jetzt, so finde ich wenigstens, hätte ich zumindest eine klitzekleine Nachricht von Ole verdient, zum Beispiel: Ich liebe dich, auf ewig, dein Ole. Oder so ähnlich.

Stattdessen: Kein Netz. So ein Mist! Wir sitzen mitten in der Pampa. Rein theoretisch könnte mir Ole gerade hundert SMS schicken – und ich würde nichts davon mitkriegen.

»Ich muss mal! Ganz, ganz dringend!« Das ist immer noch Benno, der mich an der Hand zieht.

»Du musst sofort Papa anrufen!« Das ist Mira, die sich innerhalb weniger Augenblicke mindestens den fünften Schokoladenkeks in den Mund schiebt.

»Alles schön der Reihe nach«, stöhne ich. »Ich kann schließlich nicht hexen.«

Womit ich leider recht habe.

»Ich glaube, wir kommen hier nie mehr weg«, flüstert Mira nach einer halben Stunde. »Kannst du nicht noch mal den Schaffner fragen?«

»O.k.«, sage ich nach kurzem Zögern. Ist vielleicht keine schlechte Idee – besser jedenfalls, als hier rumzusitzen und nach draußen in die Nacht zu starren. Ich nehme Benno, dem vor Müdigkeit fast die Augen rausfallen, auf den Arm, und ziehe mit Mira an der Hand los.

»Mir ist unheimlich«, murmelt meine kleine Schwester. »Hier ist kein einziger Mensch. Lass uns lieber wieder zurückgehen.«

»Blödsinn«, lache ich. »Du brauchst doch keine Angst zu haben.«

Aber in Wirklichkeit ist mir auch mulmig, ziemlich sogar. Was, wenn wir jetzt plötzlich die einzigen Menschen in diesem Zug wären?

»Pst!«, mache ich. Bilde ich mir das nur ein oder höre ich wirklich Geräusche? Doch, da sind Stimmen, eindeutig ... Und wenig später entdecken wir, dass wir doch nicht die Einzigen hier sind.

»Entschuldigen Sie«, sage ich höflich, als ich die Abteiltür öffne. Ein alter Mann und zwei Frauen sehen mich neugierig an.

»Was ist denn los?«, fragt eine verschlafene Stimme.

Aus einem Durcheinander von Mänteln und Jacken auf den Sitzen schält sich eine Gestalt heraus. Wow! Der süßeste Junge, den ich je gesehen habe. Mit pechschwarzen Locken und dunklen Augen mit ganz langen Wimpern.

»Was ist denn los?«, wiederholt er und lächelt mich dabei an, dass es mich glatt umhaut.

»Ehm ...«, stottere ich. »Ich wollte nur mal fragen, ob ...« Puh, wie peinlich, ich laufe knallrot an.

»Wir haben nämlich Schiss«, kräht Benno, der plötzlich wieder putzmunter ist.

»Nein, natürlich nicht«, behaupte ich und hoffe bloß, dass sich meine Gesichtsfarbe wieder normalisiert.

Der Junge lächelt mich immer noch an, dann sagt er: »Bleibt doch einfach hier. Wir könnten zusammen Weihnachten feiern. Der Schaffner hat vorhin gesagt, wir stehen hier noch 'ne ganze Weile.«

Benno hat sich bereits auf einem der Sitze breitgemacht.

»Ja dann«, sage ich. »Danke für die Einladung.«

»Ich heiße übrigens Luca«, erklärt der Junge. »Und das sind meine Oma und mein Opa und das ist Tante Giulia.«

Ich lächle und sage zu Oma, Opa und Tante Giulia: »Danke, dass wir hierbleiben dürfen. Ich heiße Lena, und das sind Mira und Benno.«

Oma, Opa und Tante nicken mir freundlich zu, schauen Luca fragend an und der übersetzt.

»Ich würde auch gern so gut Italienisch sprechen können wie du«, sage ich bewundernd.

Er lacht mich an. »Das ist überhaupt kein Problem, wenn du in einer großen Familie lebst, in der alle Italienisch reden. Du kannst dir nicht vorstellen, was bei uns immer los ist. Eigentlich wäre ich jetzt ja auch daheim, aber weil Oma und Opa und Tante Giulia kaum Deutsch sprechen, begleite ich sie nach Sizilien.«

»Das ist bestimmt eine wahnsinnig lange Fahrt«, sage ich. »Warum fliegt ihr nicht einfach?«

Luca schüttelt den Kopf. »Meinen Opa würdest du nie in ein Flugzeug kriegen. Und Oma wahrscheinlich auch nicht.«

Einen Moment lang sagt keiner von uns ein Wort. Lucas Oma schält einen Apfel und versorgt Mira und Benno, die sich ausnahmsweise mal nicht streiten.

»Du sprichst übrigens ganz prima Deutsch«, sage ich dann.

Er sieht mich verständnislos an. »Klar doch! Ich lebe schließlich seit vierzehn Jahren in Deutschland.«

Ich merke, wie ich schon wieder rot werde. Blöd, jetzt sitzt der süßeste Junge einen halben Meter neben mir und ich rede nichts als total peinlichen Schwachsinn.

»Aber an Weihnachten ticke ich sizilianisch.«

»Und wie geht das?«, frage ich neugierig.

»Lass dich überraschen, Lena!«

Er spricht kurz mit seiner Tante, sie ruft begeistert: »Sì, sì«, und dann kramt er in einem riesigen Korb und zaubert schließlich eine Krippe mit kleinen Figuren hervor.

»Das ist das Wichtigste in Sizilien, die Krippe«, erklärt er.

»Aber wir haben auch einen Weihnachtsbaum dabei. Das gibt dann so eine Art deutsch-sizilianisches Weihnachtsfest.«

Benno und Mira dürfen die Figürchen in die Krippe stellen und dann klappt Luca einen Plastiktannenbaum mit vielen bunten Kerzen auseinander. Tante Giulia und die Großeltern klatschen begeistert in die Hände.

»Cantare!«, ruft uns der Opa zu. »Singen!«

»Wir kennen aber keine sizilianischen Weihnachtslieder«, erwidere ich.

»Natürlich kennt ihr welche«, unterbricht mich Luca. »›Oh, du fröhliche‹ kommt nämlich aus Sizilien.«

»Na gut«, sage ich und dann singen Benno, Mira und ich auf Deutsch, Oma, Opa und Tante Giulia auf Italienisch, während Luca mühelos zwischen beiden Sprachen hin- und herwechselt. Es gibt selbst gebackene Mandelmakronen, und als irgendwann im Zug das Licht ausfällt, wird das Abteil von den Kerzen am Christbaum erhellt.

»Ach ja, das Wichtigste hätte ich fast vergessen«, meint Luca, während Tante Giulia das nächste Lied anstimmt. »Es ist ein ganz alter Brauch, dass man sich bei diesem Lied küssen muss.«

»Du meinst, wir sollten uns jetzt küssen?«, frage ich atemlos.

»Unbedingt. Das verspricht Glück für das ganze nächste Jahr«, gibt er zurück.

Ich werfe einen Blick auf Tante Giulia und die Großeltern. Sie schauen uns alle erwartungsvoll an, und Luca beugt sich zu mir herüber. Ich schließe die Augen.

Wow! Mein erster Kuss! ... Stundenlang könnte das so weitergehen.

Als ich die Augen wieder öffne, klatschen alle, sogar Mira

und Benno, und Luca ruft: »Lena, das wird ein glückliches neues Jahr!«

Kurze Zeit später geht das Licht wieder an und der Zug setzt sich in Bewegung. Benno ist inzwischen auf Omas Schoß eingeschlafen, Mira schaut mit Tante Giulia ein Buch an – und ich sitze neben Luca, halte seine Hand und bin so was von glücklich.

»Gibst du mir deine Handynummer?«, flüstert er.

Ich schreibe sie ihm auf und weiß: Von ihm werde ich bestimmt bald eine SMS bekommen.

»Ihr Ärmsten«, sagt Papa, als er uns spät nachts am Bahnhof abholt. »Weihnachten im Zug. Das tut mir so leid.«

»War schon in Ordnung, Paps«, sage ich großzügig. Mehr kann ich im Moment nicht sagen, denn gerade ist eine SMS gekommen: von Luca!

Du bist das süßeste Mädchen! Ich hab mich in dich verliebt, schreibt er.

»Papa, es war sogar ein ganz tolles Weihnachten«, verbessere ich mich. »Schöner könnte es eigentlich gar nicht sein.«

GWYNETH MINTE

Die Vanillekipferl

»Ich will Kekse!!«, brüllte Lina wie ein kleines Krümelmonster. »Sofort!«

»Nix da«, wimmelte ich ab und nahm meiner Schwester die Kekspackung aus der Hand. »Das sind Weihnachtskekse.«

»Aber ich will!«, quengelte Lina.

Oh Mann, ich wollte auch so manches: eine Eins in Mathe, ein Pony, ein Date mit Michi aus der Parallelklasse. Aber bekam ich irgendwas davon? Nein! Rumheulen half da auch nicht weiter. Michi würde schreiend in die Berge laufen, wenn ich mich quengelnd vor ihn stellen würde: »Ich will aber ein Date mit dir. Sofort! Ich will, ich will, ich will!« Ich grinste bei diesem Gedanken. Heulen funktionierte irgendwie nur bei Kleinkindern. Die brauchten nur mal eben auf die Tränendrüse zu drücken und schon konnten die Erwachsenen ihnen keinen Wunsch mehr abschlagen. Lina war da ein richtiger Profi drin. Aber zum Glück war ich noch jung genug, um mich von dieser Masche nicht einwickeln zu lassen.

Lina grabschte schon wieder nach der Packung mit den Zimtsternen. »Vergiss es«, sagte ich pampig. »Bei uns gibt es selbst gebackene Kekse an Weihnachten.«

»Aber bis Weihnachten dauert es noch sooo lange.«

»Stimmt gar nicht«, antwortete ich. »Nur noch zwei Wochen.« Ich legte die Kekse zurück ins Regal und zog Lina an der Hand hinter mir her zur Kasse. Nerv. Zu Hause würde ich Mama sagen, dass ich Lina nie wieder mit zum Einkaufen nehmen würde. Schon gar nicht in der Vorweihnachtszeit. Wenn sie nicht grade Kekse haben wollte, dann einen Schokoweihnachtsmann oder Eierlikörkugeln. Klar, Eierlikörkugeln für meine fünfjährige Schwester. Das wäre doch mal was. Perfekt als Schocktherapie. Mama erzählte noch heute von der umwerfenden Wirkung von Likörpralinen auf mich im zarten Alter von vier Jahren. Damals hatte ich anscheinend auch so einen seltsamen Geschmack wie Lina. Muss am Alter liegen.

Ich warf meine Einkäufe aufs Band.

»Hallo Julia, hallo Lina!«, begrüßte uns die Verkäuferin. »Na, bereitet ihr euch auch schon auf Weihnachten vor?«

»Nee«, sagte ich. »Bei uns kommt das immer ziemlich kurzfristig.«

»Ich krieg noch nicht mal Weihnachtskekse!«, meckerte Lina sofort wieder.

»Ach, das ist aber schade«, meinte die Verkäuferin. »Die Adventszeit ist doch so schön gemütlich.«

Gemütlich! Von wegen! Mama und Papa waren noch total im Arbeitsstress. Wir hatten zwar einen Adventskalender und auch einen Adventskranz, bei dem jeden Sonntag eine weitere Kerze angezündet wurde, aber ansonsten erinnerte bei uns noch nichts an Weihnachten. Und das war auch gut so. Es ging mir ohnehin schon voll auf den Keks, dass man in den Läden bereits ab September mit Weihnachtsartikeln belästigt wurde. Wie soll denn da zur Adventszeit noch ein weihnachtlicher Geist aufkommen? Ist doch alles nur Kommerz!

Ich packte meine Einkäufe und Lina und lief nach Hause. Lina stand voll auf Weihnachten. Klar, sie glaubte ja auch noch an den Weihnachtsmann. Ich hingegen bekam den typischen Weihnachtszoff meiner Eltern mit, musste mich durch eine völlig überfüllte Innenstadt quetschen auf der Suche nach Geschenken und dann war ich dieses Jahr auch noch fürs Keksebacken zuständig. Mama meinte, sie hätte keine Zeit dafür. Und dann kam ihr die geniale Idee, dass ich ein paar Freundinnen einladen und wir zusammen Weihnachtskekse backen sollten. Spitzenidee! Meine Freundinnen rissen sich ja auch geradezu darum, Kekse zu backen. Oh Mann, da gab es wirklich spannendere Beschäftigungen. Aber was half es, ich hatte es Mama nun mal versprochen. Im Moment schob ich es noch vor mir her, aber nächste Woche würde ich wohl damit beginnen müssen. Hoffentlich konnte ich bis dahin wenigstens meine beste Freundin Susi überreden, mir zu helfen.

Das brauchte ich dann noch nicht mal. Am nächsten Tag, auf dem Heimweg von der Schule, war sie sofort begeistert, als ich ihr von Mamas Idee erzählte: »Klar backe ich mit. Das macht doch bestimmt total viel Spaß!«

»Na, ich weiß nicht …«, murmelte ich.

»Doch, das wird fun!«

Wir verabredeten uns also für die nächste Woche.

»Und was wollen wir backen?«, fragte ich.

»Vanillekipferl«, antwortete Susi. »Das sind die ultimativen Weihnachtskekse.«

Okay, von mir aus. »Aber, sag mir lieber mal, wie ich endlich an ein Date mit Michi komme«, wechselte ich das Thema.

»Warum sprichst du ihn denn nicht mal an?«, schlug Susi vor. »Der ist total nett.«

»Und was soll ich sagen?«

»›Hallo!‹ zum Beispiel.« Susi lachte.

»Super, ich gehe hin, sage ›Hallo!‹ und dann schweigen wir uns an. Das geht doch gar nicht. Da mache ich mich ja total peinlich!« Frustriert trat ich gegen eine leere Coladose.

»Mensch, Jule, das geht jetzt schon seit Wochen so. Wenn du dich nicht endlich traust mit ihm zu reden, wird das nie was mit euch.«

Grumpf. Das wusste ich selber. Aber es war eben nicht so einfach, einen Typen anzusprechen. Schon gar nicht, wenn es so ein süßer Typ war und man Hals über Kopf in ihn verknallt war. »Ich trau mich aber nicht!«, erwiderte ich.

»Dann geh ich eben hin und spreche ihn für dich an«, schlug Susi vor. »Ich kenne Michi schließlich aus der Volleyball-AG.«

»Bloß nicht!«, sagte ich hektisch. Susi als Liebesboten vorzuschicken war ja noch peinlicher, als sich selber zu blamieren.

»Ich lass mir was einfallen«, sagte Susi zum Abschied mit einem frechen Grinsen. »So geht das jedenfalls nicht weiter mit dir.«

Die nächsten Tage verliefen ziemlich unspektakulär. Ich traute mich immer noch nicht, Michi anzusprechen und Susi war wohl auch noch nichts Tolles eingefallen. Dann kam Mittwoch, unser Backtag. Ich ging nach der Schule gleich in den Supermarkt, um die Zutaten zu besorgen. Susi wollte dann später zu mir kommen. Ich hatte mir bereits Mamas stylische Küchenschürze umgebunden und war gerade dabei, den Messbecher zu suchen, als es klingelte.

»Lina, mach mal auf!«, rief ich. »Das ist Susi.«

Ich hörte, wie Lina die Haustür öffnete und dann rief: »Das ist nicht Susi. Das ist ein Junge.«

Ein Junge? Wer konnte das denn sein? Bestimmt ein Paketbote oder so. Ich ließ die Sachen liegen und ging zur Tür.

Ahh!! Mir blieb fast das Herz stehen. Vor der Tür stand kein Paketbote, sondern Michi! Michi aus der Parallelklasse. Mein heimlicher Schwarm!

Michi grinste. Ich gab ja mit offenem Mund, in Jogginganzug und Kochschürze auch garantiert einen lustigen Anblick ab. Peinlich!!

»Schick«, sagte Michi dann auch direkt.

Erde, tu dich auf! Ich bekam kein Wort raus. Schweigend starrte ich ihn an.

»Kann ich reinkommen?«, fragte er schließlich und bekam dabei leicht rote Ohren.

»Reinkommen?«, stammelte ich. »Hier rein?«

Michi lachte zaghaft. »Klar. Wenn ich darf.« Dann hielt er mir eine Tüte vor die Nase. »Ich hab auch Zutaten mit.«

Zutaten? Ich raffte gar nichts mehr. Langsam kam aber mein Gehirn wieder in Schwung und meine gute Erziehung schlug durch. Auch wenn ich überhaupt nicht verstand, was hier gerade passierte, ließ ich Michi erst mal herein. Sofort begann er zu erzählen. »Susi hat mir gesagt, dass ihr zusammen backen wollt, und sie hat gefragt, ob ich Lust habe vorbeizukommen.«

Ich traute ja wohl meinen Ohren nicht. Michi kam zum Backen vorbei? Welcher normale Junge backte denn freiwillig Kekse? War ich im falschen Film? Wie kam Susi überhaupt auf die Idee, Michi so einen Käse zu erzählen? Ich wurde wütend. Aber Michi fuhr ungerührt fort: »Weißt du, meine Mutter ist im Krankenhaus. Nichts Schlimmes, aber bis Heiligabend muss sie dableiben. Darum kann sie dieses Jahr keine Weihnachtskekse backen. Als ich davon beim Volleyball-Training erzählt habe, hat Susi vorgeschlagen, dass ich bei euch mitbacken kann.« Michi sah mich fragend an. »Das ist doch okay, oder? Meine kleinen Geschwister freuen sich bestimmt riesig darüber. Es gibt bei uns jedes Jahr selbst gebackene Kekse und es wäre echt schade, wenn das dieses Jahr ausfällt. Es ist auch so schon blöd genug, dass meine Mutter im Krankenhaus ist.«

Krass. Ich konnte immer noch nicht glauben, was ich da gerade hörte. Aber natürlich konnte Michi mitbacken. Gar keine Frage! »Das ist eine schöne Idee«, sagte ich. »Da wird sich deine Mutter bestimmt freuen.«

Michi lächelte. »Bestimmt.«

Nachdem ich den Schock über den unverhofften Gast verdaut hatte, nahm ich ihm die Tüte mit den Zutaten ab und Michi hängte seine Jacke an die Garderobe. Dann folgte er mir in die Küche.

»Lass uns doch schon mal anfangen«, schlug ich vor. »Susi kommt bestimmt gleich.« Michi nickte. Wir breiteten alles auf dem Küchentisch aus und begannen damit, den Teig zu mischen. Als ich gerade eine dicke Rolle formte, piepte mein Handy. Susi hatte mir eine SMS geschickt. »Na, wie läuft's? ;-) Sind meine Ideen nicht spitze? Wir sehen uns morgen in der Schule! Bussi!«

Wie dreist! Ließ die mich einfach mit dem Typen hier allein.

»Und?«, fragte Michi. »War das Susi?«

»Ja«, sagte ich. »Sie kann nicht kommen.«

»Macht nix«, erwiderte Michi lächelnd. »Wir zwei Backprofis schaffen das auch so.«

Ich grinste. Na dann, auf in die Schlacht!

Michi und ich formten mehrere dicke Teigrollen. Als die Rollen dann eine halbe Stunde im Kühlschrank abkühlen mussten, kochte ich einen Kakao für uns. Zusammen gingen wir in mein Zimmer. »Cool«, sagte Michi. »Hast du das gezeichnet?« Er stand vor meinem Schreibtisch, auf dem eine meiner neuen Mangazeichnungen lag. Ich nickte.

»Das sieht echt super aus«, staunte Michi. Ich lächelte schüchtern. Bisher hatte ich meine Zeichnungen nur Susi und meinen Eltern gezeigt. Ich befürchtete, dass mich die anderen deswegen in irgendeine Schublade stecken würden.

»Ich steh total auf Mangas«, sagte Michi.

»Echt?«, fragte ich überrascht.

»Ja, echt.« Und plötzlich hatten wir das perfekte Gesprächsthema. Die halbe Stunde verging wie im Flug. Lachend gingen wir wieder nach unten, um aus den Teigrollen die Vanillekipferl zu formen. Das war gar nicht so leicht. Aber mit vereinten Kräften bekamen wir es ganz gut hin.

Die frisch gebackenen Kipferl mussten in Puderzucker gewälzt werden. Die Kipferl waren noch im Ofen und ich bereitete eine Schüssel mit Puderzucker vor, als Michi sich plötzlich herumdrehte und mich an der Schulter anstieß. Die Packung mit dem Puderzucker segelte quer durch die Küche und hinterließ eine feine Pulverschicht auf Tisch und Boden. Erschrocken betrachtete ich das Chaos.

»Es schneit!«, sagte Michi lachend. Da musste ich auch lachen. Ich fegte etwas Puderzucker vom Tisch in meine Handfläche und pustete ihn auf Michi. »Na warte!«, rief er.

Es entbrannte eine heiße Puderzuckerschlacht. Wir pusteten und lachten. Die Küche sah bald wirklich aus wie unter einem feinen Schneemantel.

Ich muss wohl nicht sagen, dass wir die Küche wieder ordentlich aufräumten, und dass unsere Kekse wirklich lecker waren. Aber vor allem hätte ich nie gedacht, dass ich ausgerechnet Weihnachtskeksen mein erstes Date mit Michi zu verdanken haben würde. Und es würde garantiert nicht das letzte sein!

BRINX/KÖMMERLING

Sissis Weihnachtsgeschichte

Mitte Dezember, Dauerfrierwettbewerb mit Ansage! Wir standen in der Pause auf dem Schulhof, Jacke komplett verboten, am besten noch kurzärmelig und trotzdem voll cool, egal, wer war schon dieser Winter? Wir erzählten uns was von Weihnachten und wer wen mit einem Wichtel beglücken würde und taten immer noch so, als wäre es nicht kalt. Warum? Weil der, der das am längsten aushielt, der Sieger sein würde.

»Die Theater-AG macht eine fette Aufführung nächste Woche!«, erzählte Gesa und klopfte sich mit den Händen die nackten Schultern ab, während es leise anfing zu schneien. »Dickens Weihnachtsgeschichte!«

Ich gähnte. »Uuuh, das ist ja mal ganz was Neues!«

Gesa grinste mich an. »Okay, kennt jeder, aber den fiesen Scrooge, rate mal, wer den spielt?«

Hanna und Emma verabschiedeten sich mit klappernden Zähnen, flohen nach drinnen und brachen damit den Wettbewerb ab. Wer spielte den Scrooge?

»Und probt jeden Nachmittag?«

Ich hatte keine Ahnung und konnte mich auch nicht wirklich konzentrieren, weil die Kälte langsam meine Gehirnzellen einfror.

»Patrick!«

Auf der Stelle fingen meine Gehirnzellen an zu glühen.

Patrick! Der schönste und coolste und beste und süßeste Junge der ganzen Schule! Der Welt! Des Universums!

»Seit wann macht der in der Theater-AG mit?«, fragte ich.

»Seitdem er nicht mehr in der Zeitungs-AG ist«, antwortete Gesa und rannte bibbernd in die Schule. Ich hatte gewonnen.

Den ganzen restlichen Unterricht brauchte ich erstens, um wieder warm zu werden, wobei mein linker kleiner Finger und meine Nasenspitze sich einen kleinen, internen Wettbewerb lieferten in: Wer erwacht am langsamsten wieder zum Leben und kribbelt am meisten! Und zweitens, um über Patrick nachzudenken.

Er war eine Klasse über mir und ich schon seit Ewigkeiten total verliebt in ihn. Leider gab es da mehrere von meiner Sorte. Deswegen hatte es in der Zeitungs-AG wohl auch Stress gegeben. Er sah eben so unendlich gut aus und war cool, bis der Abend kam. Endscool. Jetzt probte er jeden Nachmittag hier in unserem Kellertheater den Scrooge. Er war also jeden Nachmittag anwesend und mir wurde klar, dass das die Gelegenheit war, nach der ich seit Monaten suchte, die Gelegenheit ihm näherzukommen und vielleicht sogar von ihm gesehen zu werden. Jetzt mal ehrlich: nicht dass ich mir da eine echte Chance ausrechnete. Dafür war er viel zu strahlend und ich zu sehr wie alle anderen, aber ich konnte ihm wenigstens nahe sein und ihn unauffällig andauernd anschauen.

Ich brauchte mindestens zwei Stunden, um einigermaßen auszusehen, holte vor der Kellertür zum Theaterraum noch einmal tief Luft, verschluckte mich, bekam so einen Hustenanfall, dass mir die Tränen hinunterliefen und die Wimperntusche gleich mit, musste noch mal auf die Toilette, alles frisch machen und platzte dann energisch mitten in die Probe.

Der schöne Patrick stand als Mr Scrooge auf der Bühne, angestrahlt von einem einzigen Scheinwerfer, der ihn noch schöner machte. Gerade faltete er seinen Buchhalter ordentlich zusammen, keifte herum, wie er Weihnachten hasste und dieses viele Geld, das man da ausgeben musste. Den Buchhalter spielte der schüchterne Florian. Das passte! Wie der vor Patrick stand, klein mit Hut, das war wahrscheinlich noch nicht einmal gespielt. Er starrte ihn aus seinen riesigen braunen Augen so ängstlich von unten an, dass er einem schon fast leidtun konnte.

Als ich hereinpolterte, hörte Patrick auf, schirmte seine Augen gegen das Licht ab und schaute in meine Richtung. Auch die anderen Schauspieler, inklusive Gesa, starrten mich aus den Zuschauerreihen an. Ich lächelte und stand einfach nur da, wusste nicht, was ich sagen wollte, und wurde schließlich von unserem Kunstlehrer Hochstätter erlöst.

»Sissi, was gibt's denn? Wir sind hier mitten in den Proben!«

Wenn es um sein Theaterprojekt ging, verstand Hochstätter keinen Spaß, obwohl er ansonsten eigentlich ganz nett war und der Erste und Einzige, der mir mal in Kunst eine Zwei gegeben hatte.

Während Patrick sich locker auf den Bühnenrand setzte und seine Fingernägel kontrollierte, erklärte ich Hochstätter, dass ich noch mitmachen wollte. Unbedingt. Musste!

»Ein bisschen spät, würde ich sagen. Wir sind ja schon fast fertig!«

»Ich komme da rein, Herr Hochstätter, ich kenne die Geschichte in- und auswendig, Mama liest sie uns jedes Weihnachten vor und da schlafen wir dann immer alle ein …!«

Hochstätter runzelte die Stirn.

»… nein, also nur Papa, aber das liegt daran, dass er meistens noch an Weihnachten arbeiten muss, und …!«

»Elli ist krank und muss wahrscheinlich die ganze Woche im Bett bleiben!«, mischte Florian sich ein, erhob das Wort für mich und lächelte dabei schief.

»Woher weißt du das?«, wollte Hochstätter wissen und bekam hektische rote Flecken im Gesicht.

»Ich hab ihr heute die Hausaufgaben gebracht!«

»Wow, dann kann die doch den Geist der gegenwärtigen Weihnacht spielen!«, pflichtete Patrick ihm bei und da gab der nette Hochstätter auch schon nach und mir seufzend die Rolle. Außerdem ein Textbuch mit dem Auftrag, so schnell wie möglich alles zu lernen, was ich sagen musste, und die Ansage, jeden Nachmittag pünktlich, wobei die Betonung auf ›pünktlich‹ lag, zu erscheinen.

»Hey, seit wann interessierst du dich denn für die Theater-AG?« Gesa holte mich auf dem Weg nach Hause ein und war ziemlich außer Atem, so neugierig war sie wohl gewesen und so schnell war sie gerannt, um mich noch ausquetschen zu können.

»Ich mag das Stück eben!« Das war glatt gelogen. Meine Mutter ging uns wirklich jedes Weihnachten damit auf die Nerven und weil tatsächlich immer mindestens einer einschlief, wiederholte sie es wieder und wieder.

»Ach, auf einmal?« Gesa grinste mich an. »Es ist wegen Patrick, oder?«

Ich hatte ihr nie davon erzählt, wie sehr ich in ihn verliebt war, und wollte das auch jetzt nicht tun. Gesa war nett, aber eine alte Tratschtante und es war nun ganz und gar nicht in meinem Sinne, dass morgen die ganze Schule davon erfuhr, warum ich zum Geist der diesjährigen Weihnacht geworden war.

»Patrick interessiert mich nicht!«, schnappte ich.

»Florian?«

Ich lachte auf. Blödsinn. Aber dann schlug sie vor, mir beim Lernen des Textes zu helfen und mich abzufragen, und da stimmte ich natürlich zu. Immerhin wollte ich mich nicht blamieren. Jetzt, wo ich jeden Nachmittag mit meinem Angebeteten auf einer Bühne stehen würde!

»Und dann nimmst du die Hand vom fiesen Scrooge und führst ihn durch sein Leben, zeigst ihm, wie die Dinge in Wirklichkeit gerade stehen, ohne dass er es sieht, weil er eben gar nicht hinschaut und sich nur für sich selbst interessiert!«, erklärte Gesa mir, als wir später in meinem Zimmer trocken probten, wie sie das nannte.

Okay. Ich würde seine Hand nehmen. Patricks Hand. Allein die Vorstellung bereitete mir weiche Knie und ich hatte große Mühe, mich auf meinen Text zu konzentrieren. Wie sollte das erst morgen werden, wenn wir es das erste Mal in echt probieren würden?

»Und wenn du fertig bist mit ihm, dann komme ich. Der Geist der zukünftigen Weihnacht, der ihm seinen bitteren, einsamen Tod voraussagt, die Strafe für seinen Geiz und die Hartherzigkeit!«

Ich starrte Gesa mit weit aufgerissenen Augen an, als würde sie mir gerade beschreiben, wie Patrick, mein geliebter Patrick, zugrunde geht. Sie bemerkte es, grinste und wedelte mit einer Hand vor meinem Gesicht herum. »Sissi? Er stirbt nicht. Er wird ein guter Mensch, ich dachte, du kennst die Geschichte!«

Ich schluckte und grinste schnell zurück. »Kekse?«

Am nächsten Tag war ich blendend vorbereitet. Die ganze Nacht hatte ich meinen Text geträumt, den gesamten Unterricht lang leise vor mich hergesagt und jetzt, um 16:25 Uhr, stand ich mit Patrick auf der Bühne, nahm seine Hand und forderte ihn auf, mich, den Geist der gegenwärtigen Weihnacht, zu begleiten. Patricks Hand war elektrisch. Zumindest schickte sie Stromstöße in meine, die daraufhin durch den ganzen Körper liefen und mich beinahe knock-out gesetzt hätten. Er schaute mich als Mr Scrooge ernst an und ich schwebte mit ihm über die Bühne, ohne daran irgendwas spielen zu müssen.

»Sehr gut. Sissi, also wirklich, warum hast du dich denn nicht eher gemeldet?«, rief Hochstätter, als wir fertig waren und nun Gesas Einsatz folgen sollte.

Ich grinste ihn gegen das Scheinwerferlicht an, da fühlte ich, wie Patrick meine Hand drückte, die immer noch in seiner lag.

»Um sechs an der Eisbahn?«, flüsterte er, ohne die Lippen zu bewegen.

Seine Worte hallten in meinem Kopf, flogen zwischen meinen Ohren hin und her und ich konnte nicht antworten, nur leicht nicken und dann schnell die Bühne runterklettern. Ich setzte mich knallrot im Gesicht unauffällig zwischen die anderen und starrte auf die Bühne, wo Patrick mit Gesa weiterspielte, als wäre nichts gewesen.

»Mach dir keine Hoffnungen«, sagte eine Mädchenstimme zu mir, und als ich meinen Kopf wandte, erkannte ich erst, dass ich mich neben Marlene gesetzt hatte. Anscheinend noch eine, die scharf auf Patrick war. Sie spielte den Geist der vergangenen Weihnacht und das passte ziemlich gut, fand ich. Denn sie war es, die sich jetzt keine Hoffnungen mehr zu machen brauchte.

Um sechs an der Eisbahn. Patrick hatte sich mit mir verabredet! Es war nicht zu glauben, nicht wahr, unmöglich. Mit mir! Der kleinen Sissi von einer Klasse drunter! Aber wie sollte es anders sein? Er wollte sich mit mir treffen, wir hatten eine Verabredung und die hatte er in die Wege geleitet, nicht ich. Ich schenkte Marlene ein müdes Lächeln und hatte nur noch Augen für Patrick.

Nach der Probe hängte sich Gesa an mich dran. »Wollen wir noch mal alles durchgehen und eure leckeren Kekse essen?«

»Äh, nein, heute nicht …«, stotterte ich und hatte es ziemlich eilig, weil ich vor der Eisbahn noch mal schnell an den Spiegel wollte. »… ich muss heute meiner Mutter helfen, beim … beim …!«

»Beim?«

»Bei allem!«, sagte ich schnell, raste wie in den Hintern gepikt nach Hause. Ins Bad. In mein Zimmer. In andere Klamotten. Kurz vor sechs in die Bahn. Und dann ganz cool, ganz lässig und vollkommen ungehetzt wieder raus und Richtung Eisbahn. Hier trafen sich viele junge Leute und es dauerte eine ganze Weile, bis ich Patrick entdeckte. Er stand lässig hinter der Bande und schaute ein paar albernen Hühnern zu, wie sie kreischend so taten, als könnten sie sich nicht auf den Kufen halten. Er hatte nur ein müdes Lächeln für sie übrig, weil er verabredet war, und zwar mit mir. Ich tippte ihm auf die Schulter und er drehte sich zu mir um, schaute mir in die Augen und lächelte.

»Hey Sissi!«

»Hey!« Mehr fiel mir beim besten Willen nicht ein.

»Willst du Schlittschuh laufen?« Patrick deutete mit dem Daumen so verächtlich über seine Schulter auf die Hühner, dass ich sofort energisch den Kopf schüttelte. Dabei hatte ich es mir unendlich romantisch vorgestellt, Arm in Arm mit ihm übers Eis zu fliegen.

»Was zu trinken?«

Ich nickte. Patrick schaute mich ein bisschen amüsiert an, sicher dachte er, ich könnte auch mal langsam was sagen, nahm wie selbstverständlich meine Hand und zog mich mit sich zu einem abgelegenen Stand, an dem es Kinderpunsch, Liebesperlen, Zuckerwatte, gebrannte Mandeln und noch viel mehr gab, was die Welt nicht brauchte.

»Warte, bin gleich wieder bei dir!«

Ich platzierte mich an einem Stehtisch und sah alles kariert. Komisch, auf einmal war die Welt nicht mehr annähernd so wie sonst. Alles außen herum, die Weihnachtsmusik, das Lachen, der Straßenlärm, war leise, dumpf und ganz weit weg. In der Mitte, in einem Vakuum, stand ich und nur Patrick konnte dazukommen. Was er jetzt auch mit zwei dampfenden Tassen tat.

»Damit du nicht denkst, ich bin wie Scrooge!«

Er lachte und ich nippte an meinem Punsch und dachte fieberhaft darüber nach, was ich sagen könnte. Immerhin wusste er, dass ich nicht von Geburt an stumm war, da konnte mein Verhalten ja nur lächerlich wirken.

»Wie kommt das eigentlich, dass du in der Theater-AG mitmachst«, presste ich endlich hervor.

Er winkte ab. »In der Zeitungs-AG war es nur noch öde. Da brauchte ich mal ein bisschen Abwechslung!« Er zwinkerte mir zu. »Und wenn dann auf einmal auch noch so hübsche Geister auftauchen!«

Er meinte mich. Eindeutig. Und darauf fiel mir jetzt schon gleich gar nichts mehr ein, außer möglichst entzückend zurückzulächeln.

»Sissi?« Er beugte sich zu mir vor.

»Jaha?« Ich kam mir vor wie Mowgli, dem die Schlange Kaa tief in die Augen schaut, vollkommen im Bann, farbige Ringe, Hypnose pur.

»Schade, dass du nicht auch schon der Geist meiner Vergangenheit warst«, säuselte Patrick, kam noch näher und küsste mich mitten auf den Mund.

»Wow!«, brachte ich nur hervor, als er aufhörte.

Er lächelte mich an. »Für einen Geist küsst du wirklich gut«, dann zog er mich wieder an sich.

Ich weiß wirklich nicht, wie lange wir da standen, uns küssten und uns sagten, wie toll wir uns fanden.

Irgendwann musste ich nach Hause. Patrick brachte mich zur Bahn und bevor ich einstieg, hielt er mich noch einmal kurz am Arm fest. »Kannst du mir was versprechen?«

Was denn? Ihn für immer zu lieben? Ihm treu zu sein bis ans Ende meiner Tage? Nie mehr irgendwo anders hinzuschauen? Ich war zu allem bereit.

»Bitte erzähl erst mal keinem von uns, ja? Du hast ja vielleicht schon gemerkt, dass Marlene in mich verliebt ist. Die bringt es fertig und schmeißt das Stück, und wo sollen wir so schnell noch einen Geist der vergangenen Weihnacht auftreiben?«

Ich nickte, lächelte noch einmal, dann schlossen sich die Türen und ich konnte mir gerade noch verkneifen, zu winken wie in einem schlechten Liebesfilm.

Dann lag ich die ganze Nacht wach, starrte an die dunkle Decke und stellte mir vor, wie es gewesen war, als er mich geküsst hatte. So wunderschön, wie keiner es konnte. Ich hatte zwar vor ihm noch niemanden geküsst, aber trotzdem: Niemals wieder würde ein Kuss so schön sein.

Jetzt war ich also die neue Freundin vom schönen Patrick, zwar heimlich, aber das würde nur vorübergehend so sein. Nach der Aufführung musste Marlene der Wahrheit ins Gesicht sehen. Natürlich wäre ihr diesjähriges Weihnachtsfest versaut, aber bis zum zukünftigen würde sie sich daran gewöhnt haben.

Ich konnte die nächste Probe kaum erwarten. In der großen Pause jedenfalls tat Patrick so, als wäre alles wie immer, als hätte er mich noch nie gesehen. Nur einmal fing ich einen Blick von ihm auf, ein kleines, heimliches Augenzwinkern, und das reichte, um mich den Rest der langen Wartezeit auf Wolke sieben herumschweben zu lassen.

»Na, das war ja wohl ein schöner Abend mit deiner Mutter«, meinte Gesa, als ich neben ihr in den Theaterprobenraum schwebte.

»Wunderschön«, hauchte ich, hörte mit einem Ohr die Instruktionen von Hochstätter und schaute ansonsten immer wieder heimlich zu Patrick, der als Mr Scrooge eindeutig die größte Rolle hatte und gerade mit Marlene auf der Bühne den Vergangenheitsteil probte.

Marlene schien noch nichts zu ahnen, ganz im Gegenteil, sie lächelte ihn immer wieder verliebt an, obwohl das eindeutig nicht zu ihrer Rolle gehörte. Das merkte auch Hochstätter und stutzte die blöde Kuh endlich zurecht.

»Marlene, du bist der Geist der vergangenen Weihnacht, nicht der Verzückung!«

Als ich endlich Patricks Hand nehmen konnte, fühlte sich das an wie eine Erlösung. Hochstätter war zufrieden mit mir und ich nutzte seinen endlosen Monolog am Ende der Szene, um Patrick ganz leise zu fragen, ob wir uns wieder auf dem Weihnachtsmarkt treffen sollten.

»Sorry, Sissi, heute kann ich nicht!«

Das war wie ein Schlag ins Gesicht und ich zuckte so deutlich zusammen, dass er mir eilig und ganz unauffällig über die Wange strich.

»Morgen wieder, ja?«

Ich nickte, immerhin wollte ich ja auch nicht wie eine Klette an ihm kleben, er sollte bloß nicht glauben, dass mir nichts anderes einfiel, als mit ihm auf dem Weihnachtsmarkt herumzustehen.

Aber als ich zu Hause auf meinem Bett saß, war es genau so. Es gab plötzlich absolut nichts, was ich tun konnte, wozu ich auch nur im Entferntesten Lust gehabt hätte. Irgendwann riss ich mich aus meiner Erstarrung und rief Gesa an. Sie sollte kommen. Wir mussten unseren Text üben. Kekse essen. Quatschen. Oder sonst was. Aber Gesa lag in der Wanne und so ließ ich das Fernsehprogramm an mir vorbeirauschen wie den Unterricht am nächsten Tag und alles, bis endlich, endlich wieder Proben waren.

Außer ein paar kleineren Passagen, die ich mir nie merken konnte, lief alles wie geschmiert, bis Patrick mich hinter den schwarzen, alten und übel riechenden Vorhang zog, um mir hastig zu sagen, dass es heute leider wieder nicht klappen würde. Er hatte vor Weihnachten noch so viel zu tun und die ganzen Geschenke und was noch alles. Ich biss mir auf die Lippen, um ihm bloß nicht zu verraten, dass ich die beste Geschenkeaussucherin der Welt war, ich wollte nicht aufdringlich sein, aber auch keine einzige Sekunde mehr ohne ihn verbringen. Er schaute in meine verzweifelten Augen, nahm meine Hände, drückte sie und gab mir einen schnellen, aber unglaublich elektrischen Kuss.

»Es wird alles anders. Nach der Aufführung und Weihnachten und so!«, flüsterte er so zart in mein Ohr, dass es kitzelte. »Ich liebe dich, Sissi!«

Und das haute mich dann endgültig aus den Stiefeln. Er liebte mich. Dann konnte er meinetwegen hundert Jahre keine Zeit mehr haben. Es war babyleicht für mich, mit diesem Satz zu überleben. Also beschloss ich, mich noch einmal sehr intensiv mit den schwachen Textstellen zu beschäftigen, und lud Gesa zu mir nach Hause ein.

»Ich sage nur Butterkekse!«

Aber Gesa schüttelte den Kopf. »Nein, heute nicht, ich muss heute meiner Mutter helfen beim … beim …!«

»Beim?«

»Bei allem. Du weißt schon«, sagte Gesa schnell und machte sich vom Acker.

»Wenn du willst, kann ich dich gerne abfragen!« Florian hatte unser Gespräch anscheinend mitgekriegt und stand jetzt mit hochrotem Kopf neben mir.

Ich hatte nichts gegen Florian. Das ging gar nicht. Er war viel zu unauffällig, um ihn zu mögen oder nicht zu mögen. Also nahm ich ihn mit, stopfte ihn mit Keksen voll, lief in meinem Zimmer auf und ab und spielte den Text des Geistes der gegenwärtigen Weihnacht. Florian gab sich alle erdenkliche Mühe und manchmal war er sogar so witzig, dass ich lachen musste. Das hätte ich ihm nie zugetraut. Am Ende stolperte ich nur noch über eine Stelle, immer wieder.

»Ich glaube, du brauchst ein bisschen Luft ins Hirn!«, grinste Florian und schlug vor, auf den Weihnachtsmarkt zur Eisbahn zu gehen. »Ich bin da ziemlich oft, meine Mutter reißt die Karten ab!«, erklärte er mir und ich dachte, warum eigentlich nicht.

In der Bahn erzählte ich ihm, dass ich vor drei Tagen mit Patrick schon einmal dort gewesen war. »Es war ziemlich schön, weißt du, aber jetzt hat er irgendwie keine Zeit mehr!«, seufzte ich und Florian nickte, als ob ich ihm das schon mal erzählt hätte oder er es schon wüsste.

Im Gegensatz zu Patrick wollte er unbedingt Schlittschuh laufen und seine Mutter war total nett, verpasste uns die besten Schlittschuhe und ein Getränk gratis. Florian war ziemlich gut, konnte Pirouetten und mich im Kreis wirbeln, was daran lag, dass seine Mutter schon immer die Karten an der Eisbahn verkaufte. Wir hatten echt viel Spaß, bis ich nach einmal Wirbeln ziemlich unelegant an der Bande landete, mit Blick auf den Markt, zu dem Stand, an dem Patrick mich das erste Mal geküsst hatte. Zuerst packte mich die Sehnsucht, dann sah ich ihn. Meinen Patrick. Mit Punsch und ihm gegenüber ein Mädchen. Sie lachten und er hielt ihre Hände und ging gerade in diesem Moment mit seinem Gesicht sehr nahe an das Gesicht von … Gesa.

»Entschuldige, ich glaube, das war ein bisschen heftig!« Florian bremste neben mir, erkannte schnell, dass ich nicht wirklich ansprechbar war, und folgte meinem Blick, um mit mir zu sehen, wie Patrick Gesa küsste. Er schaute mich an und legte eine Hand auf meine Schulter. »Mist!«

»Kerl!«, knurrte ich, stöckelte vom Eis, versuchte irgendwie Haltung zu bewahren und erst im Nachhinein fiel mir auf, dass Florian kein einziges Wort zu mir sagte, aber immer an meiner Seite blieb. Er half mir mit den Schlittschuhen, erklärte seiner Mutter, dass wir schon wieder gehen mussten, führte mich über einen Schleichweg um die Buden, damit weder Patrick noch Gesa mich sehen konnten, und brachte mich mit der Straßenbahn bis nach Hause.

»Mach's gut, bis morgen!«, verabschiedete er sich an der Tür und ich schaute ihm nach, als wüsste ich gar nicht, wer er war.

Erst in meinem Bett, als die Zimmertür zu und draußen das Komm-ruhig-rein-Schild auf Bleib-ja-draußen gedreht war, brachen die Tränen aus mir heraus. Bäche. Flüsse. Meere.

Die Aufführung fand nach dem Wochenende am vorletzten Schultag bei uns in der Aula statt. Alle Eltern, Geschwister, Omis und Opis und wer sonst noch wollte, waren geladen und da kam einiges zusammen.

Die Generalprobe war blendend verlaufen, selbst den letzten Hänger in meinem Text hatte ich ausgemerzt. Patrick hatte mir zugezwinkert, als ich der Geist der Gegenwart war, und Gesa in der Zukunft. Er war schön, cool und selbstbewusst wie immer, so selbstbewusst, dass er nicht merkte, dass alles anders war, dass ich wusste, was er trieb. Gesa schwebte auf Wolke sieben und auch ihr sagte ich nichts, immerhin war ich dort auch eine Zeit lang gewesen und hatte eine Ahnung, wie schön sich das anfühlte. Dennoch, sie würde nicht mehr lange dort sitzen bleiben und Marlene konnte sich glücklich schätzen, dass Patrick sie verschmäht hatte und sie erst gar nicht in so eine Lage gekommen war.

Während die Gäste langsam vom Weihnachtsbasar in die Aula schlenderten und Hochstätter die Weihnachtsposaunen durch den Saal klingen ließ, zogen wir Mädchen uns in einem Klassenraum um, verpassten uns den ultimativen Geisterschliff und gingen im Kopf noch mal unsere Texte durch. Alle waren aufgeregt, nur ich aus einem vollkommen anderen Grund als die anderen. Als die Posaunenmusik verstummte und Hochstätter auf die Bühne ging und eine lange Rede hielt, da schauten wir uns an, Gesa, Marlene, ich und auch die anderen drei, die Frau des Buchhalters, die Schwester von Scrooge, die Bettlerin. Wir wünschten uns mit den Augen Glück und dann ging es los.

Ich beobachtete Patrick von hinter der Bühne, jeden Schritt, jede Geste, schließlich war er quasi unentwegt dran. Er gefiel sich und er gefiel den Zuschauern. Dieser Hirni. »Ich liebe dich!«, hatte er zu mir gesagt und ich dummes Huhn hatte ihm auch noch geglaubt.

Marlene verließ die Bühne und endlich war ich an der Reihe. Der Geist der Gegenwart trat zu Scrooge und nahm ihn bei der Hand. Patrick zwinkerte mir zu, aber ich war ein Geist und gezwungen ihm aufzuzeigen, welchen Mist er in der Gegenwart baute!

»Siehst du das nicht, Scrooge?«

»Was meinst du?«

»Siehst du nicht, dass du den Mädchen wehtust?«

Patrick stockte, schaute mich kurz an, räusperte sich und änderte spontan seinen Text. »Welchen Mädchen? Was meinst du, oh Geist der diesjährigen Weihnacht?«

Aus den Augenwinkeln sah ich, wie Hochstätter anfing, hektisch in seinem Textbuch zu blättern, um uns notfalls einsagen zu können.

»Nun, du küsst sie alle und brichst ihre Herzen. Sieh nur, die arme Sissi. Sie war so verliebt in dich, sie hätte alles für dich getan. Und dann? Hast du schon vom ersten Küssen auf dem Weihnachtsmarkt genug gehabt und musstest dir Gesa holen. Was ist dein Ehrgeiz, Mr Scrooge? Alle auszuprobieren? Herzen zu brechen? Du wirst in der Hölle braten!«

Es war ganz still. Die Zuschauer kannten das Stück. Alle. Aber nicht so. Also dachten sie wohl, dies hier wäre eine moderne Variante. Hochstätter hatte ganz große, kugelrunde Augen und Patrick war zu Stein geworden. Plötzlich tauchte Gesa von hinter der Bühne auf. Sie war eigentlich noch gar nicht dran, aber sie konnte sich anscheinend nicht mehr zurückhalten. Wolke sieben, leb wohl.

»Du hast Sissi geküsst?«, kreischte sie. »Was bist du denn für ein Idiot? Von wegen ich liebe dich und so!«

Eher wie eine Furie als ein Geist ging sie auf ihn los und trommelte mit ihren Fäusten auf ihn ein. Hochstätter vergrub sein Gesicht in den Händen. Die Zuschauer zögerten kurz, spendeten dann aber Applaus für diese emotionale Vorstellung, bis auch Marlene sich zu Gesa gesellte. Was hat die denn hier verloren, dachte ich, da brach es auch schon aus ihr heraus: »Ich dachte, wir wären zusammen. Du hast doch gesagt …!«

Patrick verzog sein Scrooge-Gesicht entschuldigend Richtung Publikum und versuchte Land zu gewinnen, aber die Frau des Buchhalters und die Bettlerin stellten sich ihm in den Weg und schubsten ihn zurück zur Bühnenmitte.

»Mistkerl!«

»Nie wieder küss ich dich!«

Hochstätter eilte zum Vorhang und zog ihn zu, das Publikum kriegte sich kaum mehr ein vor Lachen und ich verzog mich auf die Mädchentoilette.

Ich wollte nicht wissen, was jetzt passierte. Es war mir egal, ob sie Patrick die Haare einzeln ausrissen. Für mich war die Sache erledigt, obwohl der Schmerz noch lange nachhallen würde. Und so starrte ich mein Geistergesicht im Spiegel an und merkte erst, dass Florian ganz unerlaubterweise hier hereingekommen war, als seins neben meinem auftauchte.

»Wollen wir ein bisschen über den Basar bummeln?«

CHANTAL SCHREIBER

Oliven, Grips & Weihnachtsdates

»Hallo, mein Schatz …« Oje. Nur drei Worte und ich weiß genau, dass ich nicht mögen werde, was jetzt kommt.

»Hi, Mams.«

»Fia, wegen heute Abend …«

Nein! Nein, nicht heute Abend! Heute Abend ist die ganze Klasse wie jedes Jahr zur Adventsparty bei Ina Führmann eingeladen. Ina ist reich – oder vielmehr ihre Eltern, aber schwer in Ordnung. Also nicht so ein Paris-Hilton-Typ. Ihre Eltern haben ein riesiges Haus mit Garten und so vielen Zimmern, dass man sich verlaufen kann. Dabei hat Ina nicht mal Geschwister. Auf jeden Fall ist die Weihnachtseinladung bei Führmanns das Tollste, was in der ganzen Adventszeit passiert: Das Essen, die Deko, der Punsch, die Musik – es ist so toll, dass manche Wochen vorher Angst haben, sie könnten krank werden und es verpassen. So toll, dass man sich dafür richtig verabredet (wenn man Glück hat), wie für einen Schulball oder so. »Nicht heute Abend!«, jaule ich auf. »Arno hat mich gefragt, ob ich mit ihm gehe!«

Verblüfftes Schweigen am anderen Ende.

»Zu der Führmann-Party«, füge ich hastig hinzu.

»Ja, ich weiß«, sagt Mams und klingt megazerknirscht. »Es ist nur so …« Sie seufzt. »Nadine hat gerade abgesagt.«

»Nein!« Ich hasse Nadine! Sie ist nur ein paar Jahre älter als ich und der unzuverlässigste Babysitter des Universums. Sie kommt unpünktlich oder sagt in letzter Sekunde ab und wenn sie dann doch mal ein paar Stunden hier ist, versaut sie die Tastatur meines Computers mit Schokolade, isst meine Lieblingscracker auf und verteilt Popcorn in der ganzen Wohnung. Ich glaube, sie weiß gar nicht, wie Theo aussieht, denn der spielt ohnehin die ganze Zeit mit seinem Lego und ist froh, wenn sie ihn in Ruhe lässt. Sie kriegt sieben Euro pro Stunde dafür, dass sie es schafft, meinen Bruder nicht aus dem Fenster zu werfen oder die Wohnung abzufackeln. Mams gibt ihr immer noch was drauf vor lauter Erleichterung, dass Theo noch lebt, wenn sie heimkommt. Weil Babysitter so schwer zu kriegen sind und wir Nadine manchmal eben einfach brauchen. Wenn ich nachmittags Unterricht habe oder Basketballtraining oder Mams und ich mal gemeinsam ins Kino wollen. »Diese blöde Ziege! Was glaubt die eigentlich?«

»Sie sagt, sie muss was für die Schule machen.«

»Ha!« Ich bin nicht mal überzeugt, dass Nadine zur Schule geht.

»Fia, ich kann sie nun mal nicht zwingen. Und ich muss heute zur Weihnachtsfeier bleiben. Du weißt, ich bin erst seit drei Monaten dabei und …«

»… und hast gleich einen Riesenkunden an Land gezogen und deshalb musst du ein paar Worte sagen und außerdem schenken sie uns einen Toaster.«

»Mit Sandwichaufsatz.«

»Ich schenk dir einen Toaster, wenn du zu Hause bleibst.«

»Ach, Fia. Glaub mir, ich fühl mich schrecklich. Ich weiß doch, wie sehr du dich auf diese Fete gefreut hast. Aber ich habe echt niemanden, den ich fragen kann.« Das stimmt. Die Verwandtschaft meiner Mutter lebt in Griechenland und die Mutter meines Vaters in New York. Und Papa selbst? London. Und diese Handvoll auf der halben Welt verteilter Leute nennt sich nun »Familie«.

»Kann er nicht bei Jakob übernachten?«

»Der ist mit seinen Eltern auf den Malediven.«

»Bei Anton?«

»Fuerteventura.«

»Mann.«

»Leute mit kleinen Kindern fahren eben möglichst nicht in den Schulferien auf Urlaub.«

»Du weißt, dass das psychologisch ganz falsch ist, oder? Ich könnte anfangen, meinen kleinen Bruder zu hassen, wenn ich seinetwegen auf Dinge verzichten muss!«

Natürlich wissen wir beide, dass das nicht passieren wird. Ich stehe voll auf Theo. Ich würde sagen, dass ich ihn »vergöttere«, wenn das nicht so kitschig wäre. Ich weiß, die meisten finden ihre kleinen Brüder ätzend. Aber Theo ist anders. Mit ihm kann man richtig reden und er hört zu und sagt total witzige Sachen. Und er hat diesen genialen Knuddelinstinkt. Er spürt, wenn es Mams oder mir nicht so toll geht, und dann kommt er und kuschelt sich an und das ist unheimlich tröstlich. Jedes Mal, wenn diese Dumpfbacke Nadine kommt, denke ich, sie hat es gar nicht verdient, mit ihm zusammenzusein.

»Ich mach's wieder gut, ich verspreche es.«

»Schon o.k.«

»Ehrlich?« Ihre Stimme klingt zweifelnd.

»Ich werd's überleben.«

»Ich dank dir, meine Große.« Ich kann Mams' schuldbewussten Blick mit der sorgenvoll gerunzelten Stirn vor mir sehen. »Unser Vorsatz fürs neue Jahr lautet: einen zuverlässigen Babysitter finden.«

»Klingt gut.«

»Du kommst nicht?«

»Was soll ich machen, Ina. Theo geht nun mal vor. Und so auf die Schnelle finden wir niemanden.«

»Aber Sofia, Arno hat dich doch gefragt und …«

»Oh, gut, dass du's erwähnst«, unterbreche ich zähneknirschend. »Das hätte ich fast vergessen.«

»Sorry. Ich meine ja nur. Es ist … eben Arno.« Arno hat dieselbe Frisur wie Zac Efron, nur sieht sie an ihm besser aus. Er ist groß und sportlich und zieht sich cool an. Er hat ein unheimlich süßes Lachen, das seine Augen richtig blitzen lässt. Und dann ist er auch noch schlau und kann total witzig sein. Jedes Mädchen, das ich kenne, findet ihn gut. Arno ist der klassische Traumjunge.

»Ich weiß, Ina.« Dass er mich gefragt hat, war eine kleine Sensation. Und niemand hat sich mehr darüber gewundert als ich. Ich bin mittelgroß, mitteldünn, mittelsportlich und mittelhübsch. Das einzig Auffällige an mir sind meine dunklen Locken. Griechisches Erbteil. Bis jetzt hat Arno sich immer nur für blonde Mädchen interessiert.

Aber seit Kurzem sitzen wir in Physik nebeneinander und seither mag ich Physik viel lieber – und nicht nur, weil Arno mir immer einsagt, wenn ich drankomme. Es ist eindeutig mehr als das. Wir haben echt Spaß und ich bin fast sicher, dass ich ihn mindestens so oft zum Lachen bringe wie er mich. Und er strahlt mich immer so an, wenn ich an unser Pult komme. Also, ich habe schon das Gefühl gehabt, dass da was ist zwischen uns. Gleichzeitig hatte ich Panik, ich bilde mir das nur ein. Als er mich gefragt hat, ob ich mit ihm zur Adventsparty gehen will, war ich hin und weg. Ich hatte mir alles so schön vorgestellt. Aber wenn ich jetzt absage, dann war's das wohl. Ein Junge wie Arno muss echt nicht auf jemanden wie mich warten.

»Tut mir so leid, Sofia.« Sie seufzt. »Ich geh jetzt meiner Mutter mit dem Buffet helfen. Rufst du Arno an?«

»Muss ich wohl.«

»Willst du dann wissen, wie's war?« Ina zögert. »Ich meine, mit wem er getanzt hat und so?«

Shit. Nun werde ich den ganzen Abend dasitzen und mir vorstellen, wie er mit allen Blondinen der Klasse tanzt und blödelt und … was weiß ich. »Ja. Schätze schon.«

Ina und ich verabschieden uns und ich wähle Arnos Nummer. Mailbox. Mist. Ich hasse es, wenn ich etwas nicht gleich klären kann. Ich probiere es in Zehn-Minuten-Abständen bis kurz vor vier. Dann gebe ich auf und schicke ihm eine SMS: »Hi, Arno, tut mir total leid, aber ich kann heute nicht. Muss auf meinen kleinen Bruder aufpassen. Viel Spaß trotzdem. Sofia«

Auf dem Weg zum Kindergarten versuche ich, was Gutes daran zu finden, dass ich nicht zu Inas Party kann.

Punkt eins: Ich muss nicht überlegen, was ich anziehe. Gilt nicht richtig, weil ich schon genau gewusst hab, was ich anziehen wollte.

Punkt zwei: Ich werde nicht so viel Süßkram essen. Gilt auch nicht richtig, weil ich bei Ina wahrscheinlich vor Aufregung trotz des Wahnsinnsbuffets gar nichts gegessen hätte. Das bringt mich auf die Idee, auf dem Heimweg noch Schokokekse zu kaufen. O.k., also Punkt zwei gilt definitiv auch nicht. Ich seufze.

Immerhin bleibt Punkt drei: Theo. Er läuft mir schon entgegen, als ich zur Tür reinkomme, in jeder Hand einen Hausschuh. »Fia! Tante Eva hat gesagt, ich darf nicht mit den Fingern in meine Nudelsuppe greifen, aber dass ich in ihre greife, wollte sie auch nicht …«

»Frechheit!«, stimme ich empört zu. »Ich meine, in welche Nudelsuppe sollst du denn dann greifen?«

Er grinst, stopft seine Hausschuhe in den Stoffbeutel und setzt sich auf die Holzbank, um seine Schuhe anzuziehen. Mittendrin fällt ihm etwas ein. »Heute kommt Nadine, oder?« Er sieht zu albern aus, wie er seine Stirn in Falten zieht unter den welligen blonden Haaren. Wie ein fünfjähriger Professor.

»Nein, sie kann nicht. Ich bleib zu Hause.«

»Aber du hast gesagt, du gehst wo hin. Mit dem Aa-no.«

»Du kriegst auch alles mit, oder?«

»Das ist, weil ich so viel Grips habe.«

Eins steht fest, mein kleiner Bruder hat ausreichend Selbstbewusstsein. Außerdem ist »Grips« sein neues Lieblingswort.

»Und was macht er jetzt?«, fügt er hinzu.

»Wer, Arno?« Ich lache. »Der wird gar nicht merken, dass ich nicht da bin. Da sind genug andere Mädchen.«

Theo schaut mich prüfend an und schüttelt dann weise den Kopf. »Aber du bist viiiiieeel besser.«

Ich muss lachen. »Das stimmt natürlich. Aber wer weiß, ob Arno so viel Grips hat wie du.« Wir kaufen Pizza und Schokoladenkekse und ich schaffe es, mich ein bisschen zu freuen, weil Theo sich freut, dass ich bei ihm bleibe und nicht Nadine.

Zwischendurch sehe ich ab und zu auf mein Handy. Na gut, nicht ab und zu, ich sehe dauernd auf mein Handy. Aber kein Anruf, keine SMS, gar nichts. Wahrscheinlich ist er damit beschäftigt, herumzutelefonieren und ein neues Date zu finden. Blödsinn. Muss er nicht. Er muss nur zur Tür hereinkommen und Kathi, Larissa und Simone stürzen sich auf ihn wie auf eine Portion frische McDonald's-Pommes. Aber trotzdem. Könnte er nicht wenigstens kurz anrufen und so tun, als wäre er enttäuscht, dass ich nicht kann?

Irgendwann leg ich das Handy dann doch weg. Schließlich muss ich Pizza aufbacken und für Theo Oliven drauftun. Ich kenne kein kleines Kind außer Theo, das Oliven mag. Diese Vorliebe ist das einzig Griechische an ihm, glaube ich. Er besteht darauf, dass man von Oliven Grips kriegt. Ich schreibe lieber noch jahrelang schlechte Noten in Mathe, bevor ich eine Olive esse. Ich find die Dinger eklig. Also kommen die Oliven nur auf die halbe Pizza. Ich lege gerade ein kunstvolles Gesicht aus Oliven auf Theos Pizzahälfte, als es an der Tür klingelt.

»Theo, siehst du nach, wer da ist?«, brülle ich raus. »Aber nicht aufmachen, nur durch das Guckloch sehen!«

Ich höre Theo ins Vorzimmer laufen und den kleinen Hocker zur Tür schieben, damit er groß genug ist, um durch den Türspion zu schauen. Wahrscheinlich wieder diese bescheuerten Jungs aus dem ersten Stock, die mindestens einmal pro Woche an allen Türen klingeln und das zum Zerkugeln finden. Die sollten mal ein paar Oliven essen. Das Pizzagesicht kriegt ein breites Grinsen. Ich denke an Arno und habe gute Lust, die Oliven so zu legen, dass die Mundwinkel nach unten schauen. Lieber nicht. Theo würde wissen wollen, warum das Pizzagesicht so traurig ist. Ich schiebe die Pizza ins Backrohr und stelle den Küchenwecker auf zehn Minuten.

Theo sitzt in seinem Zimmer auf dem Boden und baut an

seiner Lego-Beam-Station. Wenn sie fertig ist, will er uns alle nach London zu Papa beamen. Oder zum Mond. Ich schätze, so wie die Dinge derzeit stehen, würde Mams den Mond vorziehen.

»Und?«, frage ich.

»Und was?«

»Na, wer war an der Tür? Die doofen Jungs von unten?«

Theo schüttelt den Kopf. »Keiner, den ich kenne.«

»Und was wollte keiner?«

»Hat er nicht gesagt.«

»Soll das heißen, keiner steht immer noch draußen?«

Ein neuerliches Klingeln bestätigt meine Vermutung. Theo sieht mich groß an. »Du hast gesagt, ich soll nur nachsehen.«

Dass kleine Kinder immer alles so wörtlich nehmen. Ich laufe an die Tür.

»Verdammte Scheiße!«, fluche ich, als ich über den Hocker stolpere, den Theo wieder mal mitten im Weg stehen hat lassen, statt ihn beiseitezuschieben.

»Begrüßt du alle Leute so?«, kommt eine Stimme von draußen.

Ich vergesse, mein Schienbein zu reiben, und erstarre.

Ist das …?

Ein Blick durch den Türspion. Es ist!

»Arno!« Ich öffne endlich die Tür und merke nach zwei Sekunden, dass ich ihn mit offenem Mund anstarre. Klappe meinen Mund also wieder zu.

»Ich dachte, wir wären verabredet«, sagt er, ein wenig vorwurfsvoll.

»Ja, aber … ich hab dir doch gesimst. Hab auch tausendmal versucht, dich anzurufen, aber …«

»Ich hab mein Handy bei meinem Vater vergessen.«

»Oh.« Richtig. Arnos Eltern sind auch getrennt.

»Auf jeden Fall …«, ich seufze, »… kann ich heute nicht.« Theo kommt und zwängt sich neben mich in die Türöffnung. »Ich muss auf meinen Bruder aufpassen.«

»Bist du der Aa-noo?«, fragt Theo.

»Bist du der Thee-oo?«, fragt Arno zurück.

»Ja«, strahlt Theo. »Woher weißt du das?«

»Weil du berühmt bist«, meint Arno. »Sofia redet dauernd von dir.«

»Von dir auch«, erklärt Theo und ich werde rot.

»Aber du hast mir was voraus«, erklärt Arno, ohne mit der Wimper zu zucken. »Dich lässt sie in die Wohnung.«

Theo kichert und zerrt an mir. »Lass ihn rein, Fia.«

»Du … du willst reinkommen?«, frage ich verwirrt. »Aber … was ist mit der Party?«

Arno zieht seine geringelte Wollmütze vom Kopf. Seine Haare stehen total süß in alle Richtungen und ins Gesicht. Das ist gar keine »Frisur«, denke ich, wie bei Zac Efron. Seine Haare sind einfach so. Na toll, jetzt starre ich auch noch auf seine Haare.

»Wir haben doch immer noch ein Date, oder?«, fragt er sehr geduldig, als wäre ich ein klein wenig schwachsinnig.

»Ja, schon, aber …«

»Und was soll ich dann bitte auf der Party, wo du doch hier bist?«

Ich starre ihn wieder an. Theo muss lachen. »Aa-noo hat Grips«, erklärt er. Und zu Arno: »Isst du gern Oliven?«

»Machst du Witze?«, fragt Arno. »Ich liebe Oliven!«

»Scheiße, die Pizza!«, rufe ich, drehe um und renne in die Küche.

»Sie flucht ziemlich viel«, höre ich Arno sagen, als er die Tür hinter sich zumacht.

»Ja, das sagt Mams auch«, stimmt Theo zu. »Soll ich dich wohin beamen?«

Als ich die Pizza rausgeholt habe, geh ich in Theos Zimmer. Arno und er sitzen auf dem Boden und Arno brüllt in ein Lego-Ding, das wohl so eine Art Funkgerät darstellen soll: »Beam mich in die Schutzzone, schnell! Die Sandmonster verfolgen mich!«

Theo drückt wie wild auf den Tasten seines Lego-Telefons herum und ist sichtlich fertig mit den Nerven. »Wir brauchen die Energie für den Schutzschild«, ruft er aufgeregt. »Du musst noch durchhalten!«

»Pizza ist fertig!«, erkläre ich und beide sehen mich im ersten Moment an, als sei ich das Sandmonster.

»Wird sonst kalt«, rechtfertige ich mich. »Kommt raus in die Küche!«

Mir fällt ein, wie viele der Mädels aus der Klasse sich heute nur wegen Arno für die Party aufgebrezelt haben. Natürlich wussten alle, dass er mit mir kommen würde. Aber auf so einer Party kann schließlich viel passieren. Und die meisten haben sowieso gedacht, dass ich da was missverstanden haben muss.

Arno und Theo bewundern das Olivengesicht und machen sich dann über die Pizza her. Ich knabbere an einem Stück und kann nicht aufhören, Arno anzustarren. »Woher hast du überhaupt gewusst, dass ich nicht komme, wo du doch dein Handy nicht hast?«

»Na, du warst nicht bei der Party. Ich hab Ina gefragt.«

»Was, du warst schon dort und bist wieder gegangen?« Trotz Punsch, Buffet und Musik? Obwohl alle seine Freunde da waren?

»Das hab ich dir doch schon erklärt«, sagt er, wieder in dem geduldigen Ton.

»Sie isst eben keine Oliven«, erklärt Theo entschuldigend.

»Ach so«, sagt Arno, als würde ihm das total einleuchten, dass ich deshalb schwer von Begriff bin. Nach der Pizza packt Arno aus, was Ina ihm vom Buffet mitgegeben hat, und wir futtern Zimtsterne, kleine rote Petit Fours mit grünen Zuckerweihnachtsbäumen drauf, Weihnachtsdonuts (grüner Zuckerguss mit silbernen Zuckerkügelchen) und grünrote Zuckerstangen. Inas Mutter nimmt das mit dem Weihnachtsmotto sehr genau.

Statt langsam müde zu werden, kriegt Theo einen Super-Energieschub von all dem Zucker und will Memory spielen. Mit Genugtuung sehe ich, dass mein kleiner Bruder nicht nur mich locker abhängt, sondern auch Arno. Zufrieden stapelt Theo seine Pärchen und erklärt Arno gönnerhaft, dass er eben einfach noch mehr Oliven essen muss. Mein Handy läutet. »Mams, hey! Wie läuft's mit der Rede und dem Toaster?«

»Alles bestens!« Sie klingt happy. »Du, stell dir vor, Nadine hat vorhin angerufen. Sie kann doch kommen. Sie ist schon unterwegs.«

»Oh.«

»Ich dachte, du freust dich!«

»Ja, klar. Super. Danke.«

»Geld ist in der Besteckschublade. Sonst alles in Ordnung?«

»Ja, sicher. Viel Spaß noch, Mams.« Kaum hab ich aufgelegt, klingelt es an der Tür.

»Wer ist das?«, fragt Theo und sieht mich an.

»Nadine«, erkläre ich. »Sie kann doch.«

»Neiiiin!« Theos Stimme ist so schrill, dass ich zusammenzucke.

»Aber Theo …«

»Ich will, dass der Aa-noo dableibt. Und du. Ich will nicht, dass ihr weggeht.« Theo ist sonst ziemlich pflegeleicht und kriegt fast nie Trotzanfälle. Aber jetzt wird er rot im Gesicht und ich kann sehen, dass er jeden Moment losheult. Es klingelt wieder. Ich versuche meinen kleinen Bruder zu ignorieren und wende mich Arno zu. »Wenn du willst, dann können wir noch auf die Party gehen und die Babysitterin kann bei Theo …«

»Nein!«, brüllt Theo und heult ernsthaft los.

»Nein«, sagt Arno ganz entschieden. »Wir bleiben hier. Bleib cool, Theo.«

Theo beruhigt sich ebenso schnell, wie er sich aufgeregt hat. »Du bist dran«, sagt er zu Arno und ist schon wieder ganz auf das Memory-Spiel konzentriert.

Ich gehe zur Tür und mache Nadine auf, die Kaugummi kauend dasteht. »Ich krieg jetzt acht Euro«, sagt sie statt einer Begrüßung und geht an mir vorbei. »Neuer Preis.«

»Ähm«, sage ich. »Nein. Heute nicht. Wir brauchen dich nicht.«

»Wie jetzt?«, fragt sie und starrt mich an, als würde ich Esperanto reden.

»Ich bleibe zu Hause. Das konnte meine Mutter nicht wissen. Tut mir leid. Aber du kannst eben nicht absagen und zusagen, wie's dir grade passt.«

Sie kneift die kajalumrandeten Augen zusammen. »Ich bin extra hergekommen. Wenn ich jetzt wieder heimfahre, dann braucht ihr mich gar nicht mehr anzurufen! Alles klar?«

»Alles klar«, sagt Arno, der plötzlich neben mir steht.

»Kein Problem. Ich bin nämlich der neue Babysitter. Schönen Abend noch.«

Nadine starrt zur Abwechslung Arno an. Dann dreht sie sich um und stampft hinaus, ohne die Tür zuzumachen. Sehr dramatisch.

»Wow«, sage ich. »Die sind wir los.« Ich senke meine Stimme. »Aber ein Glück, dass Theo das mit dem neuen Babysitter nicht gehört hat.«

»Können wir *Weihnachten unter Wasser* ansehen?«, ruft Theo von drinnen.

»Klar«, rufe ich zurück und wende mich verlegen wieder Arno zu. »Tut mir echt leid, dass du unseretwegen die Party versäumst.«

»Ich versäum gar nichts«, sagt Arno und sieht mich an. Plötzlich ist da ein ganz eigenartiges Flattern in meinem Magen. »Und das mit dem Babysitten«, fügt er hinzu, »das hab ich ganz ernst gemeint.« Dann nimmt er meine Hand, als wäre es das Selbstverständlichste von der Welt, und wir gehen gemeinsam ins Wohnzimmer zurück. Theo liegt bäuchlings auf dem dicken Teppich vor dem Fernseher und verfolgt SpongeBobs Weihnachtsabenteuer.

Arno und ich setzen uns dahinter aufs Sofa. »Ich mag Weihnachten«, sagt Arno und drückt meine Hand.

Aus dem Flattern in meinem Magen wird ein ganz warmes Gefühl, das sich überallhin ausbreitet. »Ich auch«, flüstere ich.

IRENE ZIMMERMANN

Weihnachten in der Karibik

»Sophie, du darfst mir nicht böse sein, aber …«

Ich schaue Max erschrocken an. Diese Einleitung klingt gar nicht gut. Aber bevor mir vor Schreck das Herz in die Hose rutscht, nimmt Max meine Hand und meint: »Schau nicht so entsetzt; es geht nur um Weihnachten. Ich muss dich einfach drauf vorbereiten, dass mir bei Weihnachtsgeschenken wirklich nichts Tolles einfällt.« Er drückt mir ein Küsschen auf die Wange und flüstert: »Ich hab's dir lieber gleich gesagt, damit du nicht enttäuscht bist.«

»Och, das verkrafte ich schon«, gebe ich locker zurück und versuche, ein Lachen zu unterdrücken.

Max ahnt natürlich nicht im Geringsten, dass ich schon bestens Bescheid weiß – von seiner jüngeren Schwester Sabrina, dieser Plaudertasche! Von wegen, keine tollen Einfälle. Ich finde seine Idee einfach mega-toll! Ich bekomme nämlich nichts Einfallsloses, schnell Gekauftes von ihm, sondern ein echtes Event: eine Weihnachtsparty mit allem Drum und Dran und allen unseren Freunden, damit auch wirklich jeder kapiert, Sophie und Max sind ein Paar!

Wir schlendern verliebt über den Weihnachtsbasar unserer Schule. Ich überlege, ob ich Max vielleicht Comics schenken sollte, aber gegen eine Weihnachtsparty ist das natürlich eine ziemlich fade Idee. Aber bis Weihnachten sind es ja noch vier

Tage, jede Menge Zeit also, mir noch etwas Grandioses einfallen zu lassen, irgendwas in der Größenordnung einer Weihnachtsparty. Damit auch Max sieht, wie sehr ich ihn liebe!

Als ich am späten Nachmittag nach Hause komme, merke ich gleich, dass irgendwas nicht stimmt. Papa kocht sonst jeden Mittag, und jetzt in der Vorweihnachtszeit backt er sogar, aber heute zieht kein Duft nach köstlichen Plätzchen durch unsere kleine Wohnung.

»Hallo, Dad!«, rufe ich. »Hallo?«

Er sitzt auf der Eckbank in der Küche, hat den Kopf in die Hände gestützt und starrt ins Halbdunkel.

»Warum sitzt du denn im Dunkeln?«, frage ich und knipse die Deckenlampe an. »Soll ich uns was zu essen machen?«

Er fährt zusammen. »Entschuldige, ich hab völlig die Zeit vergessen. Einkaufen war ich auch noch nicht ...«

»Das ist doch nicht so schlimm«, unterbreche ich ihn.

Zwar knurrt mein Magen – ich hab nämlich seit mittags in der Schule nichts mehr gegessen –, aber das lässt sich mit einem Griff in unsere Plätzchendose ganz schnell beheben. Schlimmer finde ich, wie kalt es in der Wohnung ist. Fröstelnd drehe ich das Thermostat am Heizkörper hoch.

Papa sieht mich an. »Es ist kalt hier, nicht wahr?«

Ich setze mich zu ihm und schiebe ihm die Dose mit Plätzchen hin, aber er schüttelt nur den Kopf.

»Sophie, ich muss mit dir reden!«

Einen Moment lang wird mir ganz heiß und kalt. Ahnt er, dass Max mehr für mich ist als ein Klassenkamerad, der mir netterweise nachmittags bei den Hausaufgaben hilft? Und will Papa mir womöglich diese Treffen verbieten?

»Heute auf den Tag vor genau acht Monaten ist Mama ausgezogen«, sagt er mit Grabesstimme.

Ich nicke nur. Was soll ich auch sagen? Mama hat inzwischen einen Freund mit zwei Kindern und will ihn heiraten – rein theoretisch habe ich also zwei Geschwister, die ich noch nie gesehen habe und eigentlich auch nicht unbedingt sehen möchte. Mir geht's nämlich so auch ganz gut. Papa arbeitet seit der Trennung nur noch vier Tage in der Woche und kümmert sich ganz toll um mich und mir reicht es, mich alle paar Wochen mal mit meiner Mutter zu treffen.

»Und jetzt haben wir Weihnachten … Zum ersten Mal ohne Mama.«

Ich nicke wieder und nehme mir noch ein Plätzchen. Vielleicht sind im Kühlschrank Spaghetti von gestern, die könnte ich aufwärmen …

Papa lächelt traurig. »Ich dachte mir, Weihnachten zu Hause bekommt uns beiden nicht. Wir müssen dann nur ständig an Mama denken. Sophie, es tut mir so weh, wenn du deshalb traurig bist.«

»Bin ich doch nicht, Dad«, versichere ich ihm, und das stimmt auch. Zumindest, seit ich Max habe. Mit ihm kann ich nämlich über alles reden. Und mich bei ihm ausheulen, falls das mal sein muss.

Er steht auf. »Wenn ich unsere Ersparnisse zusammenrechne, dann reicht es sogar. Und jetzt erledige ich das. Willst du mitkommen?«

Ich verstehe überhaupt nichts mehr. Fragend schaue ich meinen Vater an.

»Wir zwei fliegen in die Karibik! Dahin, wo es schön sonnig und warm ist. Und alle traurigen Gedanken lassen wir hier.«

Ich trotte neben meinem Vater durch das dichte Schneetreiben. Er schwärmt mir vor von Palmenstränden, klarem

Wasser, freundlichen Menschen, aber in meinem Kopf dreht sich ein fürchterliches Karussell: vierzehn Tage Trennung von Max sind schon eine echte Katastrophe, und dann ist da ja auch noch die Weihnachtsparty!

Im Reisebüro drängeln sich die Leute; alle Welt scheint wegfahren zu wollen. Endlich sind wir dran, aber dann scheint es ein kleines Problem zu geben.

»Tut mir leid«, sagt die Frau hinter dem Tresen, »aber bei mir geht es noch etwas langsam mit dem Computer, ich habe nämlich heute hier meinen ersten Arbeitstag. Wo möchten Sie denn gerne hin?«

»Karibik«, murmelt mein Vater und blättert interessiert in einem der Kataloge. »Ich dachte an Last Minute für mich und meine Tochter.«

Die Frau schaut auf. Sie lächelt ungläubig. »Christian? Was machst du denn hier?«

Es dauert einen Moment, dann ruft mein Vater ungläubig: »Claudia! Das gibt's doch nicht! Wann haben wir uns das letzte Mal gesehen? Vor zehn Jahren?«

Mein Vater ist wie ausgewechselt. Er lacht und scheint die Reise in die Karibik völlig vergessen zu haben. Vor allem, nachdem Claudia erzählt, dass sie erst vor Kurzem in unseren Stadtteil gezogen sei und hier überhaupt niemanden kennen würde.

»Du könntest doch Weihnachten mit uns verbringen«, schlägt mein Vater vor. »Ich meine, wenn du nichts Besseres vorhast.«

»Und was ist mit eurer Reise?«

Papa schaut mich fragend an.

»Kein Problem«, sage ich. »Ich finde Weihnachten hier im Schnee unheimlich romantisch.«

Er legt den Arm um mich und seine Stimme klingt gerührt, als er sagt: »Habe ich nicht eine tolle Tochter?«

»Und ich habe einen tollen Daddy«, ergänze ich und gebe ihm einen Kuss. Weihnachten wird großartig, da bin ich mir jetzt ganz sicher!

CHANTAL SCHREIBER

Eulalia und Mopsmann

Jay-Jay ist der coolste Hund, den es gibt. Ein Mischling, langbeinig, schwarz mit weißen Pfoten, weißer Nase und weißer Schwanzspitze. Obwohl er alles frisst, was nicht wegrennt, sieht man bei ihm jede Rippe.

Ich werfe sein Gummispielzeug und er bringt es in Riesenkarnickelsprüngen mit rotierenden Ohren zurück. Das machen wir geschätzte zehntausend Mal, während wir die Brücke-Eiche-Kiosk-Runde gehen. Beim Kiosk kaufe ich ein Paar Würstchen mit Ketchup und teile sie mit Jay-Jay. Wir sind nicht sicher, was der beste Teil des Ausflugs ist – das Über-die-Wiese-Karnickelspringen, das Durch-den-Bach-Pflügen oder doch das Frankfurter-Inhalieren. Ich glaube, im Winter, wenn der Bach eisig ist und noch kein Schnee auf der Wiese liegt, gewinnen die Würstchen.

Jay-Jay und ich sind in vielen Dingen einer Meinung, nur bei einer Sache gehen unsere Geschmäcker wirklich auseinander: Ich mag große Hunde, Jay kleine. Ich mag sie von Jay-Größe aufwärts, er liebt sie vom Zwergpudel abwärts. Wenn so ein fast nackter, zittriger Handtaschenbewohner gerade mal auf eine Briefmarke passt, dann hat er genau Jay-Format. Tessa sagt, das hängt mit seinem Selbstwertgefühl zusammen – bei kleineren Hunden fühlt er sich sicher. Tessa ist seine Besitzerin und sie hat ziemlich viel Ahnung von Hunden.

Sehnsüchtig blicke ich dem Airdale Terrier nach, dessen Annäherungsversuche Jay eben abgeschmettert hat, und hoffe, dass er wenigstens den Border Collie, der da drüben jeden zweiten Baum markiert, nicht ignorieren wird. Aber nein, Jay bleibt plötzlich stocksteif stehen und starrt in eine ganz andere Richtung. Ich kneife die Augen zusammen. Tatsächlich, da bewegt sich was durch die erfrorene winterlich braune Wiese, und zwar, wie nicht anders zu erwarten, knapp über dem Boden. Hellbeige mit schwarzen Ohren, rundlich, Setzkastengröße, Knopfaugen. Ein Mops. Und Jay ist auch schon mit Riesenkarnickelsprüngen auf Kollisionskurs. Der hat gerade noch gefehlt in der Sammlung der Peinlichkeiten. Was tut der Mops überhaupt hier? Jay-Jay braucht das, er muss seine langen Beine werfen und über den Boden fliegen, aber dieses Mopstier ist doch bloß überfordert von den unendlichen Weiten der wilden freien Natur! Und außerdem bin ich gegen Möpse allergisch, denn der einzige Mops, den ich sozusagen persönlich kenne, gehört Roman. Und ich hasse Roman. Er hat mir diesen verdammten Spitznamen verpasst und ich könnte ihn dafür …

»Hallo, Eulalia!«

Ich fahre herum. Na klar. Das ist ja typisch. Nicht genug, dass ich seine grinsende Visage jeden Tag in der Schule sehen muss, nun verfolgt er mich auch noch auf die Hundewiese.

Er steht da, eine violette Leine mit Strasssteinchen um die Schultern, Daumen in den Gürteltaschen seiner Jeans eingehängt, Jacke offen, als wären es nicht drei Grad unter Null. Keine Mütze. Wahrscheinlich will er sich bloß nicht die Frisur ruinieren. Ich hoffe, seine Ohren frieren ab.

»Der Mopsmann«, erkläre ich mit gespielter Gelassenheit, als ich mich von dem Schreck erholt habe. »Fernab der Zivilisation. Hast du dich verlaufen? Müsstest du dir nicht die Nasenhaare trimmen und die Zehennägel lackieren lassen, während der Mops beim Hundetherapeuten ist?«

Mein Sarkasmus prallt von ihm ab, er wirft mir einen strafenden Blick zu. »Es ist diskriminierend, jemanden wegen seiner Rassenzugehörigkeit zu verspotten.«

Ach, und es ist nicht diskriminierend, jemanden wegen seiner neuen Brille zu verspotten?, denke ich, aber ich spreche es nicht aus. Er will ja bloß hören, dass er mich damit getroffen hat.

Jay und das Mopsding kugeln sich da vorne im Dreck. Da wird Romans Schwester ja eine Riesenfreude haben, wenn ihr kleines Prinzesschen so versaut nach Hause kommt. »Solltest du deinen – … ähm … man sagt doch ›Hund‹, oder? – nicht an die Leine nehmen? Oder zumindest laut ›Pfui!‹ rufen?«

Er seufzt, als wäre er dieses ewige Hin und Her zwischen uns unendlich leid. »Hör mal«, sagt er. »Wir können damit aufhören, weißt du?«

Na klar. Jetzt will er damit »aufhören«. Die ganze Schule nennt mich mittlerweile »Eulalia«.

»Mopsmann« hat sich nicht ganz so durchgesetzt, zugegeben. Aber ein bisschen hat es seinen Ruf doch angekratzt, als ich rumerzählt habe, dass der coole Golfer und Tenniscrack mit einem Schoßhündchen gesichtet wurde.

»Bisschen spät, oder nicht?«, antworte ich knapp. Was soll das auf einmal?

Er zuckt mit den Schultern. »Wenn wir wollen, dass es aufhört, dann hört es auch auf.«

»Ach ja?«, schieße ich zurück. »Denn du bist der Herr über all diese hirnlosen Sklaven und bestimmst, was sie sagen dürfen und was nicht? Oder wie?«

»Ich hab eher gedacht, wenn wir beide uns vertragen, dann wird es für die anderen uninteressant.«

»Hör doch auf, so erwachsen zu tun«, fauche ich ihn an, »bloß weil deine Kumpel nicht dabei sind!«

»Da hab ich dir ja was voraus«, meint er. »Du kannst nicht mal erwachsen tun, wenn deine Freundinnen nicht dabei sind.«

Das reicht. Jetzt muss ich mir noch vorwerfen lassen, ich sei kindisch! Ohne ein weiteres Wort lasse ich ihn stehen, keine Minute später habe ich Jay-Jay angeleint und zerre den empörten Hund weg von seiner neuen Flamme. Eine Sekunde lang tun mir die beiden leid, das kleine Mopstier mit dem violetten Halsband, das uns mit seinen Knopfaugen verständnislos nachblickt, und der schwarz-weiße Riesenhüpfhase, der nun zwar wieder neben mir hertrottet, mir allerdings alle paar Schritte einen vorwurfsvollen Blick zuwirft. Sorry, Leute, denke ich. Manche Dinge sollen einfach nicht sein. Denkt an Romeo und Julia.

Als ich Isa am nächsten Tag davon erzähle, zuckt sie nur mit den Schultern.

»Vielleicht hat er's ja ernst gemeint«, sagt sie und sieht mich so isamäßig von der Seite an. »Es ist schon langsam ein bisschen albern, was ihr beide aufführt.«

Mir bleibt die Luft weg vor Empörung.

»Was wir beide aufführen?«, rufe ich dann. »Er hat doch angefangen!«

»Da«, sagt Isa nur und seufzt. »Hörst du dir eigentlich zu? ›Er hat angefangen.‹ Ich meine, das ist doch Kindergartenkram. Weißt du was? Manchmal denke ich, ihr zwei steht aufeinander und seid nur zu unreif, es anders zu zeigen.«

Unreif! Ich hab mich bloß gewehrt! Sie ist meine beste Freundin, sie weiß genau, wie hart es für mich war, das erste Mal mit Brille in die Schule zu kommen. Ich habe mich gefühlt wie ein Alien. Und dann, gerade als ich begonnen habe, mich einigermaßen zu entspannen, hat Roman in der großen Pause erklärt, ich sähe aus wie eine Eule, und mich »Eulalia« genannt. Mein Nachname ist Eulmann, also war das Ganze gleich doppelt witzig. Ha-ha!

Zwei Tage musste ich mir die Eulalia-Scherze zähneknirschend ohne Gegenwehr gefallen lassen, bis ich ihn zufällig auf der Straße mit dem Mops gesehen habe. Er hat vor einem Laden gewartet, den Mops an seiner violetten Leine und eine Damenhandtasche samt Einkaufstüten in der Armbeuge. Es war zum Schieflachen.

Na ja. Von »Roman« zu »Mopsmann« war es auch nur ein kleiner Schritt. Jetzt sind wir jedenfalls quitt und ich ignoriere ihn. Ich gehe sogar extra mit Jay-Jay heute eine andere Runde.

Die Sulzer Wiese ist in derselben Gegend wie die Schwarzenbergwiese, eine Haltestelle weiter mit dem Bus und dann noch zu Fuß ein Stück die Straße entlang, bis man auf einen Rundweg kommt. Es gibt keinen Bach und keinen Kiosk – aber auch keinen Roman. Gummispielzeug werfen kann man hier auch und Jay ist zufrieden – vor allem, weil er da drüben im Unterholz offenbar schon wieder eine neue Hundebekanntschaft geschlossen hat. Ich seufze. Wieder so was Zwergwüchsiges, ich kann nur einen Fleck helles Fell erkennen, alles andere ist von Jays euphorisch hüpfendem, wedelndem Körper verdeckt.

»Sag mal, verfolgst du mich?«

Ich erkenne die Stimme sofort und drehe mich betont

langsam zu ihm um. »In deinen Träumen, Scherzkeks. Ich bin extra heute hierhergekommen, damit ich dir nicht über den Weg laufe.«

»Wow, du richtest deinen Tagesablauf nach mir, wie schmeichelhaft.«

Er grinst mich an. Klar ist da ein bissiger Unterton, aber dennoch muss ich einen Moment an Isa denken. Flirtet er etwa mit mir?

»Dir zu schmeicheln ist mit Sicherheit das Letzte, was ich will.«

Sein Grinsen schwächt sich etwas ab. »Stell dir vor, ich bin auch heute hier, weil ich nicht so wild auf eine neuerliche Charme-Attacke von dir war.«

»Schön.« Ich werfe ihm einen eisigen Blick zu. »Wie wär's mit einer Aufteilung? Ich kriege die Schwarzenbergwiese, du die Sulzer Wiese.«

Er zieht die Augenbrauen hoch und mustert mich amüsiert. »Dann würde ich auf den Bach und den Kiosk verzichten ...« Er scheint einen Moment lang intensiv nachzudenken. »Aber wenn ich's mir recht überlege, ist das kein zu hoher Preis für eine eulaliafreie Zone.«

»Fein.« Ich knirsche kaum hörbar mit den Zähnen und rücke unwillkürlich das Brillengestell auf meiner Nase zurecht. »Mit dem nächsten Bus sind wir weg. Ich muss bloß den Hund holen.«

Doch der Hund ist nicht mehr da, wo ich ihn zuletzt gesehen habe – er scheint sich mit dem Mopsmädchen ins Unterholz verdrückt zu haben.

»Jay-Jay!«, brülle ich. »Komm her! Fuß, Jay-Jay!!«

Stille. Kein Rascheln im Gebüsch. Kein Blatt bewegt sich.

»Beeindruckend«, sagt Roman. »Tadellose Erziehung.«

»Ruf du doch deine kleine knautschgesichtige Töle!«, zische ich ihn an.

»Ts, ts«, macht er und wiegt missbilligend den Kopf hin und her. »Dass du immer gleich beleidigend werden musst.«

»Rufst du sie nun oder nicht?«

Er lässt den Blick schweifen. »Millie!«, ruft er.

Millie, der Mops. Seufz.

»Komm her, Millie! Millie! Na komm, mein Mädchen!«

Kein Mops, der aus dem Gebüsch auf ihn zuwuselt. Auch kein Jay. Kein Hund weit und breit. Bloß wir beide und die Sulzer Wiese mit sehr viel Wald und Unterholz. Schön langsam kriege ich Angst und verzichte daher auf einen Kommentar zum Thema Mopsdisziplin.

»Am besten wir trennen uns«, schlage ich vor. »Du gehst die Runde links herum und ich rechts herum.«

»Okay.« Er nickt und das Grinsen ist aus seinem Gesicht verschwunden.

Wir entfernen uns voneinander, abwechselnd »Jay-Jay« und »Millie« brüllend, und laufen die Sulzer Runde in entgegengesetzter Richtung. Eine halbe Stunde später treffen wir uns an derselben Stelle, ohne Hund. Es ist halb vier und wird bald dunkel.

»Verdammte Scheiße«, sage ich und sehe mich in der nun schon dämmrigen Landschaft um.

»Du sagst es«, antwortet Roman und reibt sich seine rot gefrorenen Ohren.

»Stirnband?«, frage ich ihn und nehme das blaue Fleeceteil aus der Jackentasche, das ich beim letzten Spaziergang darin vergessen hab.

Er nickt und nimmt es. »Danke. Ich hasse Mützen, da schwitz ich immer drunter.« Er zieht das Stirnband über und sieht mich an. Seine Augen sind braun, ein ziemlich helles Braun. »Was machen wir jetzt?« Es klingt richtig hilflos.

»Hat Millie einen Lieblingsplatz?«

Er schüttelt den Kopf. »Nicht wirklich, so oft waren wir noch nicht hier. Und Jay-Jay?«

Ich schüttle auch den Kopf. »Hier nicht. Wir sind ja sonst immer auf der anderen Wiese, da wüsste ich sofort, wo ich suchen …«

Ich breche ab und sehe ihn an. »Sie könnten längst da sein«, sage ich zu ihm. »Querfeldein ist es überhaupt nicht weit!«

Sein Gesicht hellt sich auf und irgendwie freut mich das. Obwohl er natürlich trotzdem ein Riesenidiot ist. Aber er hängt ganz offensichtlich an Millie und das macht ihn wenigstens ein bisschen sympathisch. Das und diese hellbraunen Augen mit den grünen Sprenkeln.

Keine fünfzehn Minuten später steigen wir bei der Schwarzenbergwiese aus dem Bus. Es ist fast finster und alles, was ich denken kann, ist: Sei da, Jay-Jay, bitte sei da! Vielleicht habe ich es sogar laut gemurmelt, denn mir kommt es vor, als habe Roman mir eben so einen prüfenden Seitenblick zugeworfen.

Als das rote Dach des Kiosks zwischen den kahlen Bäumen durchschimmert, sehen wir einander an, und ich habe das Gefühl, wir denken beide dasselbe: Wenn Millie und Jay nicht hier sind, dann sind wir mit unserem Latein am Ende. In der letzten Wegbiegung vor dem Kiosk fangen wir beide unwillkürlich zu laufen an. Der Rollladen ist offen, aus dem Lautsprecher klingt »Jingle Bells«. An einem der beiden Stehtische verzehrt ein Pärchen seine Bratwürste mit Kraut. An der Mülltonne entsorgt jemand Kaffeebecher und Pappteller.

Der Kioskbesitzer reicht gerade einem Jungen eine Cola über den Tresen. Weit und breit kein Jay-Jay und keine Millie. Wie auf Kommando bleiben wir beide gleichzeitig stehen.

»Sie sind nicht da«, spricht Roman das Offensichtliche aus, aber ich habe keine Lust, deshalb eine spitze Bemerkung zu machen.

»Es tut mir leid«, sage ich und meine Stimme zittert. »Es war eine blöde Idee, wir hätten weitersuchen sollen, solange es noch hell war und …«

»Es war eine gute Idee«, unterbricht er mich. »Ich war ganz sicher, sie würden hier sein.«

Ich nicke nur und presse die Lippen aufeinander. Ich liebe Jay-Jay. Und Tessa liebt Jay-Jay. Ich will nicht mal anfangen, drüber nachzudenken, wie ich ihr sagen soll, dass ich ihren Hund verloren habe. Oder drüber nachzudenken, was ihm alles passieren könnte. Und die kleine, doofe Mopsdame auf ihren kurzen Beinchen – für sie ist womöglich schon ein Marder oder ein Fuchs eine Gefahr. Ich könnte heulen.

Roman räuspert sich. »Kathi«, sagt er und einen Moment lang erstarre ich. Ich glaube nicht, dass er mich schon mal mit meinem richtigen Namen angesprochen hat. Ich wäre nicht mal sicher gewesen, ob er meinen richtigen Namen kennt. »Ich weiß, es ist ein blöder Zeitpunkt«, fährt er fort, »aber ich wollte dir sagen, dass es mir leidtut, die ganze Eulalia-Sache. Ich …« Er bricht ab, ich sehe zu ihm hinüber. Er starrt auf seine Schuhe. »Ich finde, die Brille steht dir richtig gut«, fügt er hinzu. Dann sieht er mich an. »Ehrlich jetzt.«

Wenn ich nicht krank vor Sorge wäre um Jay-Jay, würde ich mir Gedanken machen, warum es in meinem Magen plötzlich so seltsam flattert.

»Mir tut's auch leid«, sage ich. »Wegen Mopsmann. Aber

der Spitzname, das hat mich echt … gekränkt.« Es hätte mich vielleicht von jemand anderem weniger gekränkt, schießt es mir plötzlich durch den Kopf.

Er holt tief Luft. »Ich schätze, ich wollte bloß, dass du mich beachtest.« Wow. Damit könnte ich ihn morgen in der Schule fertigmachen, wenn ich wollte.

»Na, das ist dir gelungen.« Wir müssen beide lachen, dann werden wir wieder ernst und seufzen.

»Hey, Mädchen, ich hab mich schon gewundert, wo du bleibst!« Der Kioskbesitzer hat zu uns herübergerufen und winkt mir, näher zu kommen. »Dein schwarz-weißer Freund ist schon seit einer halben Stunde da.«

»Was?« Ungläubig gehe ich auf den Tresen zu. »Jay-Jay ist hier?«

Der Besitzer grinst und deutet mit dem Daumen über seine Schulter ins Innere der Hütte. »Seine kleine Freundin hat etwas verfroren gewirkt, da hab ich die beiden reingelassen. Sind euch wohl ausgebüxt?« Er zwinkert uns zu. »Jaja, wenn man sich ablenken lässt, kann das schnell mal passieren …«

Wir umrunden den Kiosk, die Türe wird von innen geöffnet und da stehen sie erwartungsvoll wedelnd nebeneinander: der schwarz-weiße Mischling mit den Fledermausohren und die kleine, runde Mopsdame mit den blinkenden Knopfaugen. Sie sehen uns ein wenig vorwurfsvoll an, als wären wir zu spät zu einer Verabredung.

»Sind ja ein witziges Pärchen«, sagt der Kioskmann und schüttelt amüsiert den Kopf. »Aber man kann sich eben nicht aussuchen, wen man mag, stimmt's?«

Roman und ich werfen einander einen Blick zu und werden beide rot.

»Stimmt«, sagen wir gleichzeitig.

Und dann bestellen wir Tee mit Zitrone und Frankfurter mit Ketchup. Und vergessen Eulalia und Mopsmann.

MARTINA SAHLER

Ein Horoskop für Vanessa

3. Dezember: Geh heute mit offenen Augen und Ohren durch die Welt. Ein ganz besonderer Moment erwartet dich – verpass ihn nicht!

Vanessa, Wiebke und ich sitzen zu dritt auf der Rückbank des Schulbusses, ich zwischen den beiden. Ein ums andere Mal lese ich das Tageshoroskop, das Vanessa mit einem knallpinken Textmarker umrandet hat.

Ein ganz besonderer Moment – das klingt doch irgendwie banal, oder?

Aber Vanessa dreht völlig am Rad. »Mädels, ich sage euch, heute passiert es!«

»Was ist es?«, will Wiebke vernünftigerweise wissen. »Was erhoffst du dir denn eigentlich?«

Vanessa zuckt die Schultern. »Keine Ahnung. Bin ich Jesus, wächst mir Gras aus der Tasche? Aber da steht es doch schwarz auf weiß …« Sie tippt mit ihrem im French Style lackierten Zeigefingernagel auf die Zeitung, dass es knistert. »Heute ist mein Glückstag!«

»Davon steht da aber nix«, stelle ich trocken klar. »*Ein ganz besonderer Moment* kann alles Mögliche sein. Vielleicht fliegt dir ein Kanarienvogel zu oder so.«

Vanessa verdreht die Augen, Wiebke kichert.

»Für so was interessiert sich das Schicksal doch nicht, Lilly!

Ist doch völlig piepegal, wohin ein Vogel fliegt, es geht um das Leben und die Liebe, nicht um entflogenes Getier!«

Vanessa hat mal wieder ihre ganz eigene Art, die Situation zu interpretieren, aber Wiebke und mir soll es recht sein. Wenigstens wird es mit Vanessa nie langweilig.

Jetzt reckt sie den Hals und schaut sich im Schulbus um.

»Was suchst du?«, fragt Wiebke.

»Na, was wohl! Ich halte Ausschau nach jemand Besonderem!«

Da kann sie lange gucken. An diesem Morgen wie an jedem anderen. Dieselben verschlafenen Dumpfbacken wie immer hängen auf den Sitzen herum, dösen vor sich hin und versperren mit ihren Schultaschen und lang ausgestreckten Beinen die Gänge.

Das wird nun auch Vanessa klar, seufzend sackt sie in sich zusammen und lehnt sich mit halb geschlossenen Augen zurück. »Weckt mich, falls euch etwas auffällt«, murmelt sie noch.

Wäre es Mittag und wir schon fitter, hätten wir uns wahrscheinlich einen Spaß daraus gemacht, sie alle drei Sekunden anzustupsen und in die Seite zu boxen, aber so gähnen wir beide erst mal herzhaft und vergessen Vanessas Tageshoroskop.

In der dritten Stunde erinnert uns unsere Freundin daran.

»Na toll!«, ruft sie sauer, als sie sich das Referatsthema notiert, das ihr Frau Lohnes, unsere Geschichtslehrerin, diktiert. Bis übermorgen soll sie den Vortrag fertig haben.

»Wenn die glaubt, das wäre was Besonderes, hat sie sich aber geschnitten«, murmelt Vanessa laut genug, dass es die Lohnes hören kann.

Sie hört es zwar, versteht es aber völlig falsch: »Dann sind wir ja alle sehr gespannt auf dein Referat, wenn es dir so leichtfällt, Vanessa! Streng dich an, das ist diesmal wirklich deine letzte Chance, doch noch auf eine Vier im Halbjahreszeugnis zu kommen.«

Vanessa entscheidet klug, dass sie nun besser den Mund hält, um die Erwartungen nicht noch höher zu schrauben.

In der zweiten großen Pause machen Wiebke und ich den Vorschlag, am Nachmittag ins Kino zu gehen, aber als ich anhebe, von dem Film zu schwärmen, den ich schon lange sehen will, hält sich Vanessa mit beiden Händen die Ohren zu.

»Nein, nein, nein! Ich will das nicht hören! Dieser Film kann nicht das Besondere an diesem Tag sein, niemals! Filme gibt es täglich im Fernsehen oder auf DVD, das ist das Alleralltäglichste überhaupt.«

Wiebke und ich wechseln einen Blick, während wir Cola light aus unseren Strohhalmen nuckeln.

»Langsam glaube ich, dass das Besondere an diesem Tag ist, dass du heute nicht alle Tassen im Schrank hast«, äußere ich meine Befürchtung.

Wiebke nickt. Ist ja auch wirklich nicht auszuhalten mit Vanessa!

»Ihr habt ja keine Ahnung!« Vanessa klingt fast so, als wäre sie den Tränen nah. »Überlegt doch mal. Wann ist mir zuletzt etwas Besonderes passiert? Wann hatte ich das letzte Mal Glück? Nicht mal in der Villa Wildsee erwartet mich irgendwas Spannendes. Nur diese Klugscheißer aus Berlin, die mit verklärtem Blick durch einen hindurchsehen.«

Da hat sie zugegebenermaßen nicht ganz unrecht: Die einzigen Gäste in der Villa Wildsee sind zurzeit eine Gruppe jugendlicher Schachspieler, die zu einem Turnier in der

Kreisstadt angereist sind. Sie haben ihre karierten Bretter im Partyraum der Villa aufgebaut und hängen den ganzen Tag mit verkniffenen Gesichtern über den weißen und schwarzen Figuren, um sie im Stundentakt zu verschieben. Von denen ist echt nichts zu erwarten.

»Heißt das, du kommst auch heute Nachmittag nicht vorbei?«, frage ich sie auf dem Heimweg.

»Doch, doch«, sagt sie bedrückt. »Und das Referat verschiebe ich eben auf morgen.«

»Ich komme gleich mit und penne auch bei dir, wenn's dir recht ist, Lilly«, sagt Wiebke. »Meine Mutter hat es mir erlaubt, weil sie heute sowieso nicht zu Hause ist.«

Ich strahle Wiebke an. »Klasse!«

Am Nachmittag, nachdem Vanessa auf ihrem Hollandrad eingetrudelt ist, hält es unsere Freundin nicht in meinem Zimmer aus, obwohl ich ein cooles neues Karaokespiel für den PC habe.

»Ich muss hier raus«, sagt Vanessa.

Wiebke und ich folgen ihr.

Wir spazieren um die Villa herum, gehen in den Partykeller, der leer ist, weil das Schachturnier heute auswärts stattfindet, laufen ein Stück weit um den See, der im kalten Dezemberlicht glitzert. Alles ist wie immer an einem Wintertag.

Es wird früh dunkel um diese Zeit. Vanessas Laune hellt sich auch nicht auf. Inzwischen hoffe ich, dass dieser Tag bald vorüber ist. Mit ihren nicht erfüllten Erwartungen zieht Vanessa allmählich auch mich und Wiebke runter.

Eine halbe Stunde quatschen wir noch auf meinem Zimmer, aber das bessert die Stimmung kaum. Wiebke sucht sich bereits einen Schlafanzug aus meinem Schrank aus, und als Vanessa mit langem Gesicht ihre Steppjacke anzieht, um nach Hause zu radeln, sind wir fast erleichtert. Hoffentlich ist sie morgen wieder die Alte!

Fünf Minuten später hören wir von draußen einen nicht jugendfreien Fluch. Wiebke und ich eilen ans Fenster, um zu sehen, was passiert ist. Da steht Vanessa und stampft wütend mit einem Fuß auf, während sie immer weiterschimpft und sich dann hinabbeugt, um den Reifen ihres Fahrrads zu befühlen. Der ist platt wie eine Flunder. Das können wir auch von oben erkennen.

»Lass uns runtergehen und ihr helfen«, meint Wiebke seufzend und greift schon nach ihrer Felljacke, aber da hören wir eine zweite Stimme, eine dunkle und eindeutig männliche.

»Das sieht übel aus«, sagt der Junge, der sich nun neben Vanessa stellt.

Wiebke und ich recken die Köpfe, um den Typen besser zu erkennen. Eindeutig, den haben wir hier schon gesehen. Es ist einer der Schachspieler. Offenbar sind die gerade heimgekehrt. Na, der Hirni wird kaum Ahnung haben, wie man ein Fahrrad flickt!

Hat er zu unserer Überraschung aber doch. Wir beobachten von oben, wie er das Rad ausbaut, den Schlauch herausholt und das Loch findet.

»Dafür brauche ich noch nicht mal einen Wassereimer«, sagt er. »So ein großer Riss.«

Ratzfatz hat er aus dem Notfall-Päckchen unter dem Sitz das Flickzeug herausgeholt und den Reifen repariert. Und wenige Minuten später pumpt er ihn auf, als täte er den lieben langen Tag nichts anderes.

Vanessa ist zunächst völlig baff, während sie ihm zuschaut.

Dann beginnt sie ihn zuzutexten. »Das ist ja ein Ding! Ich dachte, ihr seid alle … äh … so Kopfmenschen mit zwei linken Händen.«

Der Typ lacht herzhaft. Ein sehr sympathisches Lachen, und wir sehen von unten, dass er wunderschöne Zähne hat. Dass uns der aber auch nicht vorher aufgefallen ist …

»Nur immer schön die eigenen Vorurteile pflegen, was? Kannst du Schach spielen?«

»Äh … nicht wirklich, aber ich stelle es mir interessant vor …«

Wiebke und ich kichern unterdrückt am offenen Fenster. Der kalte Wind färbt unsere Nasen rot, aber das merken wir gar nicht. Was da unten läuft, ist besser als jeder Kinofilm.

»Wenn du magst, erkläre ich dir morgen die Regeln. Ist echt ganz simpel. Am Anfang zumindest.« Er grinst schelmisch.

»Das wäre ja … äh … mal was Besonderes.« Nun findet auch Vanessa zu ihrer Form zurück und strahlt den Typen an. Die Luft knistert zwischen den beiden, dass es bis zu uns nach oben elektrische Entladungen gibt.

»Also dann.« Er reicht ihr die Hand. »Ich heiße übrigens Lukas.«

Sie sagt ihm ihren Namen und schwingt sich aufs Fahrrad. »Vielen Dank, Lukas. Du bist echt mein Held des Tages.«

Sie lacht ihr bezauberndes Lachen, das noch fast jeden Jungen umgehauen hat, dem sie es geschenkt hat.

Auch Lukas bleibt nicht unberührt davon. Und als sie davonfahren will, ruft er ihr noch hinterher: »Vanessa?«

Sie hält an, steigt ab, schaut sich um, während sie sich anmutig die Ponyfransen aus dem Gesicht streicht.

»Ich wusste, dass ich dir heute begegnen würde.«

»Ach? Hast du den Reifen etwa eingeritzt?« Ihr Grinsen gefriert.

Doch sein Lachen ist wieder ganz offen. »Das wäre doch wohl zu billig, oder? Nein. Es stand in meinem Horoskop«, sagt er auf einmal sehr ernst. »*3. Dezember: Geh heute mit offenen Augen und Ohren durch die Welt. Ein ganz besonderer Moment erwartet dich – verpass ihn nicht!*«

Vanessas Lachen hören wir noch, als sie längst um die Ecke gebogen ist. Gut möglich, dass Lukas unsere durchgeknallte Freundin für ein sehr vernünftiges Mädchen hält, das Schachspielen lernen möchte und rein gar nichts auf Horoskope gibt.

SABINE BOTH

Maria und Josef

Vom Himmel hoch, da kommt er her

»Ich bin zu alt für so was!«

Und damit basta. Als Ausrufezeichen verschränke ich die Arme vor der Brust, oder besser gesagt vor dem, was ich seit Neuestem Brust nenne. Mama nennt es Erbsen, und dafür hasse ich sie mindestens genauso wie für die Tatsache, dass sie findet, ich sollte wie jedes Jahr auch dieses Mal wieder beim Krippenspiel mitmachen.

Keine Ahnung, ob das was mit mütterlicher Blindstellerei zu tun hat, aber auch wenn meine Brüste nicht gerade Bände sprechen, ist doch eindeutig zu erkennen, dass ich kein Kind mehr bin. Hallo! Haare an den unmöglichsten Stellen! Einmal im Monat eindeutige Beweise in der weißen Wäsche! Auf der Nase eine Kolonie von unersättlichen Mitessern! Und vor allem: noch nicht gesehen, dass in meinem Zimmer auch das letzte Stofftier die Kurve gekratzt hat?

»Komm, Isa«, sagt Mama und holt ein verführerisch duftendes Blech aus dem glühend heißen Ofen. »Ein letztes Mal meine kleine süße Maria. Ich bin immer so stolz, wenn du da vorne am Altar stehst und so unschuldig guckst. Mir kommen dann sogar die Tränen.«

Und mir kommt es sauer hoch. Ich schätze, ich muss mich tätowieren und piercen lassen, bevor Mama von mir ablässt.

»Nur wenn du den Esel spielst«, maule ich, schnappe mir ein Plätzchen vom Blech und werfe es zum Abkühlen von einer Hand in die andere.

Mama überhört den Esel und macht dieses Wetten-ich-bekomme-doch-noch-meinen-Willen-Gesicht, das sie sich zugelegt hat, seit sie weiß, wie durch und durch erpressbar mich die Pubertät gemacht hat.

»Was?«, nuschele ich durch mein Plätzchen hindurch.

»Wenn du noch einmal mitspielst, Isa«, Mama steckt sich siegessicher einen Keks in den Mund, »dann darfst du …«

Sie macht eine Pause, um die Spannung zu steigern. Lang genug, damit ich alle Möglichkeiten durchspielen kann. Diese unfassbar geile Jeans für unfassbar viel Geld kaufen? Endlich mit dem Klavierunterricht aufhören? Oder am Ende sogar …

»An Silvester eine Party machen«, sagt Mama.

Mir fällt die Kinnlade runter. »Sag das noch mal!«

»Party. Silvester. Im Wohnzimmer«, sagt Mama. »Und ja, Papa und ich werden uns zu den Nachbarn verdrücken und nur dann vorbeischauen, wenn wir wirklich alarmierende Geräusche hören oder die Polizei die Wohnungstür einschlägt!«

»Krass!« Mehr bekomme ich nicht über die Lippen.

»Ja, Maria«, grinst Mama. »Du hast nun mal eine echt coole Mutter!«

Paula ist nicht gerade begeistert, als ich die Treppenstufen zum Kirchplatz hochhetze. »Du hast doch gesagt, Krippenspiele sind was für grenzdebile Windelscheißer«, sagt sie mürrisch.

»Dir auch einen schönen ersten Advent!«, flöte ich unbeirrt, zucke mit den Schultern und stapfe an ihr vorbei. »Was kümmert mich mein Geschwätz von gestern. Du änderst doch auch ständig deine Meinung. Gestern warst du noch Emo, heute bist du Öko und morgen machst du einen auf Hippie.«

»Retrohippie«, korrigiert mich Paula, schlüpft durchs Kirchenportal und dippt genau wie ich die Finger ins Weihwasser. »Aber wieso denn plötzlich?«, hakt sie nach und bekreuzigt sich.

»Wegen der Gage«, grinse ich.

»Gage? Pfarrer Mertens gibt dir Geld dafür, dass du mitspielst?«

»Dummerchen! Die Gage kommt von meiner Mutter. Zum Lohn gibt's eine Silvesterparty. Und zwar mit sturmfrei.«

Jetzt ist Paula genauso baff wie ich noch vor einer Stunde. »Deine Eltern lassen uns alleine Party machen?«

Ich nicke.

»Und du darfst einladen, wen du willst?«

Ich nicke wieder.

»Auch Jungs?«

»Jep!«

Paula rauft sich vor Aufregung die Haare. »Und welche willst du einladen? Doch nicht etwa die aus unserer Klasse!?«

»Das planen wir später. Jetzt wird erst mal das Christkind auf die Welt gebracht.« Ich strecke das Becken vor und zeige meinen Neun-Monats-Bauch.

Paula ist sofort wieder schlecht gelaunt. »Ich wollte aber diesmal die Maria spielen. Du wolltest ja gar nicht da sein«, sagt sie und gibt deutlich zu erkennen, dass sich hier gerade eine mittelschwere Beste-Freundinnen-Krise anbahnt.

Nach einem Blick zum Altar allerdings weiß ich, dass sich

die Katastrophe schnell wieder erledigt hat. Ein paar Hirten sind bereits dabei, die Bärte anzulegen, und einer von ihnen überragt alle anderen.

»Guck mal«, sage ich und deute zu dem Riesenhirten. »Was für ein Wink des Schicksals. Da ist Mario.«

Paula läuft augenblicklich rot an. »Ich wusste gar nicht, dass er … Wie geil, dass er … Was mach ich denn bloß, jetzt wo er …«

Ich tätschele ihr beruhigend den Oberarm: »Wenn du mit ihm vier Adventssonntage lang Schafe gehütet hast, traust du dich bestimmt, ihn zu Silvester einzuladen.«

Mehr braucht es nicht, um Paulas Mariaambitionen im Keim zu ersticken. Sie stürzt panisch zur Kostümkiste, zerrt den letzten noch vorhandenen Bart aus dem Fundus, schubst Patrizia zur Seite und postiert sich neben den Hirten Mario. Für das Christkind in der Krippe wird sie heute ganz sicher keine Augen mehr haben.

Ich seufze. Paula hat's gut. Ich hätte auch schrecklich gerne einen Traumkandidaten für den Neujahrskuss, aber die Jungs aus meiner Klasse eignen sich dafür genauso wenig wie der Rest der Hirten und Könige hier in der Kirche!

Ich ziehe mir Kleid, Umhang und Kopftuch über, stopfe ein Sofakissen unters T-Shirt und setze mein heiligstes Gesicht auf. In der Krippe liegt schon Paulas alte Babypuppe. Gut, dass man die von Weitem nicht so genau erkennen kann. Die Stecknadelpiercings und der mit der Nagelschere verpasste Irokese könnten die eine oder andere Weihnachtsstimmung der Zuschauer doch vermiesen.

Ich ziehe dem Kindelein Stroh übers Gesicht und halte nach meinem Angetrauten Ausschau. Aber da ist kein Josef weit und breit.

Während ich warte, lasse ich sämtliche Exjosefe vor meinem inneren Auge vorbeimarschieren. Okay, der vom letzten Jahr ist vor zwei Monaten nach München gezogen, was mir ziemlich recht ist, weil er die unangenehme Eigenschaft hatte, ganz gegen das Drehbuch immer den Arm um meine Schultern zu legen. Der aus dem Jahr davor hat sich, soviel ich weiß, entschieden, Rocker zu werden, und ein Josef in Lederkutte und mit Tätowierung auf dem Unterarm fällt trotz Irokesenchristkind flach. Der Josef von vor drei Jahren schließlich hatte so einen schlimmen Mundgeruch, dass ich froh bin, nicht zu wissen, wo er steckt.

»Herr Pfarrer. Bekomme ich auch einen Josef, oder spielen wir diesmal eine moderne Variante und ich muss eine alleinerziehende Mutter sein?«, frage ich also an höchster Stelle nach.

Pfarrer Mertens lacht. »Du kriegst einen Josef. Meinen Neffen Tom.«

Und dann geht auch schon die Tür auf. Ein kalter Hauch weht durch die Kirche und schickt neben dem Duft von Tannennadeln ein weiteres Aroma zu mir nach vorne an den Altar. Es riecht nach Verheißung, nach Halleluja, nach Morgen, Kinder, wird's was geben.

Mein Josef hat die Kapuze weit ins Gesicht gezogen, aber schon an seinem Gang kann ich erkennen, dass er mein wahrer Gemahl ist. Er geht nicht, er schwebt. Und als er die Kapuze vom Kopf zieht und mit einem strahlenden Lächeln auf die Krippe zukommt, ist mir, als würden in meinem Kopf Heerscharen von Glocken bimmeln. Hey, denke ich, der Typ ist eine Fehlbesetzung! Der muss dringend den Erzengel spielen. Überirdisch süß wie er ist! Und dann denke ich, verdammt noch mal, wie um alles in der Welt soll ich mich nach nur vier Adventssonntagen mit gemeinsamem Kindleinwiegen trauen, ihn zu Silvester einzuladen?

Josef, lieber Josef noch nicht mein

»Eine Maria mit Lidschatten?« Mama guckt, als hätte ich dem Weihnachtsmann persönlich eine Clownnase aufgesetzt.

Ich lasse mich allerdings nicht beirren. Zum himmelblauen Lidschatten wandern in mein Gesicht außerdem rosarotes Rouge und ein halbes Kilo Lipgloss. Zu dumm, dass ich dieses blöde Kopftuch tragen muss, sonst hätte ich auch noch den Lockenstab rausgekramt. Mir ist jedes Mittel recht, um meinen Josef zu beeindrucken. Silvester ist in gut drei Wochen. Ich habe nur noch wenig Zeit.

»Maria und Josef waren auf der Reise. Staubig, schmutzig, ausgelaugt. Die sahen nicht aus wie Filmstars, Isa. Josef hätte bestimmt verdutzt geguckt, wenn Maria bei der Volkszählung das Puderdöschen gezückt hätte.« Mama schnappt sich ein Papiertuch und will meinen Wangen zu Leibe rücken.

Ich weiche mit einem gekonnten Sprung aus. »Boah, du hast echt keine Ahnung von den heutigen Josefen.«

»Wieso? Wie sind die denn?« Mama ist sofort angespitzt und ich könnte mir in den Hintern beißen. Auch wenn meine Mutter sich strikt weigert, mich als Frau wahrzunehmen, beobachtet sie mein frisch erwachtes Interesse für das andere Geschlecht doch mit Argusaugen. Ich beschließe, sie auf keinen Fall einzuweihen.

»Sie sind halt gepflegt. Du weißt schon, metrosexuell und so«, gebe ich knapp zur Antwort und lenke das Thema auf etwas anderes. »Wie viel Leute darf ich eigentlich zu Silvester einladen?«

»Wie viele möchtest du denn?«

»Siebenundsechzig!« Paula und ich haben längst eine haarklein ausklamüserte Liste gemacht, auf der ganz oben in roten Großbuchstaben Mario und Tom stehen. Siebenundsechzig Gäste ist das Mindeste.

Mama lacht. »Sieben«, sagt sie. »Das wäre realistisch.«

»Eine Party mit sieben?« Ich zeige ihr einen Vogel.

»Du hast doch immer so um die sieben eingeladen. Paula, die Reuben-Zwillinge, Anna ...«

»Das waren Kindergeburtstage, Mama! Topfschlagen. Blinde Kuh. Würstchenwettessen. Nur mit Mädchen. Aber diesmal geht es um eine Party. Eine Party kann man nicht mit sieben feiern. Dann ist es keine Party.«

»Zehn!« Mama sieht furchterregend unerweichlich aus.

»Dreißig!«, fange ich trotzdem an zu handeln.

»Fünfzehn!«

»Fünfundzwanzig!«

»Zwanzig!« Mama stöhnt. »Das ist mein letztes Wort.«

Wie soll ich das nur Paula beibringen!

»Zwanzig?« Paula fasst es nicht. »Das ist ja nichts! Wen sollen wir aussortieren?« Sie rennt auf dem Kirchplatz im Kreis herum und beginnt sofort zu kalkulieren. »Wenn wir Torsten nicht einladen, dann kommt auch Sören nicht. Und wenn Sören nicht kommt, können wir die ganzen Jungs aus der Parallelklasse vergessen. Aber die brauchen wir, weil die cool sind und ohne die keiner von den angesagten Mädels kommt. Von unseren Mädels können wir sowieso keine ausladen, sonst hassen die uns, aber schon wenn die alle kommen, können gar keine Jungs mehr kommen. Oh, mein Gott, Isa, aber einen Platz für Mario, den musst du auf alle Fälle reservieren! Obwohl, wie sollen wir Tom und Mario einladen zu einer Party, auf die kaum einer kommt. Voll auffällig, dann jemanden einzuladen, den wir kaum kennen. Katastrophe!«

»Jetzt komm mal runter!« Auch wenn sie mit allem verdammt recht hat, muss sie jetzt wirklich dringend runterkommen. Mit so einem aufgescheuchten Huhn als beste Freundin komme ich nicht gerade lässig und cool rüber. Muss ich aber, weil in dem Moment niemand anderes als mein Josef die Kirchentreppe hochkommt. Wenn ich jetzt schon durch sein Raster falle, kann ich mir die Einladung zu Silvester gleich in die Haare schmieren.

Paula kapiert und ist still.

Tom allerdings hat auch heute wieder die Kapuze übers Gesicht gezogen und sieht mich gar nicht. Er geht zielsicher aufs Portal zu und mir bleibt nichts anderes übrig, als ihm hinterherzusprinten, meine Finger in dasselbe Weihwasser zu tunken, in dem auch seine waren, und mir damit die vor Aufregung heiße Stirn zu kühlen.

Ich beschließe mit einem Stoßgebet nach ganz oben, heute die beste Maria zu sein, die ich je war. Ich bin herausgeputzt, ich kann meine Rolle und ich habe im Mariasein Erfahrung. Ich werde Tom tief beeindrucken!

»Na, Text gelernt?«, fragt Pfarrer Mertens, und weil alle halbwegs nicken, will er sofort einen ersten kompletten Durchgang starten.

Wir stellen uns auf. Die Hirten ins linke Kirchenschiff, die Könige ins rechte, Tom und ich vor den Altar, zwischen uns das Irokensenchristkind.

Tom steht so nah, dass ich seine Wärme spüren kann. Und er riecht schon wieder so gut, dass ich es kaum schaffe, mein heiligstes Gesicht aufzusetzen. So gut, dass meine Beine am liebsten von alleine fromm einknicken würden. So gut, dass der Beginn der Durchlaufprobe nur halbherzig zu mir durchdringt.

»Seht ihr das Licht dort?«, fragt der Riesenhirte von links und seine Kollegin mit dem dann doch vielleicht etwas hirtenuntypischen Lidschatten ist, weniger vom Licht als von ihm, so geblendet, dass sie eine etwas zu gigantische Portion Pathos in ihre Antwort legt: »Das ist ein Stern mit einem Schweif. Wunderschön!«

Wunderschön, denke auch ich und betrachte versonnen die formvollendeten Hände, die keine zwanzig Zentimeter von mir auf der Stirn vom Irokesenchristkind liegen. Formvollendet, kräftig und doch sinnlich. Wenn sie doch nur einmal auf meiner Stirn …

»Lasst uns das Kind suchen«, sagt Melchior von rechts. »Es ist der König der Welt. Mächtiger als jeder Herrscher. Wir bringen ihm Myrrhe und Weihrauch und Gold, so wie es einem König geziemt. Lasset uns preisen.«

Ich preise doch längst. Diese Wangengrübchen. Diese Lippen. Diese blauen Augen, die so verträumt auf dem Irokesenchristkind ruhen. Wenn diese Augen doch nur einmal so auf mir …

»Ach, Maria, wie gut, dass wir eine Herberge in diesem Stall gefunden haben. Ochs und Esel halten uns warm und das Kind hat ein Bett in der Krippe gefunden«, sagt Josef und dann ruhen sie plötzlich tatsächlich auf mir. Blau. Tief. Fragend.

Ich versinke. Und in der Kirche herrscht eine feierliche Stille. Sekundenlang. Bis es plötzlich aus der ersten Reihe durch die heiligen Hallen zischt: »Pst! Maria! Einsatz!«

Ach du Kacke! Pfarrer Mertens nickt mir aufmunternd zu, Paula fuchtelt von links mit den Armen, Melchior rechts kann sich ein Kichern nicht verkneifen.

Aber die gute Maria hat einen Totalausfall.

»Ja, unser Kind ... Das gute ... Es ... Wir ... Josef ... Du und ich...«

Toms formvollendete Hand rutscht enttäuscht von der Stirn unseres Erstgeborenen und sein blauer Blick verdreht sich gen Himmel.

So schnell kann das gehen. Vorbei, vertan, verdorben. Ihn nach dieser Probe zu Silvester einzuladen, ist ungefähr so unmöglich, wie von Mama zu erwarten, dass sie meine Erbsen als Brüste wahrnimmt. Vielleicht sollte ich mich einfach für den Rest der Adventszeit mit Magen-Darm-Grippe in mein Zimmer einschließen.

Lasst uns trotzdem froh und munter sein

»Isa, du kommst zu spät!« Mama platzt wie immer ohne anzuklopfen in mein Zimmer und staunt nicht schlecht, als sie mich im Schlafanzug im Bett vorfindet. »Ähm ... Hast du die Probe vergessen?«

Vergessen? Wie könnte ich! Ich denke an nichts anderes! Aber ich denke auch im Traum nicht dran, hinzugehen. »Ich bin krank!«

Mama kommt ans Bett und legt den Kopf schief. »Bist du nicht.«

»Wohl!«

»Du bist kerngesund.« Mama setzt sich auf die Bettkante und fühlt meine Stirn.

»Ich hab Bauchweh!«

»Und hast deshalb zum Frühstück einen halben Laib Toastbrot mit Nutella gegessen?« Verdammt! Mama etwas vorzumachen ist echt nicht einfach. »Du hast Herzweh!«, diagnostiziert sie messerscharf. »Aber warum?«

»Ich …« Für einen kleinen Moment bin ich geneigt, Frau Doktor Doktor Mama mein Herz auszuschütten, mache dann aber doch einen Rückzieher. »Geht dich nichts an!«

»Soso.« Mama rutscht noch ein bisschen näher und macht das Mama-Tochter-Gespräch-Gesicht.

»Nein, gib dir keine Mühe, ich will nicht reden!« Und um ihr gleich auch noch den letzten Trumpf aus dem Ärmel zu ziehen, füge ich hinzu: »Und wenn du mir jetzt die Silvesterparty verbieten willst, weil ich nicht zur Probe gehe, nur zu, ich habe eh überhaupt keine Lust mehr drauf!«

»Ahhhh!« Mama grinst. »Darum geht's also.«

Verflixt!

Mama strahlt. Sie ist in ihrem Element. »Isa, wenn du die Party nicht mehr willst, um die du seit einem halben Jahr bettelst, dann kann das nur an einem Jungen liegen«, erklärt sie und fügt hinzu: »Ich kenn das.«

»Kennst du nicht.«

»Wohl. Ich war auch mal in deinem Alter.«

»Das war in einem anderen Jahrhundert!«

Aber Mama lässt sich nicht beirren. »Johann.«

»Hä?«

»Er hieß Johann Semmler. Und deiner?«

Ich verschränke die Arme vor der Brust, aber Mama schaut mich so lange eindringlichst an, bis ich einknicke. »Er heißt Tom. Tom Fischer.«

Mama grinst. »Ich war verrückt nach Johann, seit ich ihn das erste Mal beim Tanztee gesehen hatte. Und du?«

Ich gebe ein Knurren von mir, aber mein Schweigen ist längst gebrochen. »Er ist mein Josef«, sage ich. »Er kam rein und es war um mich geschehen.«

Mama nickt. »Ich wollte Johann unbedingt zum Abschlussball einladen, und als dann endlich einmal Damenwahl war, habe ich ihn mir geschnappt, um ihn mit meinen Tanzkünsten zu beeindrucken.«

Mama muss jetzt nicht einmal mehr nachfragen, ich gebe bereitwillig Auskunft, denn auch wenn ich es nicht gerne zugebe, mich Mama anzuvertrauen bringt irgendwie Erleichterung. »Ich wollte ihn mit der besten Maria, die ich sein kann, beeindrucken. Hat aber nicht geklappt.«

»Bei mir auch nicht«, seufzt Mama. »Ich hab ihm in einem einzigen Cha-Cha-Cha die Füße grün und blau getreten vor Aufregung.«

»Und ich hab keinen Ton rausgekriegt, obwohl ich meine Rolle total gut konnte. Nicht beim ersten Durchgang, nicht beim zweiten und nicht beim dritten. Ich habe mich bis auf die Knochen blamiert. Er findet mich oberätzend. Und deshalb gehe ich da nie wieder hin!« Ich muss schwer schlucken, um den Geständnissen nicht auch noch Tränen folgen zu lassen.

»Das habe ich auch gesagt«, erinnert sich Mama. »Nie wieder! Aber da hättest du Opa hören müssen.«

»Opa hat sich in deine Liebesangelegenheiten gemischt?«, frage ich ungläubig.

»Er war außer sich!« Mama lacht. »›Der Tanzkurs war teuer, du gehst da hin! Basta!‹ Mir blieb also gar nichts anderes übrig, als Johann wieder unter die Augen zu treten.«

»Wie gut, dass du mich nicht so unter der Fuchtel hast wie Opa dich.«

»Zu dumm!« Mama grinst. »Ahnst du, was passiert ist, als Johann und ich uns wiedergesehen haben?«

»Er hat die Flucht vor dir ergriffen?«

Mama schüttelt den Kopf. »Er hat mich bei der ersten Gelegenheit aufgefordert und mich gefragt, ob ich mit ihm zum Abschlussball gehe.«

Mit einem großen Pardauz fällt in mir die ganze schöne Mutter-Tochter-Harmonie in Schutt und Asche. »Willst du mich für dumm verkaufen?« Ich rücke von Mama ab und verschränke die Arme wieder fest vor der Brust. »Meinst du, ich merke nicht, was du vorhast?«

»Ich hab nichts …«

»Pah! Du denkst dir diesen Unsinn doch bloß aus, damit ich wieder zur Probe gehe. Damit ich für dich die Marianummer durchziehe! Damit du Heiligabend deine Rührungstränen verdrücken kannst.«

»Aber …«

»Schäm dich!«, schimpfe ich.

Aber Mama schämt sich nicht. Sie lacht. »Du hast die Wahl, mein Herz. Entweder, du versteckst dich und wirst dich für den Rest deines Lebens fragen, was wäre gewesen, wenn, oder aber du nimmst dir ein Beispiel an deiner alten Mutter und bekommst den Hintern hoch!«

»Ich will aber Hirte bleiben!« Paulas verzweifelte Stimme schallt mir entgegen, als ich durchs Portal schlüpfe. »Soll doch jemand anders für Isa einspringen.«

»Aber du wolltest doch ursprünglich die Maria …«, setzt Pfarrer Mertens irritiert an, kommt aber nicht weiter, weil Paula einen Schrei der Erleichterung ausstößt, als sie mich kommen sieht. Sie drückt mir den Mariaumhang in die Hand und zieht fröhlich ihren Bart an, während ich versuche, irgendwie Toms blauem Blick zu entgehen. Er sieht nicht gerade so aus, als wollte er mich bei der nächsten Mariawahl freiwillig zum Tanz auffordern.

»Nun gut«, sagt Pfarrer Mertens, »dann können wir ja jetzt.«

Und das können wir tatsächlich. Der Riesenhirte kann. Seine Kollegin kann. Melchior kann. Josef kann. Und zu meiner absoluten Freude kann sogar ich.

»Ja, Josef«, sage ich textsicher. »Gott hat uns nicht vergessen. Er hat uns gesegnet mit einem gesunden Kind und er wird auch in Zukunft dafür sorgen, dass es uns gut geht.«

Drei Durchgänge lang kann ich. Und mit jedem Durchgang kann ich besser. So gut, dass mein Josef mir bei Probenende ein strahlendes Lächeln zeigt. »Geht doch«, sagt er, und: »Bis zum nächsten Mal.«

Und ich nicke nur, grinse von einem Ohr zum anderen und krächze erst, nachdem Tom die Kirche schon längst verlassen hat: »Ähm ... Was machste denn Silvester?«

Es ist für mich eine Zeit angekommen

Die ganze Woche haben Paula und ich gebraucht, um die Gäste so geschickt zusammenzukürzen, dass eine halbwegs Erfolg versprechende Gästeliste dabei herausgekommen ist. Jetzt gilt es nur noch, Mama davon zu überzeugen. »Vierundzwanzig. Bitte!« Ich klimpere herzzerreißend mit den Wimpern, aber Mama sieht wenig beeindruckt aus.

»Nein!«

»Aber vierundzwanzig ist so eine heilige Zahl. So wie vierundzwanzig Türchen am Adventskalender!«

Mama zieht die Augenbrauen hoch. »Nein!«

Ich greife meine letzte Chance am Kragen. »Tom, du weißt schon, DER Tom, der kann nur kommen, wenn du vierundzwanzig erlaubst!«

»Wieso?«

»Weil bei vierundzwanzig vierzig Prozent richtig enge, dreißig Prozent so halbwegs bekannte und dreißig Prozent gewagte Leute eingeladen sind.«

Mama sieht nicht aus, als würde sie diesen Zusammenhang auch nur im Geringsten verstehen, also versuche ich es schleunigst mit einer anderen Strategie. »Wir, du und ich, Mama, wir verstehen uns doch. Wir sitzen, also du hast damals gesessen, also jedenfalls, im selben Boot, mit Johann und Tom.«

»Ach, du glaubst mir die Geschichte mit Johann wieder?«

»Logo!« Ich nicke vehement. »Und ich hab mir deinen Rat doch auch zu Herzen genommen und bin letzte Woche zur Probe!«

»Meinetwegen?«

»Ja klar!«

Jetzt wird sie weich. »Na ja, vier mehr oder weniger …«

Mehr brauche ich nicht. Ich springe ihr um den Hals und lasse mich sogar dazu hinreißen, ihr den ein oder anderen Kuss auf die Wange zu drücken. »Danke, Mama!«

»Aber du räumst nachher alles wieder auf und putzt picobello!«

»Absolut versprochen!«

Mama grinst. »Und jetzt geh und lad ihn ein.«

Ich komme vor lauter Mamaüberreden zu spät, aber Paula steht trotzdem noch vor der Kirche rum und springt mir strahlend entgegen. »Ich hab's getan! Ich hab's getan!«

»Was hast du getan?«

»Ich habe Mario vor fünf Minuten gefragt, ob er kommt, und er hat zugesagt!«

»Echt?«

»Es war ganz einfach! Er hat sich richtig gefreut und gleich gefragt, ob er was mitbringen soll.«

Paula will mir um den Hals fallen, aber dazu bin ich noch nicht in der Stimmung. »Erst muss ich es auch noch tun, also rein da«, erkläre ich und Paulas Strahlen bröckelt ein bisschen in sich zusammen.

»Da wird heute wohl nichts draus«, sagt sie und deutet zu einer Nachricht, die am Portal festgepinnt ist. »Probe fällt kurzfristig aus. Pfarrer Mertens hat eine letzte Salbung und schreibt, dass wir das Stück sowieso schon super draufhaben.« Paula zuckt mitleidig mit den Schultern. »Und ich schätze, seinem Neffen hat er es persönlich gesagt, er ist jedenfalls nicht hier aufgetaucht.«

»Mist!«

Paula nickt. »Du kannst ihn ja noch Heiligabend nach der Aufführung fragen«, schlägt sie wenig überzeugt vor.

»Zu spät!« Niemand lässt es drauf ankommen, an Heiligabend noch keinen Plan für Silvester zu haben. Ich hab's versaut und bin am Boden zerstört.

Paula will mich trösten: »Komm, das wird auch so lustig!«

»Wird es nicht«, maule ich und will jetzt nur noch nach Hause, um meinen Frust an Mama auszulassen und ihr ein für alle Mal den Beweis dafür zu liefern, dass Geschichten aus der guten alten Zeit heute keinerlei Gültigkeit mehr haben.

»Aber wir feiern doch trotzdem?«, ruft Paula mir noch ängstlich hinterher. »Also, ich meine, auch ohne Tom.«

Ich zucke mit den Schultern. Im Moment jedenfalls ist mir definitiv gar nicht nach Silvesterfeiern zumute.

Kaum bin ich zu Hause, fange ich an, Mama die Leviten

zu lesen: »Wenn du mir noch einmal mit so einer dämlichen Geschichte kommst, dann …« Ich breche ab, weil Mama mich dermaßen debil angrinst, dass ich Sorge habe, mit ihr stimmt was nicht. »Was ist?«

»In der Küche!«

»Keinen Appetit!«

»Auf den bestimmt.«

»Nein, auch nicht auf deinen berühmten Christstollen!«

Mama platzt jetzt richtig los vor Lachen. »Den hätte nicht mal ich backen können!«

»Hä?«

»So was Hübsches!«

»Hä?????«

Aber da hat Mama mich auch schon in die Küche geschoben, hinter mir die Tür zugemacht und mich meiner grenzenlosen Fassungslosigkeit preisgegeben. Ich starre zum Küchentisch und krieg vor lauter Schreck den Mund nicht zu.

»Hallo«, sagt Tom, und weil ich immer noch nach Luft schnappe und somit nicht sprechen kann, redet er einfach weiter. »Ich hab gehört, du machst eine Silvesterparty.«

Er guckt mich fragend an, und weil ich noch immer keine Worte habe, nicke ich schnell.

»Ich wollte dich fragen, also, ist ein bisschen blöd, aber … Ich hab noch nichts vor Silvester und ich dachte …«

Endlich! Meine Kehle weitet sich, meine Stimmbänder geraten in Wallung und meine Lippen lassen raus, was mein Kopf vorher nicht mehr prüfen konnte: »Na klar! Du musst kommen! Unbedingt! Mensch, du bist die Vierundzwanzig! Du bist sozusagen Weihnachten!«

Ich beiße mir auf die Zunge, aber Tom scheint von meinem Ausbruch nicht besonders verschreckt zu sein. »Mensch, Maria«, lacht er. »du bist echt ein verrücktes Huhn.« Er legt seinen blauen, tiefen Blick auf mich und fügt hinzu: »Wie gut, dass ich verrückte Hühner mag.«

IRENE ZIMMERMANN

Schokofleck & Weihnachtskuss

»Wenn ihr noch lange braucht, könnt ihr Weihnachten allein feiern. Ich fahre jetzt los!«, ruft Mama und knallt den Kofferraumdeckel zu. »Ich habe nämlich keine Lust, wegen euch spät nachts noch unterwegs zu sein.«

»Von mir aus können wir gern zu Hause bleiben«, erklärt meine Schwester, während sie betont langsam die Haustür abschließt. »Dann könnte ich nämlich mit Leon …«

»Nix Leon«, unterbreche ich. »Wir fahren jetzt zu Tante Mimi und du kommst schön mit.«

Mama seufzt noch einmal, aber nur ganz leise, als wir endlich im Auto sitzen. Isabel und ich, beide auf dem Rücksitz, wie die Kleinkinder, aber das geht angeblich nicht anders. Weil es sonst immer Ärger gibt, wer vorn sitzen darf, und Mama zumindest an Weihnachten keinen Streit in der Familie haben will. Die ersten Kilometer sagt keiner ein Wort, aber dann legt Mama eine Weihnachts-CD ein und meint: »So, Nicky und Isabel, jetzt freuen wir uns auf zwei wunderschöne Tage in Kleinessendorf. Vielleicht könnt ihr rodeln gehen oder Babysitter spielen? Ich glaube, der Sohn von Mimi heißt Felix oder Felipe, irgendwas hat sie am Telefon erwähnt … Na, euch fällt bestimmt ein, was ihr zusammen spielen könnt. Wie viele Jahre habe ich Mimi jetzt schon nicht mehr gesehen? Neun? Oder vielleicht sind es sogar schon zehn?«

Isabel verzieht das Gesicht, und ausnahmsweise muss ich ihr mal recht geben. Ich finde, es gibt überhaupt keinen Grund, über Weihnachten in die Pampa zu fahren. Nur weil Mama ihre alte Schulfreundin nach Jahren zufällig übers Internet wiedergefunden hat, müssen Isabel und ich mit. Aufs Land! Wo sich Fuchs und Hase Gute Nacht sagen!

Rodeln! Babysitten bei Felix oder Felipe! Grandiose Aussichten! Vor allem, wo doch morgen bei Nico diese Wahnsinns-Weihnachtsparty stattfindet! Und Nico mich eingeladen hat! Mich, als Einzige aus meiner Klasse! Na ja, dazu noch ein paar Mädchen aus der 8b und seine Kumpels. Zwei Mal wollte er wissen, ob ich denn auch ganz bestimmt kommen werde, und hat dabei so geguckt, als ob er …

»Nimm gefälligst ein Taschentuch und schnief hier nicht rum!«, schimpft Isabel. »Das ist ja grauenhaft! Heulst du vielleicht diesem komischen Nico hinterher? Du glaubst doch nicht im Ernst, dass der sich ausgerechnet für dich interessiert. Ph!«

»Erstens ist Nico nicht komisch und zweitens findet er mich wahnsinnig toll. Und drittens hast du alle Weihnachtsplätzchen weggefressen!«, schimpfe ich zurück und werfe ihr die leere Tüte auf den Schoß. Meine Schwester braucht bloß nicht zu denken, dass sie mich erziehen muss. Außerdem geht Nico sie nicht die Bohne an. »Die Plätzchen waren übrigens für uns beide, ich hatte noch nicht mal einen einzigen Zimtstern und du …«

»Stihihille Nacht …« Mama hat die Weihnachts-CD voll aufgedreht und blickt stur nach vorn.

Schade, so kriegt sie natürlich nicht mit, wie Isabel mir den Ellenbogen in die Seite rammt. Ich revanchiere mich, indem ich ihr Handy packe, die Scheibe runterkurble und androhe, es einfach nach draußen fallen zu lassen. Würde ich natürlich nie tun, aber irgendwann muss Isabel auch mal lernen, dass sie sich nicht alles erlauben kann, bloß weil sie ein Jahr älter ist.

Leider schaltet sich Mama jetzt ein. »Warum zieht es hier so grauenhaft?«, ruft sie und versucht vergeblich, die CD auszustellen.

Ich will das Fenster hochkurbeln – Stress mit Mama kann ich jetzt bestimmt nicht brauchen, der Ärger mit Isabel reicht mir –, aber da klemmt irgendwas. Isabel hat sich zu mir herübergelehnt und rettet als Erstes ihr Handy, bevor sie ebenfalls versucht, das Fenster zu schließen.

Na endlich, die Kurbel funktioniert wieder, aber leider scheint meine Schwester den Unterschied zwischen Hochkurbeln und Runterkurbeln nicht zu kennen. Tatsache ist jedenfalls, dass ich inzwischen fast im Freien sitze und in einer halben Stunde garantiert zum Eiszapfen mutieren werde.

»Nicky, mach doch endlich das Fenster zu«, ruft Mama, die inzwischen die CD zum Schweigen gebracht hat. »Oder willst du, dass wir erfrieren?«

Nein, will ich natürlich nicht, aber das ändert nichts mehr an der Tatsache: Wir haben das Fenster geliefert!

»Sie erwarten doch nicht im Ernst, dass jetzt an Heiligabend um halb sechs hier noch was geht!«, erklärt die Aushilfe an der nächsten Tankstelle. »Tut mir leid. Aber nach den Feiertagen ist unser Reparaturservice natürlich gerne wieder für Sie da!«

»Besten Dank«, sagt Mama, »das ist ja ungeheuer beruhigend.«

»Ich wollte das nicht«, fange ich an. »Mama, echt, ich weiß auch nicht, wie …«

Sie lächelt. Dann packt sie die selbst gebackenen Zimtsterne aus, die eigentlich für Mimi gedacht waren, und jede von uns darf davon nehmen. Es ist fast gemütlich, wie wir so im Auto sitzen und Zimtsterne essen, während es draußen inzwischen leise schneit. Wenn es nur nicht so furchtbar kalt wäre, denke ich, und rücke ein Stückchen näher an Isabel ran.

»Ihr habt einfach keine Lust, zu Mimi zu fahren«, stellt Mama nach einer Weile fest.

»Doch, eigentlich schon«, behauptet Isabel, »bloß gerade heute nicht.«

Ich nicke. »Genau«, sage ich. »Bloß gerade heute nicht. Weil doch …«

Aber Mama scheint sich nicht dafür zu interessieren, warum ein Besuch bei Mimi im Moment äußerst ungünstig ist. Sie lehnt sich zu uns nach hinten, schnüffelt und macht dann entschlossen die Innenraumbeleuchtung an. »Sagt mal, wann habt ihr zwei das letzte Mal geduscht? Und warum habt ihr eure ältesten Sachen an? Wollt ihr mich blamieren?«

Mama ist stocksauer. Ich schaue Isabel an, aber dic hat natürlich auch keine Idee, sondern kaut bloß auf ihrer Unterlippe rum und tut ansonsten so, als ginge sie das alles überhaupt nichts an. Dabei war es ihre Idee gewesen: Nicky, wenn du mitmachst, hatte sie gesagt, sind wir schon am ersten Weihnachtsfeiertag wieder daheim. Wir ziehen unsere ältesten Klamotten an und benehmen uns einfach ein bisschen daneben – so, wie du das immer machst. Jede Wette, diese Tante Mimi wird ganz schnell ganz froh sein, uns wieder los zu sein.

Natürlich war nicht geplant, dass Mama schon während der Fahrt entdeckt, wie fleckig mein grün-blau gestreifter

Pulli und wie ausgefranst die Jeans meiner Schwester ist. Aber vielleicht ist das auch gut so, dass Mama jetzt schon weiß, was Sache ist: Das schreit nämlich nach schneller Heimreise!

Aber leider denkt Mama gar nicht daran! Sie stellt wieder ihre Weihnachts-CD an – wahrscheinlich, damit sie nicht hören muss, wie uns vor Kälte die Zähne klappern – und fährt weiter, bis wir nach gefühlten hundert Stunden endlich bei Tante Mimi ankommen. Falls sie in ihrem Fachwerkhäuschen eine funktionierende Heizung hat, werde ich für die nächsten Stunden der netteste Mensch der Welt sein, nehme ich mir vor.

»So, da sind wir«, sagt Mama und stellt den Motor ab. »Bei mir hier vorne, mit Sitzheizung und dicker Daunenjacke, ging das ja mit den Temperaturen. Ihr zwei habt eure Strafe gehabt und ich verspreche euch, dass ich in Zukunft nicht mehr über euren Kopf hinweg entscheiden werde, wo wir Weihnachten verbringen.« Sie lächelt. »Mimis Freund ist Automechaniker. Ich denke, er wird das mit der Scheibe hinbekommen. Und wir fahren morgen zurück, einverstanden?«

Isabel und ich sind so durchgefroren, dass wir nur ein zähneklapperndes »Danke, Mama« herausbringen.

Tante Mimi hat einen riesengroßen grünen Kachelofen, vor den sie uns setzt, zum Auftauen, wie sie meint, und dann bringt sie uns noch zwei riesige Tassen mit heißem Kakao. »Wie ich Felipe und Felix kenne, kommen die gleich angerannt«, sagt sie.

»Siehst du«, zischt meine Schwester. »Ich hab's geahnt. Kaum sind wir aufgetaut, müssen wir Babysitter spielen, bloß damit Tante Mimi und Mama in aller Ruhe quatschen können.«

Mit ist das – ehrlich gesagt – im Moment ziemlich egal. Ich liege auf der Ofenbank, trinke heißen Kakao – habe inzwischen ein bisschen gekleckert, aber bei dem Pulli ist das sowieso egal – und bin zufrieden und glücklich. Um halb neun soll Bescherung sein; Mama hofft bestimmt, dass wir uns bis dahin umgezogen haben. Aber das geht nun mal nicht, weil Isabel und ich außer unseren Zahnbürsten und zwei Handtüchern nichts mitgenommen haben. Das gibt natürlich wieder Ärger; ich mag am liebsten noch gar nicht daran denken.

Tante Mimi ist viel netter, als ich gedacht habe. Sie fragt wenigstens nicht nach der Schule oder so, wie das Erwachsene mit Vorliebe machen. Und wenn sie will, kümmere ich mich auch um Felix und Felipe …

Ich muss eingeschlafen sein, denn als ich aufwache, sehe ich, dass Isabel etwas im Arm hält und immer wieder ganz begeistert »Oh, sind die süß« murmelt. Ich beuge mich vor und sehe die süßesten Katzenbabys der Welt: zwei Tigerkätzchen mit weißen Pfötchen und weißer Brust, ganz weich wie Angora.

Es handelt sich um Felipe und Felix, zehn Wochen alt, erklärt Tante Mimi, und wenn wir Lust hätten, könnten wir ja Babysitter spielen.

»Au ja«, strahle ich. »Ich hab mir immer schon eine Katze gewünscht, aber Mama …« Weiter komme ich nicht, denn in diesem Moment schließt jemand die Eingangstür auf.

»Ach, da kommt Lars ja endlich!«, ruft Tante Mimi. »Darf ich euch meinen Sohn vorstellen? Lars, kommst du mal bitte ins Wohnzimmer? Unser Besuch ist da.«

Oh nein, denke ich, das darf nicht wahr sein. Das geht doch nicht, vor allem, weil ich im Moment so grauenhaft aussehe, mit meinen ungewaschenen Haaren, dem verkleckerten Pulli, der Hochwasser-Jeans, dazu noch verschlafen …

Und dann steht Lars direkt vor mir, schwarze Locken, grüne Augen, ganz lange Wimpern, fast wie ein Mädchen, und lächelt, ein bisschen schüchtern, aber sehr lieb.

Ich kriege überhaupt keinen Ton raus, krächze irgendwas, und weil ich das Gefühl habe, dass alle – Mama, Tante Mimi, ihr Freund, der auch gerade gekommen ist, Isabel, und sogar die beiden Kätzchen – mich anstarren, entwickle ich vom Hals bis zur Stirn einen heftigen Rotton, der beim besten Willen nicht zu übersehen ist.

Bemerkt aber keiner, stelle ich fest, denn alle Blicke richten sich auf meine Schwester, die mindestens genauso rot angelaufen ist wie ich. Immerhin kriegt sie es fertig, etwas halbwegs Vernünftiges zu sagen: »Hi, ich bin Isabel!«

Minuten später treffe ich meine Schwester im Bad.

Sie sitzt auf dem Klodeckel und starrt vor sich hin. Ihr Handy klingelt – Leon, wie ich feststelle –, aber Isabel reagiert nicht. Erst als ich sie leicht schüttle, sagt sie: »Da trifft man einmal im Leben seinen Traummann …«

»Ja«, sage ich und setze mich auf den Badewannenrand. »Und dann so etwas.«

Mit dem Zipfel eines Waschlappens reibe ich auf dem Kakaofleck herum: vergebens. Aber was würde sich schon ändern, wenn dieser eine Fleck verschwunden wäre! Nichts, rein gar nichts!

»Lars hat mich in meiner ungünstigsten Minute kennengelernt«, murmelt meine Schwester, während sie ihr Handy ausschaltet.

»Wie soll er da erkennen, wer ich wirklich bin«, füge ich hinzu.

»Genau! Wie soll er das erkennen«, wiederholt sie. Dann erst blickt sie durch: »Dass das aber klar ist, Nicky, der gehört mir!«

»Ich habe nirgendwo dein Namensschild entdeckt«, gebe ich kühl zurück und schaue mich im Bad um.

Irgendwas muss passieren, am besten in den nächsten zehn Minuten, denn dann ist Bescherung und die werde ich bestimmt nicht mit meiner Schwester im Badezimmer verbringen. Ich drehe den Wasserhahn auf.

Isabel lacht spöttisch. »Kannst du dir sparen, es kommt nur kaltes Wasser. In diesem alten Haus musst du erst mal den Ofen anheizen.«

»Liebe macht blind und kaltes Wasser warm!«, sage ich entschlossen, während ich mich ausziehe und unter den fassungslosen Blicken von Isabel eiskalt dusche. Allein damit, so finde ich, habe ich mir Lars schon verdient.

Meine Schwester scheint das ähnlich zu sehen, denn sie hat inzwischen ihr Handy wieder angestellt und telefoniert mit Leon. »Und jetzt?«, fragt sie, als ich mich abgetrocknet und die Haare geföhnt habe. »Was machst du jetzt? Was ziehst du an?«

»Meine alten Sachen«, sage ich. »Was denn sonst? Außerdem stehe ich über solchen Kleinigkeiten. Es kommt schließlich auf die inneren Werte an, finde ich.« Und auf mattes Kerzenlicht. Aber darüber rede ich nicht.

»Da hat der Weihnachtsmann dir ja endlich mal das Richtige gebracht«, freut sich Mama, als ich ihr um den Hals falle. »Dabei ist das ein ganz normaler Pulli.«

»Ich probier ihn gleich mal an«, rufe ich und verschwinde im Gästezimmer. Zu Hause, unter normalen Bedingungen, wäre der schwarze Rollkragenpulli wahrscheinlich nicht gerade der Bringer gewesen – aber jetzt bin ich so was von glücklich!

Als ich ins Wohnzimmer zurücktänzle, kommt mir Isabel entgegen. »Rate mal, was ich gekriegt habe!«, ruft sie. Den gleichen Pullover, nur in Weiß, erfahre ich. Mama habe Streit zwischen uns vermeiden wollen, deshalb …

»Schön«, sage ich bloß. Streit macht hässlich und bringt nichts, denke ich, vor allem raubt Streit alle Energien, die ich jetzt für Wichtigeres brauche. Für Lars nämlich, der inzwischen ein Stückchen näher an mich herangerückt ist. Ich beschließe, ihm entgegenzukommen. Die nächsten Minuten muss ich nutzen, bevor Isabel wieder hereinkommt.

»Meine Schwester will unbedingt morgen wieder fahren«, vertraue ich Lars an. »Weil sie sich mit ihrem Freund treffen will. In den ist sie total verliebt, spinnt völlig rum, wenn sie ihn einen Tag nicht sieht.«

Ich finde, das reicht für Lars als Information, falls er je mit dem Gedanken gespielt haben sollte, sich in Isabel zu verlieben, was ich mir, ehrlich gesagt, nicht vorstellen kann.

Jetzt müsste der nächste Schritt folgen. Bloß, wie soll der aussehen? … Ich würde am liebsten sagen: Isabel hat eine jüngere Schwester, die sitzt direkt neben dir. Könntest du dich bitte in sie verlieben? Lars schaut mich an. Habe ich womöglich laut gedacht?

Weil in diesem Moment großes Durcheinander ist – Felipe und Felix haben sich über die Würstchen hergemacht, die es eigentlich nachher zum Kartoffelsalat geben sollte –, achtet niemand auf uns. Und niemand außer Lars hört, was ich ihm zuflüstere: »Weihnachten ist doch das Fest der Liebe.« Ich mustere ihn von der Seite und lächle. »Übrigens, ich könnte mir vorstellen, dass ich mich in dich verliebe!«

In diesem Moment bilde ich mir ein, draußen am nachtschwarzen Himmel eine Sternschnuppe verglühen zu sehen und einen gläsernen Schlitten zu entdecken. Aber was ich mir nicht einbilde, ist Lars, der neben mir sitzt, meine Hand genommen hat und ebenfalls flüstert: »Übrigens, ich hab mich schon in dich verliebt, als du noch den Pulli mit dem Kakaofleck anhattest!«

MARTINA SAHLER

Der Weihnachtshund

An diesem kalten Winterabend zwei Tage vor Weihnachten drehe ich in dicken Moonboots und meiner Steppjacke meine Runde um die Villa Wildsee, um all meine Tiere zu versorgen.

Die Ponys Elvis und Marilyn haben bereits ihre Möhren bekommen. Wie einträchtig die beiden wieder nebeneinanderstehen. Sie sind verliebt wie am ersten Tag.

Smutjes Fressnapf ist aufgefüllt. Der riesige Hund gehört eigentlich meinem Opa, aber auf mich hört er genau wie auf ihn. Er ist schon ziemlich alt und darf sich aussuchen, ob er lieber in der Scheune oder im Hotel schläft. Ich reiche ihm noch ein paar Leckerlis, die ich immer in der Tasche habe.

Die drei Katzen Whiskey, Pfote und Frisbee sind geknuddelt und mit Dosenfutter versorgt. Sie schmiegen sich an mich, als ich mich für einen Moment auf die Bank in der Scheune setze. »Na, ihr Süßen«, sage ich zärtlich, während ich sie kraule und streichle. »Wenn Soraya wüsste, was für ein Paradies ihr hier draußen habt.« Soraya ist die eingebildete Perserkatze, die meine Stiefmutter mit in die Familie gebracht hat und die niemals nach draußen geht. Oft sitzt sie am Fenster und scheint den drei Miezis überheblich zuzugrinsen.

Da höre ich auf einmal ein Wimmern aus einer dunklen Ecke der Scheune. Ich setze Whiskey, der sich auf meinem

Schoß eingerollt hat, auf den Boden und stehe vorsichtig auf. Was war das? Langsam gehe ich auf das Geräusch zu.

Da hockt ein noch ganz junger Mischlingshund mit schwarzem Strubbelfell und schaut mich aus großen Augen ängstlich an. »Ja, wer bist du denn?«, flüstere ich dem verängstigten Tier zu, als könne es mir antworten. Aber ich bin sicher, dass ihm der Tonfall meiner Stimme das Gefühl gibt, dass von mir keine Gefahr droht. »Hallo, ich bin die Lilly.«

Ich gehe in die Hocke, strecke eine Hand in seine Richtung und warte, dass er auf mich zukommt. Tatsächlich erhebt er sich und … hinkt auf mich zu.

Oh Hilfe, er ist verletzt! Mein Herz läuft über vor Mitgefühl, als dieses kleine Wesen Schutz suchend auf mich zukommt.

Ich nehme ihn auf den Arm, drücke ihn an mich, um ihn zu wärmen, und schaue mir die Pfote an. Es sieht so aus, als wäre er in etwas hineingetreten, vielleicht eine Scherbe oder so. Hungrig scheint er auch zu sein.

Ich trage ihn zu Smutjes Fressnapf und fülle noch einmal das Trockenfutter aus dem großen Sack nach. Smutje hat seine Portion längst verschlungen, kauert in seinem Körbchen in der Scheune und beobachtet uns mit einem Auge und hochgestellten Ohren.

Der kleine Hund frisst, als hätte er seit mehreren Tagen nichts bekommen. Ich streichele ihn, als er endlich fertig ist.

»Was soll ich jetzt bloß mit dir machen?«, frage ich ihn. »Wo gehörst du denn bloß hin?«

Er schaut mich an und wedelt mit dem Schwanz, als wollte er sagen: Ich gehe hier nicht mehr weg.

Erst mal nehme ich ihn mit in die Villa Wildsee.

Die meisten Tiere aus der Nachbarschaft kenne ich, aber den kleinen Hund hier habe ich noch nie gesehen.

Im Eingangsbereich bei den Sesseln nehme ich mein Handy aus der Jeanstasche und rufe meinen Freund Philipp an. Er kennt sich mindestens so gut wie ich in der Gegend aus. Vielleicht weiß er, zu wem der Hund gehört?

Eine halbe Stunde später ist er da. Erst mal kriege ich einen langen Kuss, wie sich das gehört.

Als er den kleinen Vierbeiner sieht, verdreht er doch tatsächlich die Augen. »Das habe ich mir schon gedacht. Das ist Linus, der Hund von den Klings.«

»Und was ist so schlimm daran? Wer sind denn die Klings?«

»Das sind die, die die neue Bäckereifiliale in der Kreisstadt gepachtet haben«, sagt er mit düsterem Gesichtsausdruck.

»Neue Bäckerei?« Ich erschrecke. Ich dachte immer, Philipps Eltern hätten die einzige Backstube in der Kreisstadt.

»Genau, die Filialen gibt es in ganz Deutschland und nun eben auch in der Kreisstadt, keine zweihundert Meter von unserem Laden entfernt.«

»Und ihr könnt die Pächter nicht leiden?«

»Natürlich nicht! Die nehmen uns die Kundschaft weg!«

»Aber … dafür kann der Hund doch nichts«, erwidere ich vernünftig.

»Die sollen besser auf ihn aufpassen. Der ist total unerzogen und trotzdem lassen sie ihn von der Leine beim Spazierengehen. So hat er sich wohl verirrt, schätze ich. Wahrscheinlich sind sie froh, dass sie ihn los sind. Vielleicht haben sie ihn auch ausgesetzt.«

»Kennst du die Familie denn?«

»Nee, nicht wirklich. Nur den Vater, der war zum Antrittsbesuch im Laden. Aber das hätte er sich auch schenken können.«

»Ich werde sie auf jeden Fall anrufen, damit sie Linus hier abholen können.«

Philipp zuckt mit den Schultern. »Tu, was du nicht lassen kannst. Aber ob ein Hund es bei solchen Leuten gut hat …«

Ich lege eine Hand auf seine Schulter. »Hey, Philipp«, sage ich sanft. »So kenne ich dich ja gar nicht.«

»Ach, mich nervt es eben, dass der meinem Vater Konkurrenz macht. Wir haben sowieso schon zu kämpfen mit unserem Betrieb.«

Als ich bei den Klings anrufe, meldet sich eine aufgeregte Jungenstimme nur mit »Ja?«.

»Hallo, hier ist Lilly Lang aus der Villa Wildsee. Ich glaube, dein Hund ist bei mir gelandet.«

»Nein, wirklich!« Ich meine durch die Leitung zu hören, wie da jemandem eine ganze Steinlawine vom Herzen fällt. »Villa Wildsee, das Jugendhotel? Ich bin in einer Viertelstunde da! Ach, ich bin ja so froh! Mein Linus!«

Der Typ, der kurz darauf zur Tür hereinstürmt – er muss den nächsten Bus genommen haben –, stellt sich als Jens vor. Ich schätze ihn auf zwölf oder dreizehn Jahre.

Linus humpelt quiekend vor Glück auf ihn zu, und als Jens den Hund auf den Arm nimmt, sehe ich, dass ihm ganz viele dicke Tränen über die Wangen laufen, während Linus über seine Hand leckt.

»Ich dachte, ich sehe ihn nie mehr wieder. Er war schon seit drei Tagen weg. Ich hab mir solche Sorgen gemacht. Er ist noch so klein und kennt sich hier doch gar nicht aus!«

Philipp neben mir beißt sich auf die Unterlippe. Er hat bisher geschwiegen. Aber als er nun sieht, wie Jens sich freut, wischt er sich selbst über die Augen. Er steht auf und reicht

Jens die Hand. »Hi, ich bin Philipp. Uns gehört die Bäckerei am Marktplatz.«

»Ah, ich verstehe ...« Jens bekommt rote Wangen. »Ich hoffe ... ich meine, ich würde mich freuen ... wenn wir trotzdem Freunde werden könnten ...«

Ich sehe, wie Philipp mit sich ringt. Ich knuffe ihn in die Seite, aber ich glaube, das ist gar nicht nötig. Philipp nickt. »Ist doch logisch, Jens.«

Als Jens mit seinem Hund auf dem Arm zum Gehen aufbricht, blickt er mich noch einmal lächelnd an. Süß mit seinem blonden Strubbelkopf und seinen etwas vorstehenden Zähnen. »Ich danke dir, Lilly, dass du dich so lieb um ihn gekümmert und mich gleich angerufen hast. Wegen der Pfote werde ich sofort zum Tierarzt gehen.«

»Frohe Weihnachten«, rufen Philipp und ich ihm nach, als er winkt und geht.

Wir halten uns an den Händen, und weil ich in diesem Moment mal wieder merke, dass ich niemanden auf der Welt so sehr liebe wie Philipp, bekommt er einen langen zärtlichen Kuss.

IRENE ZIMMERMANN

Last-Minute-Weihnachten

»Emelie, wo sind die Christbaumkugeln geblieben? … Emelie, kannst du mal im Keller nachschauen? … Emelie, sind die Geschenke für Oma alle verpackt? … Emelie, wo ist denn das Geschenkpapier?«

So geht das jetzt schon den ganzen Mittag. Emelie hier, Emelie da, so als ob ich die Einzige in unserer Patchworkfamilie bin, die für Weihnachten zuständig ist! Was vermutlich daran liegt, dass in diesem Haushalt außer mir niemand in der Lage ist, ein Weihnachtsfest richtig gut zu organisieren. Im Gegensatz zum Rest meiner Familie gibt es bei mir auch keinen Stress mit Weihnachtsgeschenken, denn ich fange bereits im Sommer an, einzukaufen. Und so liegen insgesamt vierzehn hübsch verpackte Geschenke in meinem Schrank, für jeden aus meiner riesigen Familie eines.

»Emelie, könntest du bitte die Kartoffeln für den Salat schälen? Ich hab mich nämlich gerade geschnitten. Da falle ich für Hausarbeit die nächsten Tage leider aus.«

Das ist Raul, mein ältester Bruder, der immer die merkwürdigsten Ausreden findet, um bloß nicht im Haushalt mithelfen zu müssen. Ich ignoriere sein Gejammer und den angeblich schwer verletzten Zeigefinger und verschwinde in meinem Zimmer. Genauer gesagt ist es ja eigentlich nicht mein Zimmer. Ich muss es mit Svenja und Anja teilen, den Zwillingen, aber weil die beiden seit einer Stunde im Keller damit beschäftigt sind, auf der Blockflöte Weihnachtslieder einzuüben, kann ich endlich mal die Tür abschließen und in Ruhe Tagebuch schreiben. Was dringend nötig ist, denn seit vier Wochen bin ich wahnsinnig verliebt! In Jonas, den älteren Bruder von Debbie aus meiner Klasse.

Nur seinetwegen gehe ich dreimal pro Woche in die Malteserstraße und übe mit Debbie Mathe und Englisch, nur seinetwegen fahre ich jeden Morgen einen Bus früher zur Schule. Um sechs Uhr dreißig! Ich seufze. Bis jetzt haben alle diese Anstrengungen außer einem lässigen »Ach hallo« von Jonas leider nicht viel gebracht, aber ich finde, dass es zum Aufgeben noch viel zu früh wäre.

Ich schlage gerade mein Tagebuch auf und lese noch mal den wahnsinnig tollen Traum von letzter Woche nach (Jonas legt den Arm um mich und meint, ich hätte wunderschöne Augen und er sei total verliebt in mich), da vibriert mein Handy. *Debbie,* lese ich, als ich die SMS öffne. Hätte ich fast vergessen, dass wir uns ja noch schöne Weihnachten wünschen wollten. Aber was ich dann lese, haut mich doch glatt um:

Jonas hat mich gefragt, was er dir Schönes
zu Weihnachten schenken könnte.
Ich habe zu Ohrringen geraten! Was hältst du davon?
Und du bist natürlich zu unserem Weihnachtsbrunch
am zweiten Feiertag eingeladen. War übrigens auch ein
Vorschlag von Jonas! :) :) :) :)

Immer wieder lese ich die SMS, bis ich wirklich jedes Wort kapiert habe. Dann stoße ich einen begeisterten Schrei aus.

Wow! Es hat also geklappt, meine Anstrengungen waren nicht umsonst! Jonas denkt an mich, er will mir sogar etwas zu Weihnachten schenken. Völlig egal, ob Ohrringe oder siebenbändiges Tierlexikon oder sonst was – entscheidend ist nur, dass überhaupt. Und dann lädt er mich sogar noch zum Brunch ein! Ich sehe mich schon neben ihm am festlich gedeckten Tisch sitzen, erwartungsvoll öffne ich die kleine Box, die er mir überreicht, und halte die Luft an: Auf dunkelblauem Samt liegt das schönste Paar silberner Ohrringe, das ich mir vorstellen kann. Jonas strahlt mich an und fragt: »Gefallen sie dir?«

Ich könnte die ganze Welt umarmen. Das gilt sogar für Andrea, meine älteste Schwester, die zum Glück bereits ausgezogen ist, aber leider bei jedem Familientreffen aufs Neue wissen will: »Und? Hat Emelie schon einen Freund?« Dann, nach einem Blick auf meinen noch nicht so ganz richtig vorhandenen Busen, grinsend fortfährt: »Ach, wie komme ich nur auf diesen Blödsinn, unsere Emelie ist ja noch ein Kind.«

Von wegen. Seit genau vier Minuten sieht die Sache anders aus. Total anders sogar! Ich finde nämlich, die SMS von Debbie lässt nur einen Schluss zu: Jonas ist total in mich verliebt! Ich schwebe im siebten Himmel, auch noch als Raul an der Tür rüttelt und ruft: »Emelie, kannst du Papa endlich mit dem Baum helfen? Ich kann nicht, ich bin doch verletzt!«

Vor ein paar Minuten noch hätte ich erklärt, dass er sich bloß nicht so anstellen solle, aber jetzt sieht die Welt – wie gesagt – völlig anders aus. »Natürlich, alles klar!«, rufe ich und verstecke das Tagebuch sorgfältig unter meiner Matratze. Seit die Zwillinge lesen können, kann ich nicht vorsichtig genug sein.

Im Wohnzimmer treffe ich auf einen entnervten Paul, der wie letztes und vorletztes Jahr auch dieses Mal wieder mit einer Fichte kämpft, die keinerlei Anstalten macht, in unseren Uralt-Weihnachtsbaumständer zu passen.

»Halt mal fest«, sagt er und drückt mir den Nadelbaum in die Hand. »Ich glaube, wenn ich noch ein kleines Stückchen vom Stamm absäge, müsste es klappen.«

Er kniet am Boden und sägt und sägt, der Baum wird kleiner und kleiner, aber ich sage kein Wort. Ich schwebe nämlich immer noch, zumindest so lange, bis mir einfällt, dass …

»Aua!«, brüllt Paul, als ich einfach loslasse. »Willst du mich umbringen?«

Darauf kann ich leider nicht eingehen, es gibt im Moment Wichtigeres zu tun. Denn gerade ist mir eingefallen, dass es vielleicht ganz günstig wäre, wenn ich für Jonas auch ein Geschenk hätte. Blitzschnell überschlage ich in Gedanken, welches von den Weihnachtsgeschenken in meinem Schrank zweckentfremdet werden könnte. Aber weder mit dem Gutschein für Paul (vier Mal Garage aufräumen und fegen) noch dem selbst gebastelten Kalender mit Kinderfotos von mir für Oma Lotte will ich Jonas erschrecken. Und auch andere Geschenke, wie zum Beispiel der nervenberuhigende Badezusatz, den Mama bekommen soll, sind für ihn eher weniger geeignet. Da hilft alles nichts. Ich muss noch etwas kaufen, und zwar schnell. Denn es ist Heiligabend und in genau dreißig Minuten schließen die Geschäfte.

Ohne auf den armen Paul zu achten, der mit Christbaum, Säge und Weihnachtsbaumständer hoffnungslos überfordert ist, stürme ich los. Vor dem Haus stoße ich mit Andrea zusammen, die gerade ihre üblichen fünf Koffer aus dem Auto wuchtet.

»Wo willst du denn hin?«, fragt sie erstaunt.

Ich platze fast vor Stolz, als ich ihr zurufe: »Ich muss noch mal weg. Ich brauch nämlich noch ein Geschenk. Für meinen Freund!«

So ein Gedrängel habe ich eigentlich nicht erwartet. Das Kaufhaus am Willy-Brandt-Platz ist voll von Leuten, die wie ich in letzter Minute nach Geschenken suchen. Ich fahre einmal mit dem Aufzug bis in den vierten Stock und dann wieder zurück und hoffe, dass mir dabei vielleicht der zündende Einfall kommt. Denn Tatsache ist leider, dass ich nicht die geringste Ahnung habe, was ich Jonas schenken könnte.

Als ich wieder im Erdgeschoss bin, rufe ich schließlich Debbie an. Aber leider führt sie mal wieder eines ihrer berüchtigten Dauertelefonate und ich habe absolut keinen Nerv, mir das Besetztzeichen anzuhören. Vor allem, weil ich in Zeitdruck bin, denn das Kaufhaus schließt in einer Viertelstunde. Mit der Rolltreppe fahre ich nochmals nach oben. Socken, Krawatten, Parfum – nichts von all dem kommt infrage. Es ist traurig, aber es ist so: Ich liebe Jonas, aber ich habe absolut keine Ahnung, womit ich ihm eine Freude machen könnte.

Bis die Durchsage kommt: »Liebe Kunden, ein ganz besonderes Weihnachtsschmankerl wartet jetzt auf Sie im zweiten Obergeschoss. In der Herrenbekleidungsabteilung erhalten Sie hochwertigste Fanartikel zum halben Preis. Hochwertigste Fanartikel im zweiten Obergeschoss …«

Fanartikel! Fußball! Natürlich, warum habe ich nicht gleich daran gedacht. Jonas ist totaler Fußballfan. Ich erinnere mich genau, dass letzte Woche die ganze Zeit der Fernseher lief, als ich mit Debbie zusammen Englisch gemacht habe, und sie nur die Augen verdreht hat und meinte: »Jonas muss sich aber auch jedes Spiel ansehen.«

Ich stürme in den zweiten Stock. Leider bin ich nicht die Einzige. Alle in diesem Kaufhaus scheinen nur auf diese hochwertigsten Fanartikel zum halben Preis gewartet zu haben.

»Na ja, viel ist ja nicht mehr da«, höre ich eine Stimme neben mir sagen, als ich mich endlich fast nach ganz vorne gekämpft habe. Ich stelle mich auf die Zehenspitzen und sehe gerade mal ein paar Mützen mit Emblem und einige Socken auf dem Wühltisch liegen. Aber dann entdecke ich ganz hinten in der Ecke einen Schal in Vereinsfarben, die mir sehr bekannt vorkommen. Bingo! Jonas trägt ab und zu ein T-Shirt mit genau diesen Farben.

Aber erst einmal ist einiges an Körpereinsatz nötig. Ich schlängle mich an zwei älteren Frauen vorbei, schiebe einen aufgeregt telefonierenden Jungen einfach zur Seite und greife nach dem Schal. Doch leider greift da noch jemand, nämlich von der anderen Seite des Wühltisches aus. Zuerst treffen sich unsere Hände, dann unsere Blicke, aber keiner von uns beiden lässt los.

Ich ziehe den Schal entschlossen ein Stück näher zu mir, um die Eigentumsverhältnisse ein für alle Mal zu klären. Das scheint zu wirken. Der Junge gibt tatsächlich auf. Hurra! Sieg! Großmütig schenke ich ihm sogar noch ein Lächeln, dann renne ich überglücklich zur Kasse. Weihnachten ist ja so was von toll!

Ich habe gerade sieben Euro neunzig bezahlt und der Kassiererin *Frohe Weihnachten!* gewünscht, da klingelt mein Handy. *Debbie,* sehe ich auf dem Display. Bester Laune hebe ich ab und erzähle ihr auch gleich von meinem erfolgreichen Kampf um das Weihnachtsgeschenk für Jonas. »Fußballschal ist bestimmt okay, oder?«, frage ich nach, weil Debbie überhaupt nichts sagt.

»Ja schon. Aber ich versteh nicht, warum du ihm was schenken willst. Ich meine, ich schenk dir ja auch nichts. Muss ich deshalb jetzt ein schlechtes Gewissen haben?«

»Reg dich ab! Das ist was ganz anderes«, beruhige ich sie. »Aber ich finde, wenn ich Ohrringe von Jonas kriege, dann sollte ich auch ein Geschenk für ihn haben.«

»Wie kommst du denn darauf? Und warum sollte er dir überhaupt was schenken?«

»Du bist ja vielleicht witzig!«, rufe ich. »Ich denke, du selbst hast ihm Ohrringe vorgeschlagen. Zumindest steht das in der SMS, die du mir vorhin geschickt hast.«

Schweigen. Ich will schon nachfragen, da murmelt sie: »Ups! Du, Emelie, tut mir wirklich total leid, aber irgendwas muss schiefgelaufen sein. Die SMS war nämlich für Molly bestimmt.« Sie lacht auf. »Kann ja mal vorkommen. Also vergiss es am besten. Soll ich dir deine SMS noch mal schicken?«

»Muss nicht sein«, sage ich, aber da hat sie bereits aufgelegt. Zwei Minuten später kommt dann die SMS, die für mich gedacht war:

Schöne Weihnachten.
Wir sehen uns im neuen Jahr.
Und danke, dass du mir immer bei den Hausaufgaben geholfen hast.
Debbie

Ich stehe vor dem Kaufhaus, das mittlerweile geschlossen hat, und halte immer noch mein Handy in der Hand. Von meiner grandiosen Weihnachtsstimmung ist nicht mehr viel übrig. Im Gegenteil. Am liebsten würde ich nur noch heulen.

Nachdem ich zuerst Debbies Kurznachrichten und dann

auch ihre Telefonnummer endgültig gelöscht habe, fällt mir der blöde Schal ein. Am liebsten würde ich ihn in den nächsten Mülleimer stopfen. Ich sehe mich suchend um, während ich durch den Schneematsch nach Hause stapfe. Typisch, nicht mal ein Minimülleimerchen ist in der Nähe, wenn man es braucht.

Mir ist so was von klar: Dieses Weihnachten ist ganz bestimmt nicht mein Weihnachten. Und ich habe überhaupt keine Lust nach Hause zu gehen und mir eine Ausrede dafür auszudenken, weshalb ich so verheult aussehe. Ehrlich gesagt, von mir aus kann Weihnachten dieses Jahr ausfallen.

Hinter mir höre ich eilige Schritte, dann überholt mich jemand. Ich erkenne ihn sofort: Es ist der Junge, gegen den ich am Wühltisch so erfolgreich gekämpft habe.

»Du kannst den Schal haben!«, rufe ich ihm hinterher.

Er ist stehen geblieben und dreht sich zu mir um. Fragend sieht er mich an.

»Ich brauche ihn nicht mehr«, sage ich im Näherkommen. »Ich schenke ihn dir zu Weihnachten.«

»Aber du hast mir doch schon etwas geschenkt«, entgegnet er.

Ich kapiere überhaupt nichts mehr.

»Ich meine dein Lächeln vorhin.«

Trotz der Minusgrade wird es mir plötzlich sehr warm. Kann vielleicht daran liegen, dass ich knallrot anlaufe. Auf Komplimente bin ich gerade nicht gefasst. Es dauert also eine Weile, bis ich mich wieder so weit im Griff habe, dass ich locker sagen kann: »Dann kriegst du eben zwei Geschenke: diesen Schal und mein Lächeln.«

Er schaut mich an, so als müsste er sich vergewissern, dass ich es auch ernst meine.

Ich nicke. Es ist komisch, aber schlagartig weiß ich, dass Jonas Vergangenheit ist. Und dass hier meine Zukunft vor mir steht. »Wenn du willst, kannst du mein Lächeln auch noch öfter bekommen«, sage ich ganz mutig.

Da lächelt er zurück. »Ich heiße Micha. Und du?«

Noch bevor ich ihm meinen Namen sage, weiß ich: Dieses Jahr wird Weihnachten wunderschön werden!

BIANKA MINTE-KÖNIG

Alter schützt vor Liebe nicht

Die Adventszeit ist ja eine ziemlich heilige Zeit und darum sollte man da möglichst viel Gutes tun. Das meint jedenfalls unsere Klassenlehrerin Frau Willeborg. Und weil es an unserer Schule geradezu Pflicht ist, den vorweihnachtlichen Geist in wohltätigen Projekten wirken zu lassen, hat sie natürlich auch für unsere Klasse ein Projekt angemeldet. Alte Leute! Einsame alte Leute! Alte Leute, um die sich niemand sonst kümmert. Super! Da steh ich ja voll drauf.

»Wollen wir nicht lieber einen Adventsmarkt organisieren?«, schlug ich eine verlockendere Alternative vor. Waffeln backen, Punsch brauen und mit den süßen Jungs aus den Parallelklassen flirten … Alles tausendmal besser, als bei alten Leuten Hausbesuche zum Basteln und Musizieren zu machen.

Frau Willeborg schüttelte den Kopf. »Nein, Sophie, dieses Jahr nicht, die siebten Klassen sind dran, wir machen diesmal was Neues.« Und das sah so aus: Jeweils zwei Schüler zogen aus einer Losbox die Adresse eines alten Menschen und durften den während der Adventszeit »bewichteln«.

»Was ihr euch da einfallen lasst, hängt ganz von eurer Kreativität ab. Auf jeden Fall solltet ihr euch zwei- bis dreimal die Woche Zeit für eure Wichtelperson nehmen und ihr eine Freude machen.« Na, toll! Und wer machte mir eine Freude?

»Ich«, sagte unser Klassenkasper Joppe. Aber den konnte ich vergessen, der kannte zurzeit nur eine Freude: knutschen!

Ich ließ meine beste Freundin Carina den Zettel für uns aus der Losbox ziehen, denn ich wollte wirklich nicht daran schuld sein, wenn wir einen scheintoten Opa mit unseren Besuchen endgültig unter die Erde brachten.

»Du bist böse«, sagte Carina, »was hast du gegen alte Leute?«

»Nichts«, antwortete ich, »nur, dass man ihnen ständig über den Zebrastreifen helfen muss, sie ihre dritten Zähne im Glas auf dem Nachttisch stehen haben und man dauernd in ihrer Gegenwart brüllen muss, weil sie schwerhörig sind.«

»Da hast du aber nicht zufällig nur Klischees im Kopf?«

»Doch«, gab ich zu. »Aber meine Großeltern leben auf Mallorca und schicken Weihnachten nur Pakete. Das finde ich sehr viel sinnvoller, als mit ihnen zwanghaft Fensterbilder zu basteln und Weihnachtslieder aus der Flöte zu quälen.«

»Flöten finde ich gut, das könnten wir doch schon mal machen.« Carina hielt mir den Zettel unter die Nase.

Hm, Alma von Werder? »Alma heißen doch bloß Kühe«, sagte ich zickig.

»Du machst aber auch alles schlecht«, fand Carina mich offenbar nicht mehr witzig.

»Wenn ich im Kuhstall flöte, wird die Milch sauer«, stellte ich klar. Flöten und ich geht gar nicht.

»Sophie, du spinnst!« Okay, keine von uns kannte die adelige Kuh, und auch als wir Frau Willeborg über sie ausquetschen wollten, war da nicht wirklich was zu holen.

»Meine Eltern haben gesagt, ich soll nicht zu Fremden in die Wohnung gehen«, versuchte ich die Sache doch noch abzuwenden. Vergeblich.

»Alle Personen sind uns von der Altenhilfe der St.-Johannis-Gemeinde vorgeschlagen worden. Ihr müsst also keine Bedenken haben.«

»Buuuuuuuuhhhhhh!«, machte Joppe hinter mir. »Die kleine Sophie hat Angst vor alten Leuten! Die sind ja auch soooooo gruselig!« Blödkopf!

»Quatsch«, sagte ich, obwohl mir wirklich bei der Sache nicht ganz wohl war. Im Fernsehen wohnten alte Leute oft in völlig vermüllten, muffigen und verdreckten Wohnungen und hielten 23 Katzen oder 50 Kanarienvögel. Natürlich nicht gleichzeitig, obwohl das auch Sinn machen würde, so rein nahrungstechnisch für die Katzen. Meistens mussten dann die Kammerjäger und der Tierschutz kommen und die ziemlich verhungerten Viecher abholen und im Tierheim wieder aufpäppeln. »Warum können wir nicht lieber den weihnachtlichen Geist ins Tierheim bringen?«, fragte ich aus diesen Gedanken heraus. »Ich würde viel lieber Katzen pflegen und Hunde ausführen.«

Frau Willeborg hatte mich gehört und meinte, nun allmählich missmutig werdend: »Sophie, das ist sicher ein guter Vorschlag, aber für das nächste Jahr. In diesem Jahr gehen wir in die Altenhilfe. Ich verstehe deine Bedenken nicht.« Tat sie wohl wirklich nicht. Ob sie nie Fernsehen guckte? Ich jedenfalls machte mich auf das Schlimmste gefasst. Dreimal in der Woche den Geist der Weihnacht in eine dunkle, muffige Wohnung zu einer lichtscheuen alten Frau zu bringen, war echt die Härte. Da graute es mir.

»Worüber freut sich denn so eine alte, äh, Dame?«, fragte ich meine Mutter. »Carina glaubt Flötespielen.«

»Das kann ich mir auch gut vorstellen«, meinte meine Mutter. »Allerdings nicht gleich beim ersten Besuch. Besser wäre es doch, sich erst mal kennenzulernen. Stellt euch einfach vor und lasst dann Frau von Werder erzählen.« Sie zwinkerte mir zu. »Alte Leute reden gerne über ihr Leben.« Hatte sich was!

Frau von Werder dachte gar nicht daran. Sie schien uns überhaupt nur widerwillig in ihr großes altes Haus zu lassen, stellte den mitgebrachten Weihnachtsstern in einem Übertopf aus Porzellan auf den Tisch und platzierte uns auf ein altes Plüschsofa mit Häkeldeckchen auf der Lehne.

Sie selbst setzte sich uns gegenüber in einen Ohrensessel mit grader Rückenlehne. Sie war hager und groß und saß da, als hätte sie einen Stock verschluckt. Ihre Finger waren lang und blass und die Hände hatte sie im Schoß gefaltet. Kurz: Sie hätte eine wunderbare Besetzung für einen Gruselfilm abgegeben.

»Du«, sagte sie mit scharfer, klarer Stimme zu mir, »was willst du hier? Warum machst du so etwas, wenn du es nicht gerne tust?«

Ich schluckte. Sah man mir meine Unlust so deutlich an? »Äh, das täuscht«, stotterte ich verwirrt. »Wir machen das gerne, für die Schule, ist schon okay.«

»Na, wenigstens bist du ehrlich und sagst nicht, dass du es für mich tun würdest.«

Carina schaltete sich ein. »Sophie hat, äh, Probleme … äh … mit alten Menschen …« Hatte sie einen Knall?!

»Habe ich nicht!«, fiel ich ihr sofort ins Wort.

»Aber, ich dachte …«

»Denk nicht«, blockte ich ab. »Ich bin halt lieber mit Leuten in meinem Alter zusammen.« Dass ich da vornehmlich an Jungs dachte, musste ich ja nicht unbedingt erwähnen.

»Das ist verständlich«, sagte Frau von Werder mit ihrer

kühlen Stimme. »Ich bin auch lieber mit Erwachsenen zusammen. Jugendliche in eurem Alter nerven ganz schön.«

Wie bitte? Ich hatte mich doch wohl verhört? Hatte die Lady gesagt, wir nerven sie? Das war doch wohl eher umgekehrt der Fall. Aber bei ihren nächsten Worten blieb mir doch glatt vor Verwunderung der Mund offen stehen.

»Ich finde es genauso schrecklich wie ihr, dass ihr jetzt bis Weihnachten zwei- bis dreimal in der Woche meine Ruhe stören wollt.«

»Wollen wir ja nicht«, sagte Carina wahrheitsgetreu, »wir müssen.«

»Und ich muss offenbar auch«, meinte Frau von Werder schmunzelnd. »Ich will es mir schließlich nicht mit den Damen von der Altenhilfe verderben.« Ach herrje, das war was. Da hockten wir ja alle im selben Boot. Und nun?

»Lasst uns überlegen«, schlug Frau von Werder vor, »wie wir die Sache elegant hinter uns bringen. Tee?«

Wir nickten und sie ging mit erstaunlich festen Schritten hinüber in ihre Küche. Carina stieß mich an. »Wir sollten ihr unsere Hilfe anbieten.«

»Quatsch«, sagte ich, »siehst du hier irgendwo einen Zebrastreifen? Die kommt schon alleine klar.«

Während ihrer Abwesenheit sahen wir uns im Wohnzimmer um. Es roch nicht muffig, wie ich befürchtet hatte, aber speziell, so als stünde ein Rosengarten in voller Blüte. Das kam wohl von den Rosenblättern, die in zahlreichen Porzellanschalen über das Zimmer verteilt waren. Auch in den Vasen standen eingetrocknete Rosen- und Lavendelsträuße. Eine große, mit Wachsornamenten verzierte Kerze brannte und verströmte ebenfalls einen ganz unweihnachtlichen Rosenduft. Irgendwie sympathisch, dachte ich, denn all die Fichtenholz- und

Zimtgerüche gingen mir schon etwas auf den Zeiger. So direkt an Weihnachten, wenn der Weihnachtsbaum seinen frischen Tannenduft in unsere Wohnung brachte, dann fand ich das auch sehr schön und stimmungsvoll, aber ich musste das echt nicht monatelang haben. Da reichte mir das Fichtennadelschaumbad in der Badewanne. Obwohl ich auch da eigentlich den anregenden Duft von Rosmarin und Rose bevorzugte.

»Kann jemand das Tablett holen?«, rief Frau von Werder mit ihrer klaren Stimme aus der Küche und wir sprinteten gleich hin. Die Küche war sehr groß und mit altmodischen Küchenmöbeln und einem großen Buffetschrank aus dunklem Holz ausgestattet.

»Der ist noch von meinen Eltern«, erklärte sie, als sie meinen Blick auffing, »hundertachtunddreißig Jahre alt.«

Aha, dann war sie sicher auch fast hundert.

»Sechsundachtzig«, sagte sie.

Und dann schmiedeten wir einen Plan.

»Ihr braucht nichts zu basteln oder einzuüben«, schlug Frau von Werder vor. »Wir trinken einfach Tee zusammen und ihr lest mir etwas vor. Wäre das für euch – wie sagt ihr – okay?«

Klar war es das. Sehr okay sogar.

»Das ist aber mal eine coole alte Lady«, sagte ich, als wir nach Hause gingen, und das fand Carina auch.

Als wir das nächste Mal klingelten, fand ich es schon längst nicht mehr so unheimlich. Offenbar hatte sich Frau von Werder für uns extra schick gemacht. Sie trug ein langes schwarzes Kleid und weiße Spitzenhandschuhe, die bis zu den Ellbogen reichten. Der Tee duftete schon in der Kanne, die auf einem Porzellanstövchen stand.

Sie hatte sehr feines Porzellan. »Aus England«, erklärte sie, »nur die Engländer sind imstande, ein Teeservice herzustellen, aus dem der Tee auch schmeckt.« Na, wenn sie meinte.

Die Kerze brannte und verströmte wieder den schweren Rosenduft und ein geheimnisvolles Licht. Ein dickes Buch lag auf dem Sofatisch.

»Wer möchte beginnen?«, fragte sie.

»Kann ich schon machen«, meldete ich mich, denn ich hatte immerhin den Vorlesewettbewerb der sechsten Klassen an unserer Schule gewonnen. Das freute sie zu hören.

»Dann wird aus der Pflicht ja sogar ein Genuss«, meinte sie. »Ihr könnt euch gar nicht vorstellen, wie sehr eure Besuche meinen Lebensrhythmus durcheinanderbringen. Aber daran denken diese vorweihnachtlichen Wohltäter ja nicht.«

Ich fand sie in dem Moment ganz schön zickig und … cool. Die meisten alten Leute, die von unseren Mitschülern besucht wurden, hörten sich jetzt sicherlich klaglos stümperhaftes Flötenspiel an oder bastelten Scherenschnitte und Strohsterne. Igitt!

»Fang auf Seite dreiundneunzig an«, sagte Frau von Werder. Ich nahm das Buch vom Tisch. Es war sehr schön eingebunden und der Buchdeckel war mit goldenen Ornamenten verziert. Es war sicherlich schon alt. Ich schlug es auf und begann auf der angegebenen Seite zu lesen:

»›Wir umarmten uns ein letztes Mal in aller Innigkeit. Leb wohl, mein Herz, sagte ich und küsste ihre warmen, weichen Lippen. Pass auf dich auf und der Herr möge dich schützen, wisperte sie unter Tränen. Dich und unser Vaterland!‹«

»Es … es, es ist eine Liebesgeschichte«, stellte ich erstaunt fest.

»Stört es dich?«

Ich schüttelte den Kopf und las weiter. Es war die Geschichte eines jungen Paares, eines Franzosen und einer Deutschen, zwischen den Fronten des Ersten Weltkriegs. Eine spannende, liebevolle und zugleich traurige Geschichte. Warum hatte Frau von Werder grade sie gewählt?

Sie erzählte es uns in der dritten Woche unserer Besuche.

»Sie erinnert mich an meine erste große Liebe, meinen ersten Mann. Er ist auf dem Schlachtfeld geblieben, in Russland, in der Nähe von Stalingrad, 1942, zwei Tage vor Heiligabend.« Sie sah in die Flamme der Kerze. »Es sind so viele dort gestorben. Hoffnungsvolle, junge Menschen. Man hätte meinen sollen, dass nach den Erfahrungen des Ersten Weltkrieges nie wieder ein Krieg in Europa stattfinden würde.« Sie seufzte leise. »Aber da hatten wir uns alle getäuscht. Er war erst zweiundzwanzig, als ich ihn verlor.«

Wir schwiegen betroffen. Und als sie es merkte, sagte sie mit einem leisen Lachen: »Jetzt haben wir ja schon so lange Frieden und nur das Alter kann uns die Liebsten noch wegnehmen.«

»Haben Sie denn noch mal geheiratet?«, fragte ich neugierig.

Sie stand auf und nahm einen Bilderrahmen von einer Kommode. Das Foto zeigte sie mit einem gut aussehenden Mann und zwei Mädchen in unserem Alter. »Das ist Richard, mein zweiter Mann.«

»Und wer sind die Mädchen?«

»Meine Enkeltöchter, aber sie haben inzwischen selber Kinder. Leider leben sie nicht hier. So sehe ich sie selten.«

»Das ist schade«, sagte Carina. Frau von Werder stellte das Bild zurück. »Und dies ist mein dritter Mann«, sagte sie lächelnd auf ein Foto in einem Silberrahmen deutend. Wow, drei Männer hätte ich ihr wirklich nicht zugetraut.

Sie setzte sich in ihren Lehnstuhl und weil sie schwieg, nahm ich das Buch wieder auf und las noch etwas weiter.

Dann begannen die Weihnachtsferien und unser vorletzter Besuch stand bevor. »Wir werden es nicht schaffen, das Buch fertig zu lesen«, sagte ich bedauernd. »Meinst du, sie leiht es uns aus?«

Carina schüttelte den Kopf. »Glaube ich nicht. Es sieht alt und wertvoll aus. So etwas gibt man nicht weg, auch nicht leihweise.«

»Aber ich muss unbedingt wissen, wie die Geschichte von Emilia und Raoul zu Ende geht. Könnten wir nicht zwischen Weihnachten und Neujahr noch einen Besuch machen?«

»Hast du vergessen, dass ich morgen mit meinen Eltern in den Skiurlaub fahre?«

Hatte ich tatsächlich. »Dann gehe ich eben alleine, wenn Frau von Werder es erlaubt.«

Carina sah mich ungläubig an und neckte mich grinsend: »Und wo ist deine Alte-Leute-Phobie?«

Verlegen wandte ich mich ab.

Als wir diesmal in das Wohnzimmer von Frau von Werder traten, stand kein Tee auf dem Sofatisch.

»Setzt euch«, sagte sie jedoch mit einem erfreuten Unterton in der Stimme. »Robin kocht heute Tee für uns.«

»Robin?«

»Ja, hatte ich euch nicht gesagt, dass mein Urenkel über die Feiertage bei mir ist? Seine Eltern sind zu Forschungen in Übersee. Er ist aus dem Internat gekommen.«

Sie drehte sich zur Küche: »Robin, brauchst du Hilfe? Soll ich dir Sophie schicken?«

»Ja, wäre praktisch«, hörte ich eine warme, sympathische Jungenstimme antworten. Ich schoss vom Sofa hoch und spritzte in die Küche. Oh, mein Gott, was stand denn da für ein unglaublich süßer Typ?! Ich träumte doch wohl?

»Hi«, sagte er, »ich bin Robin. Und du bist also Sophie? Oma Alma hat mir schon von dir erzählt. Du bist eine sehr gute Vorleserin.«

Seine Augen glänzten in einem warmen Braun wie zwei glatte Kastanien und sein Haar war dicht und dunkel und sehr stylish zerzaust. Er war nicht viel älter als ich, ein oder zwei Jahre vielleicht, und er war einfach … umwerfend.

Aber natürlich soll man ja bei einem Jungen nicht nur nach dem Äußeren gehen. Doch wie stellte ich es an, dass ich auch sein Inneres kennenlernte? Ich überlegte fieberhaft, denn kennenlernen musste ich es auf jeden Fall. Der Junge war mir nicht umsonst hier gradezu vor die Füße gefallen. Ganz klar, wir mussten uns häufiger sehen. Da passte es doch ganz super, dass die Vorlesegeschichte noch nicht zu Ende war.

»Hast du, äh, Freunde hier?«, fragte ich.

Robin schüttelte den Kopf. »Nein, ich lebe mit meinen Eltern eigentlich in Kiel, aber zurzeit sind sie auf Reisen und ich besuche ein Internat. Ich bin froh, dass ich Weihnachten bei meiner Uroma verbringen kann.« Er grinste mich an. »Sie findet es sehr … cool, dass du ihr vorliest. Ihre Augen lassen ziemlich nach und es ist entspannter für sie zuzuhören.«

Er drückte mir das Tablett in die Hand und nahm selber die heiße Teekanne. Diesmal gab es sogar Vanillekipferl.

»Habe ich besorgt«, sagte er lächelnd. »Magst du die?«

Ich nickte. Dann tranken wir Tee und ich las ein Stück weiter. Es war eine Stelle, wo es in der Liebe zwischen Raoul und

Emilia etwas mehr zur Sache ging, was mir in Robins Gegenwart direkt ein bisschen peinlich war. Leider aber musste Raoul dann wieder in die Schlacht ziehen und Emilia blieb in ihrem Schmerz allein zurück. Und das wenige Tage vor Weihnachten. Wie gemein!

»Kommst du wieder?«, fragte Robin, als er uns zur Tür brachte.

»Ja, deine Oma ist einverstanden, dass ich am Heiligabend noch mal kurz vorbeikomme. Carina ist allerdings dann schon im Urlaub.«

»Macht nichts«, sagte Robin, »es wäre doch schön, wenn wir das Ende der Geschichte noch zu Weihnachten hören könnten.«

»Ja, finde ich auch, es ist ja nicht mehr viel und ich bin sehr neugierig, wie das Ganze ausgeht.«

Robin lachte. »Ich auch.«

Nur Carina war etwas traurig, weil sie es dann ja nicht mehr mitbekam. »Ich erzähle es dir, wenn du wieder da bist«, versprach ich ihr.

Ich hatte beschlossen, am Heiligen Abend einige von unseren selbst gebackenen Keksen mitzunehmen, und da wir erst um achtzehn Uhr zur Christmette gingen und danach bescherten, hatte ich fast den ganzen Nachmittag Zeit für Frau von Werder und … Robin.

In der Nacht hatte ich seltsamerweise von ihm geträumt und schämte mich nun ein wenig ihm gegenüberzutreten. Er sollte ja nicht denken, ich wäre in ihn verknallt. War ich zwar total, aber er konnte ja schließlich keine Gedanken lesen.

Robin hatte das Wohnzimmer mit einer kleinen Tanne dekoriert und sie mit wunderbar altem Baumschmuck behängt.

Es duftete so richtig nach Weihnachten und im Kachelofen knisterte ein Feuer. Wie gemütlich das Zimmer nun wirkte – richtig romantisch. Robin zündete die Kerzen am Baum an und Frau von Werder stellte meine mitgebrachten Kekse auf den Tisch. Der Tee duftete heute besonders aromatisch.

»Nun lies, mein Kind«, sagte sie, »wir wollen hören, wie es mit Raoul und Emilia endet.«

Sie setzte sich in den Lehnstuhl. Eine hohe Gestalt, die das Alter mit Würde trug. Drei Ehemänner hatte sie überlebt. Drei Lieben! Ich konnte nicht anders, ich musste sie einfach bewundern. Schon für den Mut, immer wieder neu anzufangen, immer wieder neu auf die Liebe zu vertrauen.

Ich schlug das Buch an der Stelle auf, wo das Lesezeichen aus feinem Leder lag, und begann.

»›... die Kämpfe hatten nachgelassen. Vom Kirchturm des nahen Dorfes läuteten die Glocken den Heiligen Abend ein. Alle Waffen schwiegen auf dem Schlachtfeld. Raoul verließ mit seinen Kameraden den Schützengraben und ging mit ihnen durch den frisch fallenden Schnee hinter die Kampflinie in das Dorf. Es war zum Teil zerstört, aber die Kirche war wie durch ein Wunder verschont geblieben. Und dort stand Emilia und wartete auf ihn. In dieser kalten Nacht liebten sie sich so heiß und innig, dass es keines Feuers bedurfte. Allein die Liebe wärmte und tröstete sie. Halleluja, sangen die Menschen in der Kirche und auf dem Schlachtfeld. Und Friede auf Erden und den Menschen ein Wohlgefallen.‹«

Robin brachte mich nach Hause. Vor unserem Haus sah er mich lange an, so lange, dass ich fröstelte.

»Darf ich dich küssen?«, fragte er schließlich. Mir wurde heiß und kalt, aber ich nickte. Ganz sanft berührten seine

Lippen die meinen. Dann streichelte er meine Wange und fragte: »Kannst du Schlittschuh laufen?«

»Klar.«

»Wollen wir morgen Eislaufen gehen?«

Ich sah ihn glücklich an. »Das wäre so toll.«

Als ich mit meinen Eltern zur Christmette die Kirche betrat, saß Robin in einer Kirchenbank. Ich hockte mich unter dem verwunderten Blick meiner Mutter zu ihm und als der Chor sang, ergriff er meine Hand und ließ sie während des ganzen Gottesdienstes nicht mehr los.

Halleluja, dachte ich.

HORTENSE ULLRICH

Lebkuchen mit Zuckerkuss

Lucilla ist sauer auf mich. Obersauer. Dabei war alles ihre Idee.

Nie wieder helfe ich Lucilla, einen Jungen zu erobern.

Vor der Deutschstunde kam sie aufgeregt zu mir. »Jojo, du musst mir helfen, ich bin total in Freddy verliebt!«

»Lucilla, du bist jede Woche in einen anderen Jungen verliebt!«

»Ja schon, aber diesmal ist es ernst!«

»Sag es ihm!«

»Nein, ich hab mir überlegt, dass du es ihm sagst. Das ist besser.«

»Oh Mann, Lucilla, ehrlich! Das mach ich nicht.«

»Also, du machst es? Danke, danke, danke.«

Was an meinem Satz hatte sie nicht verstanden? Ich hatte doch ganz eindeutig gesagt, dass ich es nicht machen würde!

»Du bist wirklich die beste aller besten Freundinnen, die ich habe!«

Genau genommen war ich die einzige Freundin, die sie hatte, aber ich wollte nicht kleinlich sein.

»Okay, wo ist er?«

»Was? Du willst doch nicht etwa zu ihm hingehen und es ihm einfach so sagen?«

»Na hör mal, darum hast du mich doch gerade gebeten!«

»Ja schon, aber da sieht man mal wieder deinen mangelnden Sinn für Romantik!«

Ich wollte protestieren, aber ich wusste, das würde die ganze Sache nur verzögern, und am Ende würde ich ja doch tun, was Lucilla von mir wollte. Also erkundigte ich mich: »Und wie hast du dir das vorgestellt, also romantikmäßig?«

Lucilla strahlte. »Du schreibst ihm ein Gedicht!«

»Ein Gedicht?!«

»Ja.«

»Und wieso machst du das nicht?«

»Ich kann keine Gedichte schreiben.«

»Ich auch nicht.«

»Hast du es schon mal versucht?«

»Nein.«

»Na bitte, dann versuch es doch erst mal.«

»Oh, Lucilla!«

»Bitte Jojo.«

Na gut. »Ich brauch aber was, das sich auf Lucilla reimt.«

»Auf Lucilla? Du willst meinen Namen verwenden?«

»Natürlich. Wie soll er denn sonst wissen, dass du es bist, die in ihn verliebt ist?«

»Aber Jojo! Dein Sinn für Ro…«

»Stopp!«, rief ich. »Fang nicht wieder mit Romantik an. Du willst also Freddy per Gedicht mitteilen, dass du in ihn verliebt bist, willst aber deinen Namen nicht sagen?«

»Genau! Ein anonymes Liebesgedicht. Ist das nicht romantisch?«

Ich stöhnte. »Und wie soll er dann überhaupt wissen, dass es um dich geht?«

»Na, du machst einen Treffpunkt aus, schreibst ihm, wo ich bin, und dann erwarte ich ihn dort.«

»Ach du grüne Neune. Und das alles in Reimen?«

»Natürlich, sonst ist es ja kein Gedicht!«

Gut, ich hätte es besser wissen sollen, aber Lucilla kann man keine Bitte abschlagen, weil sie Absagen einfach nicht wahrnimmt. Also habe ich die folgende Deutschstunde damit verbracht, ein Gedicht zu schreiben, in dem Lucilla Freddy ihre Liebe erklärt und ihn um ein Rendezvous bittet.

Ich gab es ihr nach der Stunde, Lucilla las es laut vor:

»Äpfel, Nüsse, Mandelkern,
ach, ich hab dich furchtbar gern.
Lebkuchen mit Zuckerguss,
bitte gib mir einen Kuss.
Ein kleines Haus aus Pfefferkuchen,
nach mir musst du nicht lange suchen.
Komm und erfülle meinen Traum,
nach Mathe unterm Weihnachtsbaum.«

Ich war sehr zufrieden mit mir, Lucilla war nicht hellauf begeistert, aber meinte: »Na ja, es müsste gehen. Du meinst den Weihnachtsbaum unten in der Eingangshalle?«

»Ja, es ist der einzige hier. Der ist schwer zu übersehen.«

»Gut, dann gib ihm jetzt das Gedicht.«

»Ich?«

»Na, ich will doch anonym bleiben!«

»Ja, aber dann denkt er womöglich, es ist von mir!«

»Ach so. Ja. Dann schmuggel es heimlich in sein Mathebuch. In der nächsten Stunde haben wir Mathe, dann wird er es finden und nach Mathe ist Schulschluss und dann stell ich mich neben den Weihnachtsbaum und erwarte ihn.«

Auf Freddys Tisch lag sein Mathebuch, Freddy war nicht da.

Perfekt. Trotzdem konnte ich da nicht einfach so hingehen und das Mathebuch nehmen. Nicht ohne Grund. Ich schlenderte zu Freddys Tisch und sagte zu niemandem im Besonderen, also so vor mich hin: »Ich hab mein Mathebuch vergessen, aber ich muss dringend was nachschlagen.«

Sehr clever vorbereitet. Aber bevor ich nach Freddys Buch greifen konnte, fragte Jasper: »Worum geht's denn, Jojo? Vielleicht kann ich dir helfen.«

»Weiß nicht, ich brauch ein Buch, muss selber gucken«, sagte ich zu Jasper. Ich wollte nach Freddys Buch greifen, da hielt mir Jasper sein Mathebuch hin. »Nein danke«, wehrte ich ab.

Ich sah mich nach Lucilla um, sie könnte mir doch wirklich aus der Patsche helfen. Aber Lucilla schaute nur mit großen ängstlichen Augen zu mir rüber und machte verzweifelte Gesten. Toll, das half nicht viel. Dann erkannte ich, was ihre Gesten bedeuten sollten: Freddy kam nämlich wieder in die Klasse. Die Zeit lief.

Ich ging aufs Ganze, schob mit der einen Hand Jasper mit seinem Mathebuch weg, das er mir nach wie vor hinhielt, und warf hinter meinem Rücken mit der anderen Hand Freddys Buch vom Tisch. »Hoppla«, sagte ich, bückte mich schnell, schob das Gedicht ins Buch, legte das Buch wieder auf den Tisch und huschte auf meinen Platz zurück.

Lucilla drückte mich. »Du warst großartig«, flüsterte sie mir zu.

Da war ich ganz ihrer Meinung.

Dann warteten Lucilla und ich gespannt ab.

Freddy öffnete sein Buch erst, als die Stunde schon angefangen hatte. Er fand den Zettel, las das Gedicht und blickte sich in der Klasse um. Dann schaute er wieder auf das Gedicht.

Und schaute sich noch mal um. Diesmal aber schon etwas verstohlener.

»Es hat funktioniert, Jojo«, flüsterte Lucilla selig.

»Scheint so«, nickte ich.

»Ich kann kaum das Ende der Stunde erwarten«, gluckste Lucilla.

Nach der Stunde sagte ich zu Lucilla: »Na dann, viel Erfolg!« und wollte mich auf den Heimweg machen.

»Wo willst du hin, Jojo?«, rief sie empört.

»Nach Hause.«

»Kommt gar nicht infrage, du kommst mit«, befahl sie.

Okay, ich war Kummer gewohnt. Also bezogen Lucilla und ich neben dem großen Weihnachtsbaum in der Halle Posten und warteten ab.

Lucilla war völlig aus dem Häuschen. »Meinst du, er kommt?«

»Ja«, brummte ich nur, denn inzwischen hatte ich Hunger. Ich wollte heim.

»Meinst du wirklich, er kommt?«, fragte sie nun schon wieder.

»Aber ja. Schon aus Neugierde wird er kommen.«

»Wie meinst du denn das?«

Oje, das war ungeschickt formuliert. Ich musste Lucilla beruhigen.

»Ich meine, er wird auf alle Fälle kommen, weil er bestimmt hofft, dass das Gedicht von dir ist, weil er auch heimlich in dich verliebt ist.«

Lucilla strahlte und nickte. »Ich denke auch.« Dann kicherte sie. »Er schaut mich nämlich schon seit einiger Zeit immer so an.«

»Wie?«, fragte ich ungeschickterweise.

Lucilla sah mich groß an. »Na, du weißt schon, wie. Wie Jungs einen eben anschauen, wenn sie Interesse haben, sich aber nicht trauen.«

Keine Ahnung, wovon Lucilla sprach, aber ich sagte: »Ach so, ja«, weil ich das Thema nun wirklich nicht vertiefen wollte.

Dann riss mich Lucilla plötzlich zu sich rum und starrte mich an. »Oh mein Gott, Jojo! Das Gedicht!«

Ich erschrak ebenfalls. »Was ist mit dem Gedicht?«

»Wir haben es nicht mehr!«

»Ja, es war ja auch nicht für uns bestimmt, sondern für Freddy!«

»Ja, schon, aber ich muss es doch kennen. Ich habe es doch geschrieben. Ich muss es aufsagen können!«

Nun trat ich einen Schritt zurück und schaute Lucilla ungläubig an: »Meinst du allen Ernstes, Freddy wird dich das Gedicht aufsagen lassen?«

»Na ja, könnte doch sein! Kannst du dich noch daran erinnern? Los, sag es mir noch mal, damit ich es auswendig lernen kann.«

Ich seufzte.

»Äpfel, Nüsse, Mandelkern,
ach, ich hab dich furchtbar gern.
Lebkuchen mit Zuckerguss,
bitte gib mir einen Kuss.
Ein kleines Haus aus Pfefferkuchen,
nach mir musst du nicht lange suchen.
Komm und erfülle meinen Traum,
nach Mathe unterm Weihnachtsbaum.«

Lucilla murmelte nun also das Gedicht vor sich hin und ich musste ihr jedes Mal helfen, wenn sie stecken blieb.

Nach ein paar Minuten war sie zufrieden. »Gut, ich glaube, es sitzt.«

Sie stellte sich wieder in Positur und schaute angestrengt in die Menge der Schüler, die alle in die Halle strömten.

Dann griff sie erneut meinen Arm. »Wie seh ich aus?«

»Gut. Super.«

»Du hast mich nicht mal angesehen!«

Ich drehte mich zu Lucilla und legte ihr beruhigend die Hand auf die Schulter. »Lucilla, du siehst wirklich gut aus. Du siehst immer gut aus. Das weißt du. Du bist eins der hübschesten Mädchen aus der Klasse.«

Sie strahlte. Dann legte sie ihre Stirn in Falten. »Eins der hübschesten?«

»Das hübscheste!«

Lucilla nickte und beruhigte sich wieder.

Inzwischen fing sogar ich an, sehnsüchtig auf Freddy zu warten, damit Lucilla Ruhe gab.

Endlich erschien er. Und er hatte seinen Blick auf den Weihnachtsbaum gerichtet, als er langsam die Treppe runterging.

Lucilla krallte sich in meinen Arm und hauchte: »Oh mein Gott, Jojo, es hat funktioniert! Du bist großartig! Gleich ist es so weit! Oh mein Gott! Sieht er nicht süß aus? Er ist sooo cool. Und wir werden Weihnachten zusammen sein, das ist mein bestes Weihnachtsgeschenk.«

»Kann ich jetzt gehen?«, erkundigte ich mich bei Lucilla.

»Nein, noch nicht! Erst wenn er mich angesprochen hat. Dann gehst du, okay?«

»Okay.«

Freddy kam nun tatsächlich direkt auf den Weihnachtsbaum und auf Lucilla und mich zu.

Lucilla krallte sich schon wieder in meinen Arm und flüsterte: »Schau mal, er lächelt!«

Ich lächelte auch. Ich freute mich für Lucilla. Es war doch ein schönes Gefühl, anderen zu helfen und sie glücklich zu machen.

Freddy stand nun vor uns, grinste und ohne lange Rede nahm er mich in den Arm und küsste mich. MICH!

Toll! Und ich kann Freddy noch nicht mal leiden. Und Lucilla ist sauer und redet nicht mehr mit mir.

IRENE ZIMMERMANN

Happy Gipsbein!

»Malte biegt gerade in eure Straße ein!«, informiert mich Isabel. »Beeil dich! Quatsch ihn einfach an. Katrin, ich drück dir die Daumen!«

»Danke!«, rufe ich ins Telefon. »Bin schon unterwegs.«

Ich schnappe mir die Hundeleine und zerre Siggi hinter mir her aus dem Haus. Leider hat dieser faule Mops – mein Leihhund von Frau Rademacher aus dem dritten Stock – gar keine Lust, bei diesem miesen Dezemberwetter Gassi zu gehen.

»Du kriegst auch 'ne ganze Leberwurst!«, locke ich ihn. »Aber nur, wenn du jetzt endlich in die Gänge kommst.«

Siggi starrt mich ausdruckslos an. Er scheint über das Wort Leberwurst nachzudenken. Und plötzlich gibt es für ihn kein Halten mehr. Für mich übrigens auch nicht. Denn der scheinbar altersschwache Mops gibt richtig Gas. Ich merke, wie ich die Bodenhaftung verliere. Endlos lange schlittere ich hinter Siggi über den tückisch vereisten Gehweg her. Als ich die Hundeleine endlich loslasse, ist der Mops schon drei Bäume weiter, ich sitze auf meinem Allerwertesten, mein Bein ist merkwürdig verdreht – und von Malte weit und breit nichts zu sehen.

Ich heule los – keine Ahnung, ob wegen des geplatzten Dates oder wegen der wahnsinnigen Schmerzen in meinem

Bein. Siggi kommt angetrottet. Schuldbewusst schaut er aus. Eigentlich müsste ich mit ihm schimpfen, aber weil er so komisch guckt, sage ich nur: »Die Leberwurst kannst du vergessen.«

Die nächsten Tage habe ich ausgiebig Zeit, nachzudenken. Ich liege nämlich im Krankenhaus, mit einem gebrochenen Bein. Und das über Weihnachten! Malte geht weiterhin jeden Nachmittag mit seinem Hund spazieren, hat mir Isabel erzählt, und er hat keine Ahnung, dass er um ein Haar die Liebe seines Lebens kennengelernt hätte.

Hat nicht sollen sein, denke ich, und schlage missmutig das Buch zu, das mir Mama mitgebracht hat. Damit es mir nicht so langweilig ist. Ausgerechnet eine Liebesgeschichte! Kein Wunder, dass ich da nur an Malte denken kann. Er ist einfach der tollste Typ, den man sich vorstellen kann. Und dann hat er beim Lachen auch noch so wahnsinnig süße Grübchen.

Einen Monat ist es jetzt her, dass er in unser Viertel gezogen ist. Als ich ihn an Halloween zum ersten Mal gesehen habe, war mir sofort klar: der oder keiner! Und das mit uns hätte auch was werden können, wenn Isabel und ich nicht auf diese blödsinnige Idee mit dem Hundespaziergang gekommen wären.

Ich würde mich am liebsten im Bett rumdrehen und die nächsten Tage einfach verschlafen. Aber das geht nicht: Erstens kann ich mich mit meinem Gipsbein nicht umdrehen und zweitens kommt jetzt gerade die Krankenschwester mit dem Abendessen.

»Lecker Leberwurstbrot!«, verkündet sie, als sie das Tablett auf meinem Nachttisch abstellt. »Lass es dir schmecken.

Und nachher gibt's noch eine Überraschung.« Sie senkt die Stimme. »Der Nikolaus kommt gleich.«

»Aber Weihnachten ist doch erst morgen!«

Sie lacht. »Unser Nikolaus will bestimmt morgen zu Hause feiern. Das hat er doch auch verdient, wenn er heute hier seine Runde macht, oder?«

»Klar«, sage ich und schiebe das Brot weg. Leberwurst ist für mich gegessen.

Ich will Frau Özgül, die ältere Frau im Bett neben mir, fragen, ob sie mein Brot will, aber da merke ich, dass sie bereits schläft. Lustlos schlage ich wieder mein Buch auf, da höre ich draußen auf dem Gang eine Stimme, die ich sehr gut kenne.

Vor lauter Schreck richte ich mich auf – soweit das mit meinem Bein möglich ist.

Eindeutig, das ist Maltes Stimme, und auch sein Lachen. Mir wird ganz schwach. Habe ich jetzt vielleicht schon Halluzinationen oder was? Aber dann fällt mir die Anzeige am Schwarzen Brett in unserer Schule ein – Nikoläuse für das Städtische Krankenhaus gesucht – und plötzlich ist mir alles klar.

In wenigen Augenblicken schon wird Malte hier in diesem Krankenzimmer stehen und mich entdecken: mit total strähnigen Haaren, Mamas Blümchennachthemd und jeder Menge Mitessern auf der Nase. Da halte ich es für sehr unwahrscheinlich, dass er dann seine Liebe zu mir entdeckt.

Am Weglaufen hindert mich leider mein Gipsbein. Jetzt noch schnell die Krankenschwester darüber aufzuklären, dass ich eine heftige Nikolaus-Allergie habe, würde auch nicht hinhauen, denn Malte ist schon ganz in der Nähe. Ich höre nämlich seine Nikolausstimme im Zimmer nebenan. Da hilft nur eines: Er darf mich auf keinen Fall erkennen!

Kurz entschlossen greife ich nach Frau Özgüls Brille auf ihrem Nachttisch und setze sie auf. Die ganze Welt verschwimmt hinter den Gläsern, aber das ist jetzt egal. Es geht darum, eine größere Katastrophe zu verhindern! Dann taste ich nach dem Schal, den ich gerade als Weihnachtsgeschenk für Mama stricke, und schlinge ihn mir ein paarmal um Kopf und Hals. Die Stricknadeln piksen, aber das kann ich jetzt auch nicht ändern. So, jetzt noch die Bettdecke hochgezogen – niemand würde mich jetzt erkennen, nicht mal meine eigene Mama, da bin ich mir sicher!

Mit angehaltenem Atem liege ich da. Sehen kann ich fast gar nichts, aber mein Gehör funktioniert umso besser. Und mein siebter Sinn sagt mir, dass gerade die Tür geöffnet wird und Malte das Zimmer betritt.

»Hohoho!«, ruft er mit verstellter Stimme.

Frau Özgül schnarcht laut auf. Der Nikolaus hat verstanden und wendet sich an mich.

»Warst du auch immer brav, mein liebes Kind?«

So ’n Quatsch, kannst du nicht normal reden?, will ich im ersten Moment antworten, aber dann fällt mir ein, dass Malte ja nicht als Malte, sondern als Nikolaus da ist, und ich nicke bloß. Frau Özgüls Brille rutscht ein bisschen und ich blinzle über den Brillenrand.

Malte-Nikolaus steht neben meinem Bett. Er scheint unter seinem dicken roten Mantel ziemlich zu schwitzen, denn auf seiner Stirn haben sich Schweißperlen gebildet. Außerdem weiß er nicht genau, was er sagen soll. Von mir aus kann er schweigen – wenn er bloß so stehen bleibt und mich anschaut mit seinen wahnsinnig blauen Augen.

»Wow«, rutscht es mir raus.

»Wow?«, fragt er zurück. »Ähm …«

Ich habe den Eindruck, dass er nicht weiterweiß. Ich hüstle und rutsche unauffällig noch ein Stück weiter unter die Decke. Es ist verdammt gemein, dass ich hier so blöd rumliegen muss, während der süße Junge, von dessen Küssen ich Nacht für Nacht träume, einen halben Meter entfernt steht.

»Warst du auch immer brav, mein liebes Kind?«

Die Frage hatten wir zwar schon einmal, aber von mir aus kann er sie noch stundenlang wiederholen. Hauptsache, er bleibt da. Mit Malte an meinem Bett ist das Krankenhaus nämlich plötzlich gar nicht mehr schlimm. Im Gegenteil! Mir wird jetzt so richtig weihnachtlich ums Herz.

»Ehm … wie heißt du denn?«, will Malte-Nikolaus jetzt wissen.

Meine Antwort besteht aus einem heftigen Hustenanfall. Leider wacht dadurch Frau Özgül auf. Ich höre, wie sie auf ihrem Nachttisch nach der Brille sucht. Tut mir leid!, entschuldige ich mich in Gedanken, während ich ihre Brille, die mir während des Hustens von der Nase zu fallen drohte, vorsichtig wieder hochschiebe.

Malte-Nikolaus hat jetzt seine Bemühungen aufgegeben, irgendwas Sinnvolles aus mir rauszukriegen. Stattdessen schiebt er seinen Wattebart zurecht, kramt in seinem Gabensack und überreicht Frau Özgül und mir eine Tüte mit Süßigkeiten.

»Fröhliche Weihnachten!«, ruft er und »Hohoho!«. Und dann schließt sich die Tür hinter ihm.

Ich schiebe Frau Özgüls Brille unauffällig auf den Nachttisch zurück, wickle mich aus meinem Weihnachtsgeschenk-Schal und wische mir den Schweiß von der Stirn. Erstens war es verdammt heiß unter diesem dicken Wollschal, und zweitens … Aber ich komme nicht mehr dazu, diesen Gedanken zu Ende zu denken, denn da steht plötzlich jemand in der Tür.

Malte-Nikolaus!

Das kann doch nicht sein! Er müsste doch schon längst im nächsten Zimmer ... Zu spät fällt mir ein, dass er mich jetzt ja erkennt – ohne Brille und Schal, dafür aber total verschwitzt und mit garantiert hochrotem Kopf.

Aber Malte scheint das nicht im Geringsten zu stören. Er strahlt mich an und lacht lauthals: »Mensch, Katrin! Deine Verkleidung war super. Im ersten Moment war ich mir wirklich nicht ganz sicher, ob du es bist. Aber dann ...«

Er setzt sich auf meine Bettkante, so, als wäre das das Selbstverständlichste von der Welt, und nimmt meine Hand. »Isabel hat mir erzählt, dass du im Krankenhaus liegst. Das tut mir schrecklich leid. Andererseits ...« Er zögert.

»Andererseits?« Ich schaue ihn gespannt an.

Er hat ein paar Pickelchen auf der Stirn. Beruhigend, denke ich, da werden ihn meine auf der Nase bestimmt nicht weiter stören. Aber ich habe sowieso nicht den Eindruck, dass Malte auf meine Nase oder meine strähnigen Haare schaut. Er guckt mir nämlich voll in die Augen! Wie gut, dass ich liege, mir wird nämlich ganz schwindelig!

»Andererseits ... So habe ich dich endlich getroffen. Weißt du, dass du das süßeste Mädchen der ganzen Schule bist? Ich hab mich nie getraut, dich anzusprechen. Weil du die ganze Zeit mit deinen Freundinnen zusammen warst. Aber jetzt ...« Er holt tief Luft. »Wenn du magst, komme ich dich jeden Tag besuchen.«

Ich nicke bloß – sagen kann ich im Moment nichts.

»Wo bleibt denn unser Nikolaus?«, ruft die Schwester auf dem Flur. »Nikolaus, wo bist du?«

Malte steht auf. »Ich glaube, ich muss weiter«, sagt er. Dann dreht er sich zu mir um. In der Hand hält er einen Stift, mit dem er ein großes Herz auf meinen Gips malt. Darunter schreibt er: Fröhliche Weihnachten! Dein Malte

GWYNETH MINTE

Chaos auf dem Weihnachtsmarkt

»Wie das duftet!!«

Ich griff nach der Hand meines Freundes Jochen und zog ihn hinter mir her durchs Gewühl. »Wenn ich nicht sofort eine Tüte gebrannte Mandeln kriege, dann geh ich ein!«

»Das kann ich nicht zulassen, Jette!«, erwiderte Jochen. »Am besten, wir kaufen gleich eine große Tüte. Ich lad dich ein, eine Pärchentüte nur für uns beide.« Er grinste.

»Super Idee!« Ich drückte ihm lachend einen Schmatzer auf den Mund. Weihnachtsmarkt war super! Ich fühlte schon den karamellisierten Zucker der Mandeln auf meiner Zunge schmelzen. Himmlisch!!

Die Schlange vor der Mandelbude schien endlos.

»So wird das nie was«, maulte ich, als wir schon fünf Minuten gewartet hatten. »Bis wir dran sind, bin ich verhungert.« Genervt kickte ich mit dem Fuß einen Pappbecher weg.

»Der Mandelkönig ist halt sehr beliebt«, sagte Jochen schulterzuckend. »Dafür bekommt man aber auch die besten gebrannten Mandeln der Stadt.«

Stimmt. Es schien niemanden zu geben, der nicht scharf auf die Mandeln vom Mandelkönig war. Aber keiner liebte die kleinen Dinger so wie ich!

Also hieß es warten und Beine in den Bauch stehen. Wie gut, dass es noch nicht so eiskalt war. Temperaturen knapp um den Gefrierpunkt, schätzte ich. Für den Weihnachtsmarkt optimal. Es kam schon das richtige Winterfeeling auf, aber man fror sich nicht gleich Finger und Nase rot.

Nach einer kleinen Ewigkeit, die Jochen und ich uns mit Knutschen vertrieben, hielt ich triumphierend die riesige Tüte Mandeln in der Hand. »Juchuu!! Geschafft!!«

»Ist ja echt 'ne Investition«, stöhnte Jochen beim Blick in sein Portemonnaie. »Für die Mandeln ist fast mein ganzes Weihnachtsmarktbudget draufgegangen.«

»Ach komm, so oft sind wir ja nicht hier«, sagte ich und steckte Jochen eine Mandel in den Mund. »Die Dinger müssen einfach sein! Den nächsten Snack zahle ich.«

»Geht klar!« Jochen grinste. »So gefällt mir die Emanzipation der Frauen.«

»Pah!« Lachend boxte ich ihn in die Seite. »Ich kann auch ganz Prinzessin sein.«

»Bloß nicht«, wehrte Jochen ab. »Davon gibt's schon genug.« Und wie es das Schicksal wollte, erbrachte es dafür sofort den Beweis. »Guck mal«, sagte Jochen. »Da drüben sind Mariella und Gabi.«

Na klasse, keine fünf Meter von uns entfernt stand der blonde Rauschgoldengel Mariella und bekam gerade von einem Standverkäufer eine Schokobanane überreicht. Gabi war bereits dabei, herzhaft in einen kandierten Apfel zu beißen. Was ihr allerdings nicht besonders gut zu gelingen schien. Ich sah, wie sie sich mit schmerzverzerrtem Gesicht an den Schneidezahn griff.

Selbst schuld! Wer aß denn schon kandierte Äpfel? Auch wenn man es irgendwie schaffte, sich daran nicht die Zähne auszubeißen, sah man hinterher aus wie eine Barbie mit verschmiertem Lippenstift.

»Lass uns weitergehen«, sagte ich zu Jochen und versuchte, ihn wegzuziehen. Aber plötzlich ertönte quer über den Platz ein lautes und schrilles: »Halloooo, Jooochen!!!«

»Hallo, Mariella«, rief Jochen sofort zurück und blieb wie festgefroren stehen. Völlig unbegründet! So kalt war es schließlich überhaupt nicht!

»Du willst doch jetzt nicht echt mit der reden?«, fragte ich und lief vor Wut rot an. »Es reicht mir schon, wenn ich Mariella in der Schule ertragen muss. Ich will mir nicht auch noch von ihr den Abend versauen lassen.«

»Wir können doch mal kurz Hallo sagen«, meinte Jochen. »Ist doch voll unfreundlich sonst.«

Na und? Mariella hatte auch keine Freundlichkeit verdient. Seit Monaten versuchte sie mir Jochen auszuspannen und dem war das total egal.

»Ich will aber nicht«, zischte ich und zerrte an Jochens Arm.

Aber es war zu spät.

Mariella war auf ihren High Heels, die sie neuerdings trug, im Eilschritt auf Jochen zugestürmt und drückte ihm nun zwei Bussis ins Gesicht. Eins rechts, eins links. Das war auch so eine neue Masche von ihr. Seit sie vor ein paar Wochen Besuch von einer Cousine aus Amerika gehabt hatte, lief sie nur noch herum wie ein aufgezäumtes Zirkuspferd und benahm sich total »schickimicki«.

Na, wenn sie meinte. Aber von meinem Freund sollte sie gefälligst ihre Lippen lassen!!

»Hey«, sagte ich etwas lauter als normal und drängte mich zwischen Mariella und Jochen.

»Hey, Jette«, erwiderte Mariella.

Bussis bekam ich natürlich keine. Das hätte sie auch mal wagen sollen. Eine ordentliche Kopfnuss hätte ich ihr verpasst.

Oje, wirklich erschreckend, was diese Tussi für Aggressionen in mir weckte.

»Was macht ihr denn hier so ganz alleine?«, wandte sich Mariella wieder lächelnd an Jochen.

Alleine? Was sollte das denn heißen?

»Mandeln essen«, antwortete Jochen voll naiv und hielt Mariella die Tüte hin. »Magst du eine?«

»Vergiss es!« Ich fetzte Jochen die Tüte aus der Hand. So viel zum Thema Pärchentüte. Wenn Mariella da einmal ihre lila Krallen drin gehabt hätte, würde ich daraus keine einzige Mandel mehr essen.

Jochen starrte mich irritiert an. Vermutlich fand er mein Verhalten mal wieder übertrieben. Aber bei Mariella sah ich einfach rot! Das musste er doch langsam wissen.

»Macht nichts, Jochen«, sagte Mariella spitz, »soll Jette die doch alleine essen. Da ruiniert man sich ohnehin nur die Zähne mit. Ich bevorzuge sowieso Schokobananen«, fügte sie hinzu und steckte sich die Banane in den Mund.

»Schön für dich, dann mal guten Appetit. Wir müssen jetzt weiter.«

»Äh ja«, murmelte Jochen, »dann also bis Montag in der Schule.«

»Wieso denn so eilig?«, fragte Mariella zuckersüß. »Lasst uns doch noch was zusammen trinken.«

Raffte die denn nicht, dass wir nichts mit ihr zu tun haben wollten?

»Ja, also einen Punsch könnten wir ja … Was meinst du, Jette?« Jochen sah mich fragend an.

Wie bitte?? Ich war kurz davor, zu explodieren. Wenn ich nicht auf Mariella losgehen wollte, gab es nur eine Möglichkeit: »Macht doch, was ihr wollt. Ich bin weg.« Ich drehte mich schwungvoll um, machte drei hastige Schritte und knallte seitlich gegen einen Typen. Die große Mandeltüte flutschte mir dabei aus der Hand und flog hoch in die Luft. Kurz darauf ging ein Mandelregen auf uns nieder. Nein!! Meine köstlichen Mandeln!!

Der Typ riss geistesgegenwärtig den Mund auf und ließ sich zwei Mandeln direkt hineinfallen. »Cool!«, sagte er kauend. »Das nenn ich mal eine Begrüßung.«

Pitbull-Pit! Unser Klassenmacho! Nicht auch noch der! Hatten sich eigentlich alle gegen mich verschworen? War mir nicht mal ein romantischer Abend mit meinem Freund auf dem Weihnachtsmarkt vergönnt? Was hatte ich nur verbrochen??

Deprimiert sah ich hinab auf die rings um uns herum verstreuten Mandeln. Ich hatte doch erst so wenige gegessen. Hinter mir hörte ich das hysterische Lachen von Mariella. »Typisch Jette!«

Vor Wut und Frust schossen mir die Tränen in die Augen. Warum lief immer alles so furchtbar schief, wenn Mariella in der Nähe war? Aber hey, nicht auch noch das, rief ich mich zur Ordnung. Tränen bei Jette? Diese Genugtuung würde ich ihr nicht gönnen. Schnell zog ich ein Taschentuch aus meiner Jacke und tat so, als müsste ich mir die Nase putzen.

Dann atmete ich tief durch und pflaumte Pit an: »Bist du bescheuert? Kannst du nicht aufpassen, wo du hinrennst?«

»Das Kompliment kann ich nur zurückgeben«, erwiderte Pit mit einem dreisten Grinsen.

»Und wer bezahlt mir eine neue Tüte Mandeln?«, fauchte ich.

»Na, ich bestimmt nicht«, wehrte Pit ab. »Wenn du wie so 'ne Irre hier langfegst, musst du die Dinger eben besser festhalten.«

So, jetzt reichte es. Noch ein Wort von Pit oder Mariella und ich würde zu einem Feuer speienden Drachen mutieren.

»Jochen«, schrie ich, »wir gehen!!«

Jochen, der das Schauspiel irritiert betrachtet hatte, schien nun den Ernst der Lage zu begreifen. Er warf Mariella ein kurzes »Ciao« zu und kam zu mir.

»Hey, Schatz, alles klar?«, fragte er mit sanfter Stimme.

»Nein, nichts ist klar. Ich will jetzt endlich wieder mit dir alleine sein. Ich hab mich so auf den Abend gefreut.«

»Ich mich doch auch«, murmelte Jochen und zog mich zu einem Kuss an sich heran.

Hm…, er schmeckte noch nach Mandeln … so süß …

Als Jochen mich schließlich wieder losließ, hatte sich meine Laune schon deutlich gebessert. Darum ging ich Pit auch nicht direkt an die Gurgel, als er sagte: »Also Mandeln hole ich euch keine neuen. Aber ich spendiere 'ne Runde Punsch. Einverstanden?«

Und da ich eben Jochens Geld auf dem Boden verteilt hatte, protestierte ich auch nicht, als der eine Wiedergutmachung für angebracht hielt und erwiderte: »Das ist ein Wort. Einverstanden.«

Als ich mit Jochen Pit und seinen Kumpels zum Glühweinstand folgte, sagte ich: »Aber wir trinken nur ganz schnell ein Glas Punsch und setzen uns dann sofort wieder ab. Versprochen?«

Jochen nickte. »Versprochen.«

Natürlich hatte Pit auch Mariella und Gabi mitgeschleppt. Immer noch leicht genervt stand ich also mit den anderen um einen Stehtisch herum und wartete darauf, dass Pit und sein Kumpel Mops den Punsch anschleppten.

»Achtung!«, brüllte Pit und stellte vier dampfende Tassen vor uns hin. »Heiß und lecker!«

Mops stellte die restlichen Tassen dazu und jeder nahm sich eine.

»Prost!«, sagte Pit. »Zur Mitte, zur Titte, zum Sack, zack, zack!!« Vollhonk!!

Arglos pustete ich in mein Getränk und wunderte mich auch nicht über das merkwürdige Aroma, das aufstieg. Erst als ich den ersten Schluck im Mund hatte, begriff ich, was Sache war.

»Das ist ja gar kein Punsch! Das ist Glühwein!«

Mops kicherte. »Na klar. Glaubst du, wir gehen hierher, um Babygesöff zu trinken?«

»Wie seid ihr denn da drangekommen?«, fragte ich ehrlich verwundert. »Den dürfen sie doch gar nicht an euch verkaufen.«

»Gewusst wie«, erwiderte Mops und holte aus seiner Jackentasche mehrere kleine Fläschchen. »Jemand Bock auf Schuss?«

»Na klar«, flötete Mariella sofort. Krass. Was ging nur mit der ab? Früher war sie doch immer die brave Musterschülerin gewesen und jetzt ließ sie sich von unseren Klassenchaoten abfüllen?! Diese amerikanische Cousine musste ihr wirklich eine Gehirnwäsche verpasst haben. Gar kein guter Einfluss.

»Ist echter Jamaika-Rum«, protzte Mops. »Ein bisschen Karibikflair schadet nie.«

»Passt ja super zum deutschen Winter«, sagte ich und verdrehte die Augen.

»Auch 'nen Schuss, Haberland?«, fragte Pit und wandte sich an Jochen.

»Ähm … ich weiß nicht«, murmelte er.

Na, wenigstens der war noch normal.

Irrtum. Offenbar war er so froh, dass die Jungs ihn mal nicht auf dem Kieker hatten, dass er es sich nicht gleich wieder mit ihnen verderben wollte.

»Na ja, okay, pack mal was rein«, sagte Jochen.

Pit lachte und kippte fast den gesamten Inhalt des Mini-Fläschchens in Jochens Becher.

Wenn das mal nicht wieder ein hinterhältiger Akt war.

»Trink das bloß nicht alles aus«, flüsterte ich Jochen zu. »Die warten doch nur darauf, dass du dich peinlich machst.«

Mit Schrecken dachte ich an die riesige Schachtel Alkoholpralinen, die Jochen mir einmal mitgebracht hatte. Spuckend hatten wir über der Kloschüssel gehangen, nachdem wir die alle aufgefuttert hatten. Gar nicht mehr lecker und vergnüglich.

Ich beschloss, nur ein paarmal an dem Glühwein zu nippen und nach spätestens zehn Minuten die Flucht zu ergreifen. Inständig hoffte ich, dass Jochen das auch so sah.

Pit und seine Kumpels schienen nicht zum ersten Mal Glühwein mit Schuss zu trinken. Sie schütteten das Zeug in sich hinein, als wäre es Kirschsaft. Kein Wunder, dass die so dumpf waren. Leute, die eh nur dreieinhalb Gehirnzellen besaßen, sollten sich die nicht auch noch wegsaufen.

Auch Mariella schien es zu schmecken. Sie setzte den Becher kaum noch von den Lippen ab und kicherte in einem fort.

»Hey Haberland, nicht so lahm!«, stachelte Pit, mit einem Blick in Jochens halb volle Tasse. »Hau weg, den Scheiß!«

Bevor ich es verhindern konnte, nahm Jochen einen kräftigen Schluck.

»So ist's richtig!« Pit lachte. »Wird Zeit für 'ne zweite Runde.«

Er griff nach den Tassen seiner Kumpels und ging an die Theke.

Ich nippte noch einmal an meinem Glühwein und fragte dann: »Aufbruch?«

»Ja, gleich«, sagte Jochen. »Ich trink nur noch kurz aus.«

»Nein, du sollst das nicht alles austrinken. Sonst wird dir noch schlecht.«

»Quatsch« Jochen schüttelte den Kopf. »Was der Pitbull kann, kann ich schon lange.«

Jungs! Warum mussten die sich nur ständig beweisen?

»Genau, Jochen!«, mischte sich nun Mariella ein und mit einem zickigen Blick auf mich fügte sie hinzu: »Du brauchst wirklich keinen Babysitter.«

»Da wäre ich mir nicht so sicher!«, ertönte plötzlich eine tiefe Stimme. »Wenn ich mir das hier so angucke, dann habt ihr wohl alle einen Babysitter nötig.«

Erschrocken fuhren wir herum. Direkt neben uns standen unser Chemielehrer Mäusele und ... meine Mutter Holly!!

»Was machst du denn hier?«, rief ich entsetzt.

»Dasselbe kann ich dich fragen«, erwiderte Mam keineswegs freundlich. »Ist das etwa Alkohol?«

Angesichts Mariellas erneut einsetzenden Lachflashs und der leeren Mini-Rum-Fläschchen war leugnen zwecklos. Betreten schaute ich auf dem ganzen Tisch herum.

»Jette, ich dachte wirklich, ich könnte dir vertrauen!«

»Ist ja gut, Mam!« Musste sie mir ausgerechnet vor Mariella und den Jungs eine Szene machen? Das war ja megapeinlich!!

»Jochen, was hast du dir dabei gedacht?«, fragte Mäusele.

»Gar nichts ...«, stammelte Jochen. »Pit hat uns eingeladen. Wegen dem Mandelregen. Und na ja, Karibikflair ist doch ...«

Ganz klar, so wie Mäusele und meine Mutter Jochen anstarrten, hielten sie ihn für absolut betrunken.

»Ihr kommt jetzt sofort mit«, fauchte Mam. Und an die anderen gewandt fügte sie hinzu: »Und ihr geht besser auch direkt nach Hause. Sonst müssen wir eure Eltern informieren.«

Oh Mann, konnte sie nicht ein Mal vergessen, dass sie Lehrerin war?

In diesem Moment kam Pit mit vollen Tassen zurück. »Hey, Frau Krull, Herr Mäusele, schön einen Feierabendglühwein zischen? Gesellen Sie sich doch zu uns.«

Meine Mutter lief rot an. Ich wusste, was jetzt in ihr vorging. Explosionsgefahr!! Das Gefühl kannte ich selber nur zu gut.

»Die Party ist zu Ende«, sagte Mäusele bestimmt, und als er zum Handy griff und fragte: »Pit, wie ist die Telefonnummer deiner Mutter?«, verflog das breite Grinsen auf Pits Gesicht.

»Schon okay. Wir sind schon weg.«

»Spaßbremse«, murmelte Mops und bekam dafür Pits Ellenbogen in die Rippen. »Klappe, Alter!«

Die Jungs ließen den Glühwein auf dem Tisch zurück und suchten hastig das Weite.

»Hey Pit, warte!«, rief Mariella. Sie wollte ihm hinterherrennen, blieb allerdings schon beim zweiten Schritt mit ihrem High-Heel-Absatz in einer Ritze des Kopfsteinpflasters stecken und geriet ins Schwanken. Im Fallen griff sie nach irgendeinem Halt und erwischte … Jochen. Der versuchte noch, Mariella aufzufangen, wurde aber schließlich mit zu Boden gerissen. Na ja, nicht direkt. Erst mal fielen die beiden noch gegen einen kleinen Stand mit Weihnachtsglöckchen, der unter lautem Scheppern zusammenkrachte.

»Süßer die Glocken nie klingen«, sagte ich und konnte mir ein Grinsen nicht verkneifen, als die beiden sich umständlich wieder aufrappelten.

»Ach, du meine Güte«, rief meine Mutter erschrocken. »Mariella, ist alles in Ordnung?«

Mariella starrte zunächst verwirrt auf Jochen, dann auf die zerdepperten Glöckchen und begann schließlich wieder zu kichern.

»Was gibt's denn da zu lachen?«, rief entrüstet der Standbesitzer, der hektisch herbeigeeilt war. »Meine schönen Glocken!! Alle hinüber! Oje, oje ...«, jammerte er. »Moment mal«, fügte er dann wieder ganz Geschäftsmann hinzu. »Wer kommt denn jetzt für den Schaden auf?«

Da aus Mariella kein vernünftiges Wort herauszukriegen war, nahm sich Mäusele der Sache an.

»Kommen Sie«, sagte er zu dem Mann. »Wir besprechen das in Ruhe.«

»Hoffentlich haben Mariellas Eltern für sie eine gute Haftpflichtversicherung«, murmelte Mam. »Das dürfte nicht ganz billig werden. Und nun zu euch!«, sagte sie drohend und holte tief Luft.

Aber ich kam ihr zuvor. »Wir haben kaum was getrunken. Da guck, meine Tasse ist noch fast voll. Das ist alles nicht so, wie es aussieht. Wir müssen jetzt aber auch dringend weiter. Wir wollen unbedingt noch Zuckerwatte essen.«

Ich packte Jochen am Arm. »Bis später!«

»Bleibt gefälligst hier, wenn ich mit dir reden will!«, rief meine Mutter uns noch nach, aber wir waren längst in der Menge untergetaucht.

»Meinst du, das gibt noch Ärger?«, fragte Jochen zerknirscht.

»Ach was, vermutlich lassen sich Mam und Mäusele grade den Glühwein von Pit schmecken«, antwortete ich. »Da verfliegt der Ärger ganz von allein.«

Als wir uns lachend zum Ausgang kämpften, begann es plötzlich zu schneien. Dicke weiße Flocken fielen leise auf uns herab. Jochen und ich öffneten den Mund und versuchten, die Schneeflocken zu fangen. Haps!

»Ich hab eine!«

»Ich auch. Echt lecker!«, sagte Jochen. »Und viel besser als Mandelregen. Nicht so hart!«

Wir lachten. Und während sich langsam eine Schneeschicht auf unseren Haaren und Jacken bildete, versanken wir in einem zärtlichen Kuss.

SABINE BOTH

Weihnachten mit den Schröders

»Dieses Mal feiern wir anders«, erklärt Mama ein paar Tage vor Weihnachten. »Also im Sinne von Jesus.«

Ich zucke mit den Schultern. »Hä?«

»Na, der Pastor sagt doch immer, wir sollen uns besonders zu Weihnachten in Nächstenliebe üben. Klar, wir haben immer ein bisschen was gespendet die letzten Jahre. Aber das ist irgendwie so anonym. Und obendrein auch so bequem.«

»Worauf willst du hinaus, Mama?«

Mama atmet tief durch. Was auch immer sie von mir will, es scheint ihr selbst nicht leichtzufallen. »Papa und ich, also wir beide, wir haben da lange drüber gesprochen und wir dachten …«

»Ja?«

»Du kennst doch die Schröders von oben, oder?«

»Klar!« Wer kennt die nicht! Die sind ja nicht zu übersehen!

»Denen ist doch vor zwei Monaten der Vater, also der Ehemann …«

»Herr Schröder ist von ’nem Laster erwischt worden«, ergänze ich. »Mausetot.«

»Genau!« Mama seufzt. »Und seitdem fehlt da oben der Ernährer. Und die Frau Schröder, die hat wirklich echte Probleme. War ja vorher schon nicht einfach bei denen. Und jetzt … alleine die Kinder großziehen und, ich hab gehört, der Mann, der hat eine Menge Schulden hinterlassen, auf denen die arme Frau jetzt ganz alleine sitzt.«

»Und was hat das mit Weihnachten zu tun?«

»Mensch, Kati, jetzt stell dich doch nicht dümmer, als du bist!«

»Hä?« Ich stell mich nicht dumm, ich krieg nur keine vernünftigen Infos!

»Papa und ich, also wir alle, auch du, Kati, wir haben die Schröders eingeladen, mit uns Heiligabend zu feiern.«

Ich bin zu baff, um einen Ton rauszukriegen, und Mama nutzt das schamlos aus, um Argumente vorzubringen. »Stell dir vor, Papa wäre … Wie traurig muss das sein. Immer dieser leere Platz am Tisch. Und dann kein Geld. Ich meine, stell dir vor, du könntest dir gar nichts wünschen. Und all deine Geschwister auch nicht. Angenommen, du hättest welche. Und es gäbe auch keinen Truthahn, sondern irgendwas aus der Dose. Und keine Süßigkeiten.«

Jetzt habe ich meine Stimme doch noch wiedergefunden und nutze sie für das schlagendste aller Gegenargumente. »Die Schröders haben acht Kinder, Mama! Acht!«

Mama nickt. »Ich hab schon Stühle organisiert. Wir rutschen zusammen. Das wird bestimmt lustig. Mal was ganz anderes. Oder, Kati?«

»Oder nicht!«, motzte ich, kann echt nicht fassen, dass man mich so vor vollendete Tatsachen stellt, und verlasse Türe knallend die Wohnung.

Ich stapfe durchs Treppenhaus und koche vor Wut. Was soll das denn, bitte schön, für ein Weihnachten werden? Unsere Wohnung ist nur achtzig Quadratmeter groß! Wo soll der Baum stehen, wenn alles voller Schröders ist? Und überhaupt! Wie soll Stimmung aufkommen, wenn Schröder eins bis drei den ganzen Abend plärren, Schröder vier bis sechs die Deko vom Baum reißen, Schröder sieben sich ins Klo verzieht, um die pinken Lippen nachzuziehen, und Schröder acht …

Ach du Scheiße! Ausgerechnet! Schröder acht kommt mir auf der Treppe entgegen. Er pfeift irgendwas vor sich hin, aber als er mich entdeckt, bleibt ihm die Melodie im Hals stecken. Er mustert mich von unten, ich mustere ihn von oben, beide mit eingefrorenen Mienen. Ich kann es ihm ansehen, wie er es wahrscheinlich auch mir vom Gesicht ablesen kann: keine Lust auf diese Feier!

»Tach!«, knurrt er.

»Tach!«, knurre auch ich, dann sind wir endlich aneinander vorbei.

Was um alles in der Welt soll das für ein Weihnachten werden, wenn Schröder acht mit einer Miene dasitzt, als würde er den ganzen Heiligen Abend am liebsten in die Luft sprengen?

»Deine Eltern haben echt eine Schraube locker!« Pia nippt an ihrem Milchkaffee, taxiert mit einem Seitenblick die Jungs am Nebentisch und ist trotz aller Ablenkung ganz meiner Meinung. »Die Schröders, das sind doch die … Hartz IV, oder?«

Ich nicke.

»Die älteste Tochter, die sehe ich immer an der Bushaltestelle. Die hängt mit diesen Terrorweibern aus der Hauptschule ab. Voll Flittchen, wenn du mich fragst. Sonnenstudio und schwarz gefärbte Haare und …«

»Ich weiß!«

»Und die ganzen Kleinen, das sind doch die, die immer

auf dem Spielplatz bei euch vor'm Haus rumkrakeelen. Wie viele sind das, unzählige, oder?«

»Sechs kleine Schröders, und dann noch zwei große.«

»Ich hab mal gehört, die sind alle von anderen Vätern.«

»Die Großen von einem, die Mittleren von einem anderen und die drei Jüngsten von Herrn Schröder, Gott hab ihn selig.«

»War da nicht mal die Supernanny?«

»Nee, das Jugendamt.«

Pia schüttelt mitleidig den Kopf. »Und der hat wirklich geguckt, als wollte er Hackfleisch aus dir machen?«

»Jedenfalls alles andere als dankbar.«

»Bestimmt hat der keinen Bock, weil er sich wie ein Sozialfall fühlt, wenn deine Eltern so ein Ding draus machen. Der fühlt sich bestimmt von oben herab behandelt.«

Ich nicke. »Die Vorstellung, die Schröders würden uns zu Weihnachten einladen und ich müsste auch noch dankbar gucken! Horror!«

»Deine Eltern sind echt nicht ganz dicht!«

»Du sagst es! Und was mache ich jetzt bitte schön?«

Die Jungs vom Nachbartisch haben bezahlt und ziehen sich ihre Jacken an, um zu gehen. Pia fängt sofort an, ihr Programm abzuspulen. Haare aus dem Gesicht streichen, Augenlider klimpern lassen, so am Milchkaffee nippen, als würde sie Kuss-Trockenübung machen. Die Jungs allerdings nehmen nicht die geringste Notiz von ihr. Glück für mich. Jetzt habe ich Pias ungeteilte Aufmerksamkeit.

»Vielleicht kannst du bei uns feiern«, schlägt sie vor.

»Vergiss es! Da machen meine Eltern nicht mit. Was sollen denn die Schröders denken, wenn einer von uns sich vom Acker gemacht hat. Als wenn sie nicht willkommen wären.«

»Sind sie nicht!«

»Ja, aber das sollen die ja nicht wissen!« Ich seufze. »Ich will mein Weihnachten zurück. Ich will alles so wie immer. Ich will das einzige Kind unterm Tannenbaum sein.«

»Kind?«

»Weihnachten schon!«

Pia drückt aufmunternd meine Hand. »Augen zu und durch«, rät sie, gibt mir ein Küsschen auf die Wange und verschwindet, wie immer, ohne ihren Milchkaffee zu zahlen, zum Weihnachtsshopping mit Muttern.

Heiligabend Morgen. Schon beim Aufstehen merke ich, dass dieser nicht wie alle anderen ist. Zwar hat Mama die »Wir freuen uns auf's Christkind«-CD eingelegt und durch die Türritze dringt der Duft von Kaminfeuer-Tee in mein Zimmer, aber trotzdem schwingt etwas in der Stimmung, das da nicht hingehört. Anspannung! Um nicht zu sagen, nackte Panik!

»Frohe Weihnachten«, flötet Mama viel zu laut, als ich ins Wohnzimmer geschlurft komme.

Und Papa klappert mit dem Löffel in der Teetasse, als könnte er damit alle bösen Geister aus dem Zimmer scheuchen.

Ich beschließe, den verlogenen Mist nicht mitzumachen, und frage gradeheraus: »Um wie viel Uhr kommen die Schröders denn?«

»Um fünf«, sagt Mama knapp und zeigt endlich ihr wahres Gesicht. »Und bis dahin haben wir noch schrecklich viel zu tun!«

So was dachte ich mir schon! Es wird nichts aus dem traditionellen gemeinsamen Großeinkauf im Supermarkt. Es wird nichts aus dem gewohnten Drei-Haselnüsse-für-Aschenbrödel-Gucken mit Stollen und Kerzenschein. Es wird nicht mal was aus dem Kirchgang.

»Heute müssen wir alles ganz strikt organisieren und Aufgaben verteilen«, erklärt Mama. »Wenn der Baum geschmückt ist, dann fährt Papa die Stühle abholen und die Geschenke besorgen.«

»Geschenke?«

»Die Kinder müssen doch was geschenkt bekommen«, findet Mama und organisiert gleich weiter: »Kati und ich holen den Campingtisch aus dem Keller. Und Katis Schreibtisch. Das müsste reichen.«

Ich schaue mich skeptisch im Zimmer um. »Wo soll das alles stehen?«

»Wir räumen die Couch in dein Zimmer und die Sessel ins Schlafzimmer. Und der Baum, der muss mehr in die Ecke. Wolfgang, schneid doch hinten was ab, damit es passt!«

»Ihr wollt den Baum zerstückeln wegen den Schröders?«, motze ich.

Aber es nützt nichts. Papa schneidet die arme Fichte in Eckenform, und als wir gerade mal die Hälfte des Baumschmucks dranhaben, findet Mama, dass es reicht. Die Zeit drängt!

Papa macht sich auf zum Stühleholen und Mama und ich wuchten die schweren Wohnzimmermöbel durch die Gegend.

»Jetzt mach doch nicht so ein Gesicht!«, wird mir bei alledem auch noch geraten.

Also mache ich erst recht so ein Gesicht!

»Ich hab dir eine Liste geschrieben!« Mama drückt mir ihren Großmutter-Einkaufstrolley in die Hand und hält mir ein vollgeschriebenes Blatt Papier hin. »Nimm auch noch den Rucksack mit, sonst kriegst du nicht alles rein. Ich kann nicht mitkommen, ich muss die Truthähne stopfen.«

»Hähne?«

»Drei Stück. Ich hoffe, das reicht.«

Ich verdrehe die Augen. Mama tut echt so, als hätten die Schröders seit Wochen nichts mehr gegessen.

»Das ist Kinderarbeit. Das ist strafbar!«, beschwere ich mich, mache mich dann aber doch auf den Weg zum Supermarkt.

Besser, als in dieser Vorhölle hier zu schmoren.

»Ahhhhh!« Ein Kreischen von der Wursttheke.

Pia lässt ihre Mutter stehen und rennt auf mich zu. Wir drücken uns, wünschen uns schöne Weihnachten und freuen uns über den Zufall.

»Mama, ich treffe dich an der Kasse!«, ruft Pia und macht sich mit mir auf den Weg durch die Regale.

Maronen. Rotwein. Weihnachtsmänner. Zuckerkringel. Klopapier. Feldsalat. Leipziger Allerlei. Soßenbinder. Tampons. Apfelsaft. Kerzen …

Wir häufen den Wagen voll. »Fehlt nur noch was zu knabbern«, erklärt Pia mit einem letzten Blick auf die Liste.

Also steuern wir den Wagen Richtung Chipsabteilung. Ich nehme die Kurve schwungvoll und …

»Aua!« Ausgerechnet! Schröder acht ist schwer getroffen und reibt sich das Schienbein.

»Ups. Sorry!«

Als er erkennt, wer ihn da angefahren hat, wird seine Miene noch finsterer. »Tach!«

»Tach!«

Unsere Gespräche verlaufen irgendwie in immer gleichen Bahnen! Und weil Weihnachten ist und weil wir schon in wenigen Stunden zusammen unterm Tannenbaum hocken müssen, entscheide ich, die Konversation ein bisschen anzukurbeln. »Was kaufste?«

»Chips.«

»Für heut Abend?«

Er knurrt und ich deute das als Ja.

»Dann brauche ich ja keine zu kaufen«, sage ich so enthusiastisch, als würde mir eine schwere Last von den Schultern genommen.

Noch ein Knurren. Er tippt sich an den nicht vorhandenen Hut und macht sich vom Acker.

»Das war er!«, seufze ich Richtung Pia. »Schröder acht.«

»Mein Gott, du Arme!«, sagt Pia mitleidtriefend. »Das Beste ist, wenn du dieses Weihnachten einfach abschreibst. Es kommen noch so viele Weihnachten. Da kommt es auf eins mehr oder weniger nicht an!«

»Hast du auch alles?!« Mama wühlt in den Einkäufen rum.

»Ja!«

»Du hast keine Chips!«

»Die bringen die Schröders mit!«

»Wie nett!«

Ich verdrehe die Augen und mache, dass ich zu Papa ins Wohnzimmer komme. Aber da ist es auch nicht besser. Papa sitzt in einem Haufen von Tüten und Geschenkpapier, wedelt mit einer Liste und fleht um Hilfe.

»Hier stehen alle Schröders drauf. Mit Name und Alter. Mama hat mir gesagt, was ich kaufen soll, aber nicht, wer was bekommt!«

»Und was ist das?« Ich deute auf eine Tüte, aus der verdächtig ein weißer Bart und roter Samt hervorblitzen.

»Das ist ein Weihnachtsmannkostüm«, sagt Papa betreten. »Es ist mir ein bisschen eng um den Bauch rum.«

Ich fasse es nicht! »Du willst doch nicht etwa …?«

»Mama hat gesagt, das wäre nett«, verteidigt sich Papa. »Weil die Schröderkinder doch so viel Schlimmes durchgemacht haben.«

»Drum musst du ihnen ja nicht noch ein Trauma verpassen«, knurre ich und widme mich dann Papas Einkäufen.

Einen Gutschein für einen Wellnesstag. »Frau Schröder.«

Papa ist dankbar und kritzelt sofort ein passendes Namenskärtchen.

Eine scheußliche Spieluhr mit Mondgesicht. »Für Schröder eins. Kevin.« Zwei Puppen, eine blond, eine braunhaarig. »Für zwei und drei. Chantal und Jennifer.« Ein Gesellschaftsspiel mit rosa Feen. »Nummer vier. Michelle.« Einen Roboter, der sprechen und laufen kann. »Nummer fünf. Dennis.« Ein Gesellschaftsspiel, bei dem man Länder erobern muss. »Nummer sechs. Pascal.« Ein Schminkköfferchen in schreiend Pink. »Ganz klar. Nummer sieben. Pamela.«

Ich öffne die letzte Tüte und werfe Papa einen entsetzten Blick zu. »Ein Bausatz für ein Modellflugzeug?«

Papa nickt erfreut. »Den hab ich mir in dem Alter immer gewünscht!«

»Aber Schröder acht ist nicht so, wie du in seinem Alter warst! Der ist … cool!«

»Und Coole bauen keine Flugzeuge?«, fragt Papa treudoof.

»Nein!« Allein die Vorstellung, dass Schröder acht dieses Flugzeugteil auspackt und sein Mörderblick auf Amoklauf schaltet, lässt mir einen kalten Schauer über den Rücken laufen.

»Hm …« Papa wirft dem Bausatz einen zärtlichen Blick zu

und zuckt mit den Schultern. »Die Geschäfte haben zu! Und was machen wir jetzt?«

»Jetzt muss ich das wohl in die Hand nehmen!«, erkläre ich, ziehe mit geübtem Blick genau das bereits eingepackte Geschenk unter dem Baum hervor, das ich brauche, und erkläre: »Das ist ein MP3-Player. Den kannst du für Schröder acht einpacken!«

»Deinen MP3-Player? Den hast du dir doch so gewünscht!«

»Tja! So viel zum Thema Nächstenliebe«, erkläre ich, nehme mir eine Rolle Geschenkpapier, packe den Flugzeug-Bausatz ein und kritzele auf das Geschenkkärtchen Papas Namen.

Fünf vor fünf. Mama hyperventiliert und Papa versucht, sie zu beruhigen.

»Ist der Wein kalt gestellt?«

»Ja!«

»Sind die süßen Teller fertig?«

»Ja!«

»Hast du die Nana-Mouskouri-CD eingelegt?«

»Ja!

»Sitzt meine Frisur?«

»Boah, Mama«, mische ich mich ein. »Es ist nicht der Papst. Es sind nur die Schröders von oben!«

Im selben Moment geht auch schon die Klingel.

»Pünktlich sind sie ja«, sagt Mama, als hätte sie nicht damit gerechnet, und wirft Papa einen Blick zu, der so viel sagt wie: Lass uns über den Balkon nach draußen fliehen.

Zu spät!

Ich öffne die Tür und da stehen sie. Die Schröders, herausgeputzt in ihren feinsten Sachen. Mit erstaunlich frisch gewaschenen Haaren und einem schiefen Grinsen auf den Mündern. Wie die sieben Zwerge der Größe nach geordnet treten die Schröderkinder hinter ihrer Mutter in den Flur. Nur einer fehlt. Schröder acht.

»Da bist du ja, du Arme!« Pia sitzt schon an unserem Stammplatz im Café. Zwei dampfende Milchkaffees stehen auf dem Tisch und weit und breit sind keine Jungs zu sehen, die mir Pias ungeteilte Aufmerksamkeit rauben könnten. »War's sehr schlimm?«

Ich nicke theatralisch und ernte eine zärtliche Umarmung.

Pia zieht mich auf den Stuhl und schiebt mir die Tasse vor die Nase. »Erzähl!«

»Es war schrecklich steif und unangenehm, als wir uns alle mit unserem Begrüßungstrunk im Wohnzimmer vor dem Baum versammelt haben. Also, alle außer Papa, der sich verdrückt hatte, um sein Weihnachtsmannkostüm anzuziehen. Und außer Schröder acht.«

»Der ist nicht mitgekommen?«

»Der boykottiert die Nummer hier, hab ich gedacht. Der findet mich, uns alle, so blöd, dass er einfach allein zu Hause geblieben ist. Oder bei einem Kumpel abhängt.«

Pia schüttelt ungläubig den Kopf. »Also keine Spur von Dankbarkeit!«

Ich verkneife mir ein Grinsen und nicke. »Es war viel zu eng im Wohnzimmer, weil ja alles voller Tische stand. Und Mama hat Konversation gemacht, so Marke: Schade, dass wir keine weiße Weihnacht haben. Nur dieses Glatteis, auch heute Abend wieder. Vorhin, da ist auf der Straße ein LKW ins Schleudern geraten … Oh, ähm, also, wie gefällt Ihnen der Baum?«

»Voll Fettnäpfchen!«

»Du sagst es. Und der LKW war nicht das einzige. Frau Schröder hat aber alles mit einem Lächeln über sich ergehen lassen. Und Mama hat sich irgendwann lieber an die Kinder gehalten. Und, was habt ihr heute schon Schönes gemacht? Wir haben *Drei Haselnüsse für Aschenbrödel* geguckt, hat Schröder sechs gesagt, wie jedes Jahr. Ich hätte kotzen können!«

»Das ist doch deine Tradition!«

»Du sagst es. Aber ich musste wegen den Schröders verzichten. Genau wie auf das vorm Weihnachtsbaum auf dem Boden sitzen. Wie gesagt, kein Platz vor lauter Schröders. Und auf einen Schluck echten Sekt. Diesmal nicht, was sollen denn die Schröders denken.«

»Echte Scheiße!«

»Und dann hat es an der Wohnzimmertür geklopft, und als Mama völlig übertrieben überrascht aufgemacht hat, stand da Papa in seinem viel zu engen Weihnachtsmannkostüm und einem voll bepackten Sack auf den Schultern und hat Hohoho gemacht. Schröder eins bis drei haben angefangen zu kreischen und im selben Moment hat es an der Wohnungstür geklingelt.«

»Wer kam denn noch?«

»Der Weihnachtsmann!«

»Noch einer?«

»Du sagst es! Ein ziemlich abgefahrener in einem rostroten Bademantel, mit Müllsack auf den Schultern und einer ganzen Packung Watte im Gesicht, so viel, dass man nur noch die Nasenspitze sehen konnte. Papa wäre beinahe der spärliche Bart verrutscht vor lauter Schreck und Mama hat angefangen zu stammeln, oh, der Weihnachtsmann hat seinen Kollegen, den Knecht Ruprecht, mitgebracht. Hat aber nichts genützt. Schröder eins bis drei haben sich hinter ihrer Mutter versteckt und Schröder vier bis sieben haben sich kaputtgelacht.«

»Und was haben die beiden Weihnachtsmänner getan?«

»Die haben sich die Hände geschüttelt und Teamwork gemacht. Papa hat eine Rede gehalten und der andere Weihnachtsmann hat die kleinen Schröders mit Dominosteinen hervorgelockt. Und dann haben sie abwechselnd in ihre Säcke gegriffen und haben Geschenke verteilt. Die Geschenke, die Papa besorgt hatte, sind ziemlich gut angekommen bei den Schröders. Und die Geschenke von dem anderen Weihnachtsmann ...«

»Ja?« Pia hat die Augen aufgerissen vor Neugierde.

»Die waren alle selbst gebastelt«, erkläre ich und muss, als ich an die Kastanienmännchen, Glitzersterne und Salzteigfiguren denke, die die Schröderkinder sich gegenseitig und auch uns gebastelt hatten, doch noch in mich hineinschmunzeln. »Guck mal, das hat der Weihnachtsmann mir mitgebracht«, sage ich und ziehe etwas aus meinem Rucksack.

»Was soll das sein?«

»Ein Namensschild für meine Tür, das sieht man doch!« Ich schiebe es Pia unter die Nase. »Ein Herz. Aus Salzteig. Total schön bemalt. Das war richtig viel Arbeit.«

»Hm.« Pia ist nicht so begeistert wie ich. »Ich dachte, du bekommst einen MP3-Player.«

»Den hat jemand anders bekommen.«

»Wer denn?«

»Der Weihnachtsmann!«

»Hä?«Pia rafft nur noch Bahnhof.

»Kaum hatten sich die Weihnachtsmänner verabschiedet,

klingelte es wieder an der Tür und Papa und Schröder acht traten ein.«

»Schröder acht war der zweite Weihnachtsmann?«, fragt Pia fassungslos.

»Du sagst es!«

Mein Grinsen ist jetzt so riesig, dass Pia misstrauisch wird. »Es war gar kein beschissenes Weihnachten, oder?«

»Nicht die Bohne!«, platze ich mit der Wahrheit heraus. »Es war total schön!«

Und dann erzähle ich alles ganz genau. Wie wir nach dem Essen alle Stühle und Tische weggeräumt und uns auf den Boden vor den Baum gesetzt haben. Wie die sechs kleinen Schröders ein total niedliches Krippenspiel aufgeführt haben und Schröder sieben sich den Lippenstift vom Mund gekratzt und eine Blockflöte hervorgeholt hat. Wie wir alle mitgesungen haben, die Weihnachtslieder rauf und runter. Wie Frau Schröder »Stille Nacht, Heilige Nacht« als Solo gesungen hat, Gospelsängerin-mäßig. Wie Mama die Tränen gekommen sind, weil »Stille Nacht, heilige Nacht« Opas Lieblingslied gewesen ist. Wie dann alle ein paar Tränen verdrückt haben und zusammen an die gedacht haben, die leider nur noch vom Himmel aus mitfeiern können. Herrn Schröder, Opa, Tante Lilli und mein Meerschweinchen Trixi.

»Krass!«

»Ja, irgendwie schon. Weißt du, eigentlich haben wir gedacht, wir tun den Schröders einen Gefallen, weil wir mehr Kohle haben und so. Aber am Ende war es fast ein bisschen umgekehrt. Die Schröders, die können echt Weihnachten feiern, auch ohne Kohle!«

Pia runzelt die Stirn. Sie ist nicht überzeugt.

»Schröder acht hat sich riesig über den MP3-Player gefreut, aber ich hab mich irgendwie noch mehr über das Namensschild gefreut, das er mir gebastelt hat«, erkläre ich. »Da steckte so wahnsinning viel Arbeit drin und …«

»Er bastelt?«, unterbricht mich Pia kopfschüttelnd. »Wie uncool!«

»Ja!«, gebe ich ihr aus vollstem Herzen recht. »Er ist überhaupt nicht cool. Er hat total Spaß dran gehabt, mit Papa an dem Flugzeugbausatz zu frickeln. Er ist irgendwie gar nicht so, wie ich gedacht habe. Er ist … er ist … total süß!«

Pia zieht die Augenbrauen hoch. »Süß?«

Ich merke, wie ich rot anlaufe, doch bevor Pia nachhaken kann, geht die Tür vom Café auf und mit einem kalten Windstoß kommt Schröder acht in den Raum geweht.

Ich winke und er steuert auf uns zu.

»Darf ich vorstellen«, sage ich, »meine beste Freundin Pia. Mein Nachbar Schröder a … ähm … Andreas.«

CHANTAL SCHREIBER

August bis Dezember

24. August

»Ich hab den Verdacht, dass ich ziemlich bescheuert aussehe!«

Maxi warf einen Blick zurück und verbiss sich ein Grinsen. Tatsächlich waren Vics Beine ein bisschen lang, aber der gutmütige, kleine Ringo war nun mal ideal für einen Nicht-Reiter. Maxi saß auf Katinka, dem Pferd von Vics Schwester. Es war erst der dritte Ausritt der Tinkerstute seit der Geburt ihres Fohlens und Maxi hatte Carolin versprechen müssen, nur Schritt zu gehen und Fohlen Rocket als Handpferd mitzunehmen. Er stakste auf seinen langen Beinen zufrieden neben Mama Katinka her.

»Du kannst überhaupt nicht bescheuert aussehen!«, sagte Maxi und strahlte ihren Freund an. Ihren Freund. Seit gut einem Monat waren sie nun zusammen. Oder eigentlich schon länger, aber ein Monat war es seit dem ersten Kuss. Und natürlich stimmte es: Vic mit seinen dunklen Haaren und strahlend blauen Augen sah einfach immer gut aus. Obwohl er tatsächlich auf dem Fußballrasen etwas souveräner wirkte als jetzt gerade.

»Du musst echt verknallt sein«, grinste Vic. »Oder du lügst überzeugend!«

»Ich lüge«, erklärte Maxi. »Verknallt kann ich nicht mehr

sein, nach viereinhalb Wochen Beziehungsalltag. Man weiß ja, wie das läuft …«

Vics Grinsen wurde breiter. »Verstehe«, antwortete er und duckte sich in letzter Sekunde unter einem Ast durch. »Erinnerst du mich noch mal, warum wir das hier machen?«

»Na, weil es so romantisch ist, natürlich!«

»Also, das Gefühl, das ich von diesem Sattel kriege, ist alles andere als romantisch!«

»Sei ein Mann und hör auf zu jammern!«

»Ich kann aufhören zu jammern, aber ob ich noch ein Mann bin, wenn ich absteige …«

»Wir sind schon da!« Maxi saß ab und führte Katinka und Rocket ein Stück durchs Dickicht auf eine kleine Lichtung. Vic folgte ihr und sie band alle drei Pferde mit ganz langem Strick an einem Ast fest, damit sie bequem grasen konnten. Sie hatte den Platz eine Woche zuvor entdeckt und sofort gewusst, dass das die ideale Location war, um Vic sein Weihnachtsgeschenk zu geben. Und es war auch der ideale Tag – immerhin war heute der Vierundzwanzigste.

Sie futterten Käsebrote, tranken Limonade und streckten sich dann auf der Picknickdecke aus, die Maxi mitgebracht hatte.

»Also der Teil gefällt mir!«, sagte Vic und zog Maxi an sich heran. Sie musste lachen. Eben hatte auch Islandpferd Ringo mit seiner Nase Katinka angestupst, als wollte er etwas Ähnliches sagen. Es war so idyllisch – der perfekte Moment.

»Ich hab was für dich!«, sagte sie und nahm das Geschenk aus ihrem Rucksack.

»Echt?« Überrascht setzte Vic sich auf. Seine Augenbrauen wanderten nach oben, als er das Päckchen sah. »Da sind Rentiere und Weihnachtsmänner auf dem Papier!«

»Genau«, sagte Maxi. »Es ist ja auch dein Weihnachtsgeschenk!«

»Sind wir durch ein Zeitloch gefallen? Als ich das letzte Mal in den Kalender gesehen habe, war Weihnachten nämlich noch vier Monate entfernt!«

»Ja, aber vier Monate sind lang und man weiß doch nie, was passiert.«

Vic starrte sie ungläubig an. »Und Geburtstag hast du erst im Februar«, fuhr sie hastig fort. »Wenn ich dir also was schenken will …«

»Moment«, unterbrach Vic sie. »Nur damit ich das richtig verstehe: Du willst mir jetzt mein Weihnachtsgeschenk geben, weil du denkst, dass wir vielleicht zu Weihnachten nicht mehr zusammen sind?«

»So ähnlich«, murmelte Maxi. Wenn er das so sagte, hörte es sich auf einmal gar nicht mehr romantisch an. »Ich meine, ich hoffe natürlich, dass wir noch zusammen sind, aber …«

»Pack das ganz schnell wieder weg!«

»Wie bitte?«

»Das Weihnachtsgeschenk! Pack's wieder in deinen Rucksack, tu's zu Hause in den Schrank und zu Weihnachten schenkst du's mir. Keinen Tag früher.«

»Aber ich …«

»Keine Widerrede. Sonst werde ich noch sauer! Klar sind wir zu Weihnachten noch zusammen!«

»Sicher?« Es hatte fast dreißig Grad, aber Maxi war auf einmal ganz weihnachtlich zumute, als Vic das so sagte, mit dieser Selbstverständlichkeit.

»Sicher.« Er drehte eine von Maxis blonden Korkenzieher-Haarsträhnen um seinen Finger. »Doofe Nuss«, murmelte er, bevor er sie küsste.

»Ich könnt's dir einfach so schenken!«, machte Maxi ein paar Küsse später noch einen Versuch. Sie hatte sich schließlich schon drauf gefreut, dass er es auspacken würde: Es war ein Vic-blaues T-Shirt (sie war verdammt stolz drauf, ein Shirt genau in der Farbe seiner Augen gefunden zu haben) mit dem Aufdruck »BALLKÖNIG« – natürlich bezog sich das auf seine super Leistung im Finale der Schülermeisterschaften einige Wochen zuvor, am schicksalsträchtigen Tag ihres ersten Kusses. Aber außerdem war es witzig, weil sie selbst ein Shirt mit dem Aufdruck »BALLKÖNIGIN« besaß.

»Das geht nicht«, erklärte Vic. »Weil's in Weihnachtspapier eingepackt ist.«

»Ich könnte es ja auspacken.«

»Weihnachtsgeschenke darf man aber erst zu Weihnachten auspacken.«

»Du kannst ganz schön stur sein, weißt du das?«

Er zuckte mit den Schultern. »Nun hast du mich am Hals. Pech für dich.«

»Bis Weihnachten«, meinte Maxi und lachte.

»Mindestens«, antwortete Vic und fügte hinzu: »Wenigstens musst du im Dezember nicht mehr nachdenken, was du mir schenkst!«

24. Dezember, 10 h vormittags

»Mama!«, brüllte Maxi verzweifelt. »Hast du meinen Schrank ausgemistet?«

»Würde ich nie wagen«, kam die Antwort von Maxis Zimmertür. Stella war gerade mit einem Karton voller Weihnachtsschmuck unterwegs nach unten. »Ich weiß doch, wie wichtig es ist, alle T-Shirts aufzuheben, bis sie von selbst zerfallen.«

Tatsächlich hatte Maxi gewisse Schwierigkeiten damit, sich von ihren alten Sachen zu trennen – im Schrank stapelten sich Kleidungsstücke, die sie schon ewig nicht mehr getragen hatte. Na ja, »stapeln« war eigentlich nicht das richtige Wort. Der Schrank war mehr so was wie eine überdimensionale Wühlkiste. Stella hatte ihre Tochter seit Wochen gebeten, auszumisten.

»Ich finde Vics Päckchen nicht«, seufzte Maxi. »Du weißt schon, das Weihnachtsgeschenk. Ich wollte es nachher Carolin mitgeben, damit er es heute Abend hat. Und ich weiß genau, dass ich es damals in den Schrank getan habe.«

Stella zog die Augenbrauen hoch. »›In den Schrank‹ ist eine geografisch sehr ungenaue Angabe«, erklärte sie. »Etwa so, als würde ich sagen ›in den Ozean‹ oder ›in die Wüste‹ oder …«

»Ja ja, ich hab's kapiert«, knurrte Maxi. »Ich werde den Schrank ausmisten.«

»Danke!«, rief Stella melodramatisch. »Mein Flehen wurde erhört! Die Altkleidersäcke sind in der Küche.«

Maxi sah auf die Uhr. Ihre Freundin Lara, die die Weihnachtsferien bei ihr auf dem Hof verbrachte, war mit Nick, Maxis Vater, ins Einkaufszentrum gefahren, um noch ein paar Kleinigkeiten zu besorgen. Die beiden würden zu Mittag zurück sein und bis dahin musste Maxi ihren Schrank aus- und wieder einräumen und all ihre Weihnachtspäckchen machen. Am Nachmittag hatten Carolin und sie eine Probe für ihre lang geplante Silvester-Reitshow angesetzt und danach war gerade noch Zeit, um Stella zu helfen und sich umzuziehen, bevor es losging.

Verdammt dichtes Programm, Maxi musste sich ranhalten. Sie begann mit den obersten Fächern des Schranks und arbeitete sich systematisch nach unten. Der Altkleidersack füllte sich so schnell, dass Maxi nach unten gehen musste, um einen zweiten zu holen.

»Ich fahr schnell ins Dorf, den Meisingers frohe Weihnachten wünschen«, sagte Stella und nahm eine kleine Papiertragetasche und eine weihnachtlich verpackte Flasche Wein vom Küchentisch. »Bist du schon fertig?«

»Noch nicht«, seufzte Maxi. »Dieser Schrank ist heimlich gewachsen.«

»Armes Kind«, meinte Stella mit einem gar nicht mitfühlenden Grinsen.

Maxi knurrte nur höchst unweihnachtlich und machte sich mit dem zweiten Altkleidersack wieder auf den Weg nach oben.

Schließlich wurde sie doch fertig – der Schrank war ein Musterbeispiel an Ordnung, das Chaos einem ausgeklügelten System nach Farben und Tragefrequenz gewichen. Sie hatte ihre alten Cheerleader-Poms wiedergefunden, einen Riesen-Lolli in Herzform, den Vic ihr auf einem Jahrmarkt gekauft hatte, und Stellas schwarzen Kaschmirpulli. Maxi war sich ganz sicher gewesen, ihn Stella zurückgegeben zu haben und hatte ihrer Mutter das auch mehrfach hoch und heilig geschworen. Ganz schön peinlich. Was sie nicht gefunden hatte, war Vics Weihnachtsgeschenk. Zwischen den vielen Programmpunkten des Tages schaffte Maxi es noch, die Altpapiertonne zu durchwühlen und in der Vorratskammer und den Schuhschränken nachzusehen – nur zur Sicherheit. Aber das Päckchen blieb verschwunden.

Verdammt! Nun war es zu spät, etwas zu besorgen, und morgen würde sie Vic sagen müssen, dass sie sein Weihnachtsgeschenk verlegt oder verloren hatte. Da fiel Maxi zum ersten Mal auf, dass Vic ihr ebenfalls nichts geschenkt hatte – noch nicht, jedenfalls. Weder er noch sie hatten seit dem 24. August ein Wort über das verfrühte Päckchen verloren. Vielleicht hatte er es ganz vergessen und dachte, sie würden sich gar nichts schenken? Bei dem Gedanken stieg eine gewisse Enttäuschung in ihr hoch.

»Zicke«, schimpfte sie mit sich selbst. »Auf die Geschenke kommt es nicht an, das weiß doch jeder!« Aber dennoch, zu Weihnachten so eine klitzekleine Kleinigkeit von ihrem Freund zu kriegen … das hätte schon was.

Stella war in der Küche und garnierte gerade den schwedischen Rote-Rüben-Salat, den es bei den Klausers traditionell zu Weihnachten gab. Sie trug den schwarzen Kaschmirpulli, den Maxi ihr ein paar Stunden zuvor reumütig zurückgegeben hatte.

»Oh, übrigens«, sagte Stella. »Dein Päckchen liegt unter Vics Baum. Hab's hingebracht.«

»Du … du hast es gefunden?«, fragte Maxi verblüfft.

»Oh, ja. Hab ich's nicht erwähnt?« Stella strahlte ihre Tochter an. »Hier unten, in der Truhe. Mir ist eingefallen, dass du es irgendwann Lara gezeigt hast. Danach hast du es wieder eingepackt und auf dem Sofa liegen lassen. Ich hab's in die Truhe getan, damit es gut aufgehoben ist.«

»Nein, das hast du nicht erwähnt«, sagte Maxi misstrauisch. »Wann genau ist dir das denn eingefallen?«

»Oh, so etwa zwei Minuten nachdem du mir gesagt hast, dass du Vics Geschenk nicht finden kannst.«

»Zwei Minuten???« Maxi war fassungslos. »Aber … aber ich hab stundenlang meinen Schrank umgeräumt!«

»Ja, und das Ergebnis kann sich sehen lassen!«

»Du hast es mir nicht gesagt, bloß, damit ich ausmiste?«

»Na ja.« Stella strich liebevoll über ihren kaschmirweichen

Ärmel. »Und weil ich zu gern heute meinen schwarzen Pulli tragen wollte.« Damit ließ sie ihre sprachlose Tochter stehen und trug den Salat ins Wohnzimmer.

Maxi zog ihre Stalljacke über das abendfeine Outfit – komplett mit Weihnachtsbaum-Ohrringen – und ging raus, um den Pferden eine Extra-Ration Karotten zu verfüttern und um in Ruhe mit Vic zu telefonieren. Sie machte es sich auf zwei Strohballen vor Ringos Box gemütlich und ließ zu, dass der Isländer ihre Heiligabendfrisur ein bisschen durcheinanderbrachte.

Vic hob beim ersten Läuten ab.

»Hab die Rentiere gleich wiedererkannt!«, sagte er statt einer Begrüßung.

Maxi lachte. »Hast du's schon aufgemacht?«

»Ich mach's jetzt auf! Hab ja lange genug drauf gewartet!«

Plötzlich hatte Maxi Angst, Vic könnte das Shirt doof finden. Wie war sie nur auf die Idee gekommen, ein Weihnachtsgeschenk schon im August zu besorgen? Wenn er es nun peinlich fand, mit der Aufschrift »BALLKÖNIG« herumzulaufen? Sie konnte hören, wie er das Papier aufriss, und hielt den Atem an. Stille. Es war ja zusammengelegt, wahrscheinlich hatte er den Print noch nicht gesehen. Dann endlich das erlösende Geräusch.

»Spitzenklasse!«, sagte er lachend. »Es ist toll! Vielen Dank, Maxi!«

»Also wenn du es peinlich findest, musst du es natürlich nicht in der Schule tragen!«, sagte Maxi hastig. »Ich wär bestimmt nicht beleidigt.«

»Wärst du doch«, sagte er und sie konnte sein Grinsen vor sich sehen. »Und klar trag ich es. Die anderen sollen reden, was sie wollen.«

Maxi atmete erleichtert auf. Weihnachten war gerettet.

»Und übrigens, wo wir gerade bei Geschenken sind …«

»Es macht nichts, wenn du keins für mich hast«, unterbrach Maxi ihn. »Wir haben ja nichts abgemacht und …«

»Klar hab ich was für dich. Bist du bei Ringo?«

Wie zur Bestätigung versuchte Ringo in diesem Moment, an Maxis Handy zu knabbern, sie konnte es gerade noch wegziehen. »Ja!«, antwortete sie, und wischte den Pferdesabber an ihrer Jacke ab. »Woher weißt du …?«

Vic lachte. »Wenn wir am Abend telefonieren, bist du fast immer im Stall. Denkst du, ich krieg gar nichts mit? Also, da stehen zwei Strohballen …«

Maxi musste lachen. »Richtig. Und ich sitze drauf.«

»Dann musst du wohl absteigen, denn zwischen Strohballen eins und Strohballen zwei …«

Maxi hüpfte so schnell von ihrem Sitzplatz, dass sie beinahe auf den Knien landete. Sie tastete aufgeregt zwischen den beiden Ballen und zog ein kleines Päckchen hervor. Carolin musste es heute Nachmittag versteckt haben. Hastig riss sie das Papier auf. In dem Päckchen war eine kleine herzförmige Schatulle. Maxi klappte den Deckel hoch.

»Hallo?«, fragte Vic besorgt. »Bist du noch da? Hast du's aufgemacht?«

Es war eine Kette, an der in silbernen Buchstaben das Wort »Ballkönigin« hing.

»Maxi? Gefällt's dir nicht? Carolin hat gemeint …«

»Es ist wunderschön«, schluchzte Maxi. »Ich bin nur ein bisschen gerührt!«

»Ich hab mir gedacht, nun kannst du jeden Tag Ballkönigin sein, auch wenn das T-Shirt mal in der Wäsche ist.«

»Du bist wahrscheinlich der tollste Freund der Welt«, meinte Maxi und wischte sich die Tränen von den Wangen.

»Ja, das hab ich neulich auch zu mir gesagt«, antwortete Vic. »Vic, hab ich gesagt, du bist vermutlich der tollste Freund der Welt …«

»Und der albernste!«, unterbrach Maxi ihn lachend.

»Immerhin heulst du jetzt nicht mehr!«, erklärte er zufrieden. »Frohe Weihnachten, Ballkönigin!«

»Frohe Weihnachten, Ballkönig!«

HORTENSE ULLRICH

Engel gesucht

»Sag mal, Lucilla, wieso müssen wir uns seit Neuestem hier treffen?«, maulte ich ein wenig und sah mich um. Wir saßen im Café Kränzchen, dem Stammlokal aller Omis, die sich dort offensichtlich täglich zu einer Senioren-Party trafen. Lucilla und ich senkten durch unsere Anwesenheit den Altersdurchschnitt der Cafébesucher enorm. Außerdem zogen wir alle Blicke auf uns, was mich ziemlich nervös machte, denn für mich war es schon schwierig genug, unfallfrei zu essen und zu trinken, wenn ich alleine war. Aber wenn ich unter Beobachtung stand, war ich völlig im Stress. So wie jetzt, als ich versuchte, ein Walkürenbällchen zu essen. Walkürenbällchen waren die Spezialität des Cafés. Und offensichtlich gab es Vorschriften, wie man so einem Ding zu Leibe rückt, denn eine der Omis, die zwei Tische weiter saß, rief mir plötzlich zu: »Daf machft du falfch! Daf mufft du anderf effen!«

Ich sah sie irritiert an, ich hatte keine Ahnung, was sie gesagt hatte. Aber es schien etwas damit zu tun zu haben, wie man ein Walkürenbällchen aß. Sie deutete nämlich auf meinen Teller und machte ein missbilligendes Gesicht. Ich sah auf meine Hand, die die Gabel hielt und gerade dabei war, an der gerösteten Haselnuss vorbei das Walkürenbällchen in zwei Hälften zu teilen. Ich ließ mich nicht beirren und senkte die Gabel in das Gebäck. Irgendetwas hab ich dann wohl falsch gemacht, jedenfalls schoss die Haselnuss von meinem Teller und flog einer Dame am Nebentisch direkt an die Schläfe. Die Dame zuckte zusammen, hielt ihre Hand an die Schläfe und sah empört in die Runde, um den Schuldigen ausfindig zu machen. Da ich ein ziemlich erschrockenes und auch gleich schuldbewusstes Gesicht gemacht hatte, kam sie sofort darauf, dass ich der Täter war.

»Was soll denn das! Hast du nichts Besseres zu tun, als Unfug zu treiben?!«, schimpfte sie.

»Reg dich nicht auf, Klärchen, das war vielleicht ein Versehen«, sagte ihre Nachbarin.

»Das war's wirklich!«, rief ich sofort. »Tut mir echt leid.«

Klärchen guckte immer noch böse, aber die andere Dame drehte sich zu uns um und lächelte uns an. Lucilla und ich schnappten nach Luft und starrten die beiden Frauen an. Sie sahen absolut gleich aus.

»Das sind ja Zwillinge«, flüsterte mir Lucilla aufgeregt zu. »Ich hätte nie gedacht, dass es auch alte Zwillinge gibt! Das ist echt zum Piepen!«

Ich sah Lucilla verwundert an. »Wieso soll es denn keine alten Zwillinge geben?«, flüsterte ich zurück.

»Also Zwillinge sind für mich immer Kinder«, erklärte Lucilla leise.

»Ja, so fängt es an. Und dann werden die Zwillinge größer und dann hat man erwachsene Zwillinge. Und dann werden sie noch älter und dann …«

Lucilla unterbrach mich: »Ja, das weiß ich selbst. Aber komisch ist es trotzdem!«

Ich zuckte die Schultern und gab auf. Ich war nicht immer in der Lage, Lucillas Kommentare einfach hinzunehmen und nicht auf Logik zu überprüfen.

Dann mischte sich die Omi mit dem Sprachfehler ein. Sie wandte sich an die Zwillinge und teilte ihnen mit: »Ich hab ef dem Kind ja rechtfeitig gefagt, aber die heutige Jugend hört ja nicht fu!«

»Ich hab zugehört, aber ich hab nichts verstanden. Ich wusste nicht so genau, was Sie meinen!«, verteidigte ich mich.

Nun hatte ich die Unterstützung von einer der Zwillingsfrauen. Sie wandte sich an die Omi und sagte: »Frau Czybulski, nun tragen Sie doch endlich mal Ihr Gebiss! Sie sind wirklich sehr schlecht zu verstehen.«

»Bifher hat fich noch keiner befwert, Frau Bömmelmann!«, sagte Frau Czybulski verärgert.

Ich sah Lucilla gequält an, beugte mich zu ihr und flüsterte so leise wie möglich: »Wieso sind wir hier?«

»Och, nur so«, meinte Lucilla ausweichend. »Ist doch nett hier.«

Ich war mit ihrer Antwort nicht zufrieden. »Also jetzt nenn mir den Grund!«, forderte ich.

Lucilla überlegte kurz, dann meinte sie: »Weil du hier noch kein Hausverbot hast.«

Daraufhin reklamierte ich nicht mehr. Lucilla hatte recht, es gab nicht mehr viele Restaurants und Cafés, wo ich noch gerne gesehen war. Und als ich hier mal was verschüttet hatte, hat niemand mich angemeckert. Im Gegenteil, die Bedienung hatte mich sogar getröstet und gesagt: »Das kann jedem passieren«, und die Pfütze weggewischt. Vielleicht war sie ja von den vielen Omis hier einiges gewöhnt.

Ich sah Lucilla an, nickte ergeben und seufzte: »Ja, das ist ein guter Grund.«

Nun sah mich Lucilla aufgeregt an und meinte geheimnisvoll: »Das ist der eine Grund.« Dann senkte sie die Stimme und kicherte: »Es gibt aber noch einen anderen Grund …«

Ich wartete gespannt. Doch bevor sie ihn mir nennen konnte, sah ich den Grund. Hinter der Theke stand ein Junge, ein paar Jahre älter als wir, und er sah wirklich süß aus. Er hatte so viele Wirbel auf dem Kopf, dass seine Frisur aussah wie ein explodiertes Sofakissen, und wenn er lächelte, musste man einfach mitlächeln, ob man wollte oder nicht. Allerdings lächelte er nicht für uns, sondern er lächelte sein Handy an und tippte einen Text ein.

Ich sah Lucilla fragend an, sie nickte selig und seufzte. Dann hob sie die Hand, so als ob sie etwas bestellen wollte, und wedelte so lange in der Luft herum, bis er sie bemerkte. Der Junge schien nicht sehr begeistert zu sein, dass Lucilla nach ihm winkte, aber er kam zu unserm Tisch.

Als er an unserem Tisch stand, flötete Lucilla: »Hi, Berry!«, und sah ihn schmachtend an.

Der Junge brummte nur. Er sah auf unseren Tisch, auf dem zwei Portionen Walkürenbällchen und heiße Tassen mit Kakao standen, und fragte: »Was fehlt denn noch?«

»Du!«, rief Lucilla sofort. Ich sah Lucilla geschockt an. Das war ja wirklich sehr offensiv. Was war los mit ihr?

Berry verdrehte die Augen.

»Hör zu, Linda …«

»Lucilla«, korrigierte sie ihn.

»Wie auch immer. Ich hab dir doch schon mal gesagt, dass ich mich nicht zu den Gästen setzen darf. Ich helfe hier beim Bedienen aus.«

»Och, und ich soll hier ganz alleine sitzen?«, schmollte Lucilla.

Berry sah sie an, deutete auf mich und sagte geduldig: »Du

bist doch mit deiner Freundin hier.« Lucilla sah mich an, so als würde sie mich jetzt erst entdecken und auch so, als wäre sie irgendwie enttäuscht, dass ich überhaupt da war.

Ich guckte böse zurück. Was sollte denn das?!

Dann wandte sie sich wieder an Berry. »Aber wir beide könnten doch mal ins Kino gehen. Oder über den Weihnachtsmarkt schlendern.«

Berry seufzte leicht, dann sagte er: »Linda ...«

Diesmal korrigierte ich: »Sie heißt Lucilla.«

Lucilla war nicht glücklich über die Unterbrechung, winkte ab und sah Berry unverwandt an: »Linda ist auch okay. Wenn dir der Name besser gefällt, kann ich mich auch Linda nennen. Also, wie sieht's aus? Kino? Weihnachtsmarkt?«

»Berry, kannft du mal fu mir kommen?«, rief Frau Czybulski, bevor Berry Lucilla antworten konnte.

Berry schien richtig froh darüber zu sein, sah Lucilla kurz bedauernd an, sagte: »Der Job ruft, sorry«, und eilte zu der zahnlosen Oma.

Lucilla sah ihm strahlend hinterher.

»Hey, wieso verhältst du dich so komisch?«, fragte ich Lucilla, nachdem Berry wieder gegangen war.

»Was meinst du mit komisch?«

»Na ja, also, das ist schon etwas, hm, wie soll ich sagen, etwas ... aufdringlich. Eindeutig.«

Lucilla nickte und strahlte. »Ja, nicht wahr.«

Dass sie darauf so stolz war, irritierte mich noch mehr. »Aber wieso tust du das?«

Nun beugte sie sich näher zu mir und flüsterte aufgeregt: »Ich hab diesen Artikel in einer Zeitschrift gelesen, wie man Jungs erobert, wenn sie etwas älter sind als man selbst. Und da steht, dass, wenn man die Aufmerksamkeit von einem älteren Jungen bekommen will, man forscher sein muss, sonst reagieren die gar nicht. Bei gleichaltrigen Jungs ist es besser, man ist etwas zurückhaltender, sonst verschreckt man sie.«

»Aha«, sagte ich nur tonlos. Lucilla ist eigentlich Spezialistin darin, jeden Jungen zu verschrecken, egal wie alt er ist.

»Und du denkst, das funktioniert?«, fragte ich.

»Na hör mal, das siehst du doch selbst: Inzwischen kennt er sogar meinen Namen.«

»Er nennt dich Linda.«

»Linda ist ziemlich nah dran an Lucilla.«

»Ich weiß nicht, ob das die richtige Taktik ist«, zweifelte ich und betrachtete diesen Berry. Er plauderte höflich mit der zahnlosen Oma Czybulski und ging dann wieder zum Tresen.

»Berry, haft du fchon ein Mädchen gefunden?«, rief sie ihm nach.

Berry blieb stehen, lächelte und schüttelte bedauernd den Kopf: »Nein, leider noch nicht.«

»Gib nicht auf, einef Tagef wird fie vor dir ftehen und dann weifft du: Daf ift der Engel, den du gefucht hat.«

Berry meinte seufzend: »›Eines Tages‹ ist zu spät, ich muss sie heute noch finden.« Dann ging er weiter.

Lucilla sah mich elektrisiert an. »Er sucht einen Engel! Wie romantisch!«

»Du hast das verstanden?«, wunderte ich mich.

»Klar«, meinte Lucilla. Dann verzog sie das Gesicht und murmelte: »Oder vielleicht doch nicht?« Sie wandte sie sich an Oma Czybulski und fragte: »Hab ich Sie eben richtig verstanden: Berry sucht einen Engel?«

Die Frau nickte.

»Und was meint er damit? Einen echten Engel?«, versuchte ich zur Klärung beizutragen.

»Nein. Er fucht ein jungef Mädchen.«

Lucilla hatte sich das Kauderwelsch schneller übersetzt, krallte sich in meinen Arm und quietschte: »Das ist meine Chance!«

Während ich sie noch verständnislos anstarrte, war Lucilla bereits aufgesprungen. Bevor ich realisieren konnte, was gerade passierte, stand Lucilla schon am Tresen und verhandelte mit Berry.

Nachdem ich mich von meiner Verwirrung erholt hatte und wieder bewegungsfähig war, stand ich auf und ging zu Lucilla, um zu retten, was zu retten war. Ich hatte nämlich Angst, dass nun Lucilla Hausverbot bekäme. Und das wäre eigentlich schade, weil meine Auswahl an Cafés und Pizzerien hier nicht mehr so groß war.

Ich überlegte, wie ich Lucillas Benehmen erklären oder entschuldigen könnte, und schwankte zwischen: »Sie hat eine Wette verloren« und »Sie hat heute vergessen, ihre Medizin zu nehmen«. Als ich jedoch am Tresen war, waren die beiden sich offensichtlich einig geworden. Berry gab Lucilla eine Tüte, hob die Hand zum Gruß und meinte: »Danke noch mal, das ist wirklich sehr nett von dir, Linda.«

Ich wollte ihn reflexartig korrigieren, aber Lucilla knuffte mich in die Seite und zischte mir zu: »Sei still. Ab jetzt heiße ich Linda!«

Ich sah zu Berry rüber, der nun, langsam rückwärts gehend, den Blick immer noch auf Lucilla geheftet, durch die Tür verschwand, die wohl zur Küche führte.

Als er weg war, drehte ich mich zu Lucilla: »Kannst du mir mal bitte sagen, was das eben war?«

»Ich hab ein Date mit ihm!«, jubelte Lucilla und zog mich am Arm zum Ausgang. »Los komm, wir gehen.«

»Wir müssen noch zahlen.«

Lucilla schüttelte strahlend den Kopf: »Engel zahlen nicht. Er hat uns eingeladen.«

Ich schluckte schwer. »Stimmt das oder werden wir gleich wegen Zechprellerei verhaftet, wenn wir hier rausgehen, ohne zu zahlen?«

Lucilla schlug mir spielerisch auf den Arm. »Jojo! Vertrau mir, das geht klar.«

Ich sah mich ängstlich um. Berry steckte gerade vorsichtig den Kopf zur Küchentür raus, sah uns, zuckte leicht zusammen, winkte aber noch mal in unsere Richtung und zog seinen Kopf schnell wieder zurück. Lucilla hatte das nicht gesehen, aber wenn ich Berrys Verhalten richtig deutete, schien es in seinem Sinne, wenn wir das Café Kränzchen nun verließen. Trotzdem. Ich hatte echt Angst, zu gehen, ohne bezahlt zu haben. Wie schon gesagt, meine Auswahl an Aufenthaltsorten außerhalb meines eigenen Hauses war eingeschränkt. Ich lief zurück zum Tresen und rief der geschlossenen Küchentür zu: »Berry!«

Er steckte den Kopf zur Tür raus und fragte leicht gequält: »Was denn?«

»Wir müssen noch zahlen …«

Er hob abwehrend die Hände: »Nein, müsst ihr nicht. Ich hab Linda gesagt, das geht auf's Haus.«

»Hey, danke, das ist ja nett.« Ich war beeindruckt. Und immer noch verwirrt. Aber beeindruckt. Ich lief zur Tür, die Linda, Entschuldigung: Lucilla für mich aufhielt. Sie strahlte wie ein Honigkuchenpferd. Es kostete mich zwar etwas Überwindung, aber ich musste ihr anerkennend zunicken.

»Wie hast du das geschafft?«, erkundigte ich mich, als wir draußen waren.

Lucilla platzte fast vor Stolz. »Es war total leicht. Ich sag dir doch, bei älteren Jungs muss man viel forscher vorgehen!«

»Wie forsch bist du vorgegangen?«, fragte ich misstrauisch. »Hast du ihn bedroht oder erpresst?«

Lucilla blieb stehen und wich dramatisch vor mir zurück. »Jojo! Was denkst du denn von mir?!«

Ich zuckte hilflos die Schultern. »Sag mir einfach, was du zu ihm gesagt hast.«

Lucilla bekam einen verklärten Gesichtsausdruck und nach einem tiefen Seufzen und einem romantischen Augenaufschlag sagte sie: »Ich bin zu ihm gegangen und sagte: ›Deine Suche ist beendet, ich will dein Engel sein‹.«

»Ach. Und er hat gejubelt und frohlockt?«

Leicht missbilligender Blick von Lucilla, dann meinte sie: »Nein. Zunächst hat er sehr merkwürdig geguckt, so als ob ich nicht mehr alle Tassen im Schrank hätte. Dann hab ich ihm zugezwinkert, beugte mich näher zu ihm und sagte leise: ›Diese Frau Czybulski hat mir alles verraten. Ich weiß Bescheid. Du suchst doch ein Mädchen.‹ Da hat er sich etwas entspannt und meinte: ›Ach so. Ja. Hm. Okay.‹«

Lucilla sah mich triumphierend an. Ich war mir der Bedeutung dieser Worte wohl nicht so bewusst, deshalb wiederholte es Lucilla noch einmal für mich.

»Er hat ›Okay‹ gesagt«, jubelte sie. »Und dann meinte er, wenn es mir ernst wäre, solle ich mich heute Abend mit ihm treffen.«

Ich sah Lucilla ungläubig an.

Sie umarmte mich und jubelte: »Ich bin heute Abend mit Berry verabredet!«

Ich schob sie ein wenig von mir weg, sah ihr in die Augen und fragte: »Findest du das nicht merkwürdig?«

Lucilla legte die Stirn in Falten, dachte nach, dann meinte sie ernsthaft: »Nein. Ich finde es exzentrisch!«

Ich gab auf, sagte nichts mehr und wir gingen weiter.

Nach einer Weile quiekte Lucilla wieder glücklich: »Es ist total abgefahren.«

Ich bemühte mich, Lucillas Begeisterung irgendwie zu teilen, aber es gelang mir nicht, zurückzuquieken, also fragte ich bloß: »Wo trefft ihr euch?«

»Er will, dass ich mich mit ihm heute Abend, nachdem das Café geschlossen ist, beim Hintereingang zur Backstube treffe.«

»Aha«, meinte ich ohne große Überzeugung. Das klang mehr wie eine Verabredung zum Banküberfall als nach einem Date.

»An welcher Stelle steht so was eigentlich auf der Romantik-Skala?«, erkundigte ich mich bei Lucilla.

Lucilla warf mir einen ärgerlichen Blick zu. Dann sagte sie mit Überzeugung: »Ganz oben. Denn er hat mir sogar ein Kostüm mitgegeben, das soll ich anziehen!« Sie hob die Tüte in die Höhe, ich sah neugierig rein. Es war tatsächlich ein Engelskostüm.

»Oh Mann, dieser Berry hat ja wohl 'ne Obermeise. Ich an deiner Stelle würde einen Riesen-Bogen um ihn machen!«, rief ich.

Lucilla sah mich mit großen Augen an.

Ich wollte es etwas abmildern: »Also, was ich meinte, war: Ich hab noch nie gehört, dass man sich zu einem Date verkleiden muss.«

Lucilla stutzte kurz. Dann meinte sie: »Also, ehrlich gesagt, ich auch nicht.« Dann strahlte sie jedoch wieder: »Aber ich hab auch noch nicht alle Zeitschriften von dieser Woche gelesen, vielleicht ist das gerade total in. Verkleidungs-Date – der neuste

Schrei in Hollywood. Wer weiß. Aber so oder so, eins musst du zugeben: Es ist total romantisch!«

Ich seufzte.

Lucilla zuckte beleidigt die Schultern und meinte leicht schnippisch: »Abgesehen davon ist es mir echt egal, was ich anziehe, solange ich es für Berry anziehe.«

Ich verdrehte die Augen, mir wurde leicht übel. Und ich denke mal, das kam nicht von den Walkürenbällchen.

Lucilla jedoch war voller Tatendrang, sie plapperte vor sich hin: »Ich hab nur noch ein paar Stunden, ich muss mich in einen perfekten Engel verwandeln. Ich hab unendlich viel zu tun.«

»Zum Beispiel Flugstunden nehmen?«, schlug ich vor.

»Sag mal, nimmst du die Sache etwa nicht ernst?«

»Doch. Deshalb frag ich ja nach.«

Lucilla ignorierte das und rief: »Ich brauch einen Lockenstab. Engel haben Locken.«

»Im Ernst?«

»Klar.«

»Woher weißt du das?«

»Weiß doch jeder!«

Ich wagte einen letzten Versuch: »Lucilla, ganz ehrlich, ich sehe da keine große Zukunft für euch. Was ist, wenn du dich jedes Mal verkleiden musst, wenn ihr euch trefft! Was kommt als Nächstes dran? Fee? Prinzessin? Catwoman?«

»Ach Jojo, dir fehlt wirklich jeglicher Sinn für Romantik! Ich zieh heute Abend das Engelskostüm an und schwebe zu meinem Date!«

Ich gab mich geschlagen, Lucilla war glücklich und nicht davon abzubringen, dass ihr Date mit Berry unter dem Stern der ultimativen Romantik stand.

Allerdings hatte sie mich dann doch gebeten, sie abends bis zum Café zu begleiten.

»Ist vielleicht doch etwas merkwürdig, so als Engel durch die Gegend zu laufen«, überlegte sie.

»Wieso? Es ist kurz vor Weihnachten und es sind ja auch Weihnachtsmänner unterwegs, also würde man sich über einen Engel vielleicht gar nicht so sehr wundern.«

»Nein. Ich denke, es ist weniger peinlich, wenn du neben mir läufst.«

»Wieso?«

»Nur so.«

Sie äußerte sich da nicht näher, aber ich denke mal, Lucilla dachte entweder, dass ich auch ohne Verkleidung peinlich aussehe und damit von ihr ablenke, oder aber sie glaubte, dass, wenn man sie mit mir sieht, die Leute dann denken, so durchgeknallt kann dieses verkleidete Mädchen nun doch nicht sein, sonst hätte sie ja keine Freundin.

Egal, was auch immer der Grund war, ich begleitete Lucilla also brav bis zum Café Kränzchen. Ich hatte Anweisung, zu gehen, sobald Berry auftauchen würde. Wir standen vor der Tür und warteten. Die Tür war abgeschlossen. Lucilla klopfte. Die Tür öffnete sich und eine Frau schaute heraus. Sie strahlte, als sie Lucilla sah.

»Du siehst ja wirklich entzückend aus, der perfekte Engel. Da hat mein Sohn doch eine gute Wahl getroffen. Komm rein.«

Lucilla sah mich entsetzt an und flüsterte mir zu: »Was macht seine Mutter denn hier?!«

Ich flüsterte zurück: »Ich hab dir gleich gesagt, der spinnt.«

Lucilla stand unschlüssig da und bewegte sich nicht. Die

Frau hielt die Tür zur Backstube sperrangelweit auf und machte eine auffordernde Geste.

»Na, komm schon. Hast du Angst?«

Lucilla griff Hilfe suchend nach meinem Arm und sagte: »Aber meine Freundin kommt mit!«

Ich versuchte, mich zu befreien und rief: »Nein, kommt sie nicht«, denn plötzlich überfiel auch mich die Panik.

»Doch!«, rief Lucilla und nahm meinen Arm in einen Schraubstockgriff.

Berrys Mutter machte ein etwas ratloses Gesicht.

»Hm. Berry hat nur was von einem Mädchen erzählt.«

»Wo ist Berry überhaupt?«, fragte Lucilla, die sichtlich die Freude an diesem Date verloren hatte.

»Er bereitet alles vor.«

Lucilla warf mir einen gequälten Blick zu. Ich zuckte hilflos die Schultern. Das war wirklich ausgesprochen merkwürdig. Aber ich verzichtete darauf zu betonen: »Ich hab's ja gleich gesagt.«

Berrys Mutter zog Lucilla und damit auch mich, denn Lucilla ließ meinen Arm nicht mehr los, zur Tür herein in die Backstube.

»Bist du aufgeregt?«, fragte Berrys Mutter Lucilla ganz lieb.

Lucilla schluckte.

»Aufgeregt ist vielleicht nicht so das richtige Wort«, murmelte Lucilla. Panik war der treffende Begriff, das konnte ich an Lucillas Augen ablesen.

»Keine Sorge, mein Mann und ich sind ja dabei. Wenn etwas schiefläuft, können wir eingreifen. Und du musst ja wirklich nicht sehr viel machen. Berry macht das schon, er übernimmt ja die Hauptarbeit.«

Lucilla und ich warfen uns hilflose Blicke zu.

Berrys Mutter musterte Lucilla noch einmal eingehend und wohlwollend und sagte dann: »Ach, du und Berry, ihr beide passt ganz hervorragend zueinander.«

Dann rief sie über die Schulter in Richtung Café: »Berry, komm doch mal. Dein Engel ist hier.«

Ein Nikolaus erschien in der Backstube. »Hallo, Linda!«, brummte er.

Ich schnappte nach Luft. Was ist denn das für ein Date? Das ist ja krank!

Lucilla war nun langsam mit den Nerven am Ende. Sie sah mich an und wirkte verzweifelt. Ich musste ihr irgendwie elegant aus der Situation heraushelfen. Aber um es elegant zu machen, hätte ich wohl etwas länger überlegen sollen.

»Was ist das denn für ein Date?«, platzte es aus mir heraus.

»Wieso Date?«, fragte Berry und sah mich irritiert an. »Wir haben heute unsere Weihnachtsfeier für die Stammgäste.«

»Was?«, rief ich.

Berrys Mutter mischte sich ein: »Jedes Jahr verteilen wir Geschenke. Berry verkleidet sich als Nikolaus und Kassandra, unsere Bedienung, als Engel. Aber Kassandra ist krank und dafür brauchten wir Ersatz.«

Als sie Lucillas und mein überraschtes Gesicht sah, wandte sie sich an ihren Sohn. »Hast du das etwa nicht erklärt, Berry?!«

»Doch. Ähm, nein. Also, ich dachte, sie weiß das.«

»Berry, wie konntest du nur!«, schimpfte seine Mutter mit ihm.

Nun wandte sich Berry an Lucilla und sagte: »Aber Linda, du hast doch erzählt, dass Oma Czybulski dir alles erklärt hat. Du bist doch selbst zu mir gekommen und hast gesagt, du willst der Engel sein!«

Lucilla sah Berry erschüttert an und man konnte förmlich hören, wie ihre Romantik-Welt mit Riesengetöse einstürzte.

Die beiden sahen sich wortlos an, dann fragte Berry plötzlich misstrauisch: »Was hast du denn gedacht, wieso du hier bist? In einem Engelskostüm?«

Lucilla schluchzte: »Ich hab gedacht, du …«

Ich konnte nicht zulassen, dass sie sich vollends blamiert, deshalb unterbrach ich sie: »Was Lucilla, ähm, Linda sagen wollte, ist: Sie … wusste nicht …ähm, dass heute schon der große Tag ist. Sie dachte, heute sollte sie nur das Kostüm vorführen.«

Da keiner reagierte und mich das Schweigen sehr nervös machte, baute ich meine Geschichte noch etwas aus. »Sie hat nämlich nicht viel Zeit, weil … sie … noch vorm Einkaufszentrum singen wollte und damit Geld sammeln wollte für das Kinderheim.« Ich war sehr zufrieden mit meiner Erklärung und Lucilla wohl auch, denn sie nickte eifrig. Ich bin wirklich gut im Ausreden erfinden.

»Oh«, machte Berrys Mutter. Berry guckte immer noch misstrauisch, aber er sagte nichts weiter. Berrys Mutter jedoch rief dann: »Ich weiß, was wir tun: Erst machen wir hier die Bescherung und dann fährt Berry mit Linda zum Einkaufszentrum und hilft beim Sammeln!«

»Also, ich kann nicht, ich bin mit MAX verabredet«, sagte Berry.

Berrys Mutter legte den Arm um Lucillas Schultern und sagte: »Dann werde ich mit Linda zusammen dort singen.«

Lucillas Kopf wandte sich ruckartig in meine Richtung. Es war wenig Dankbarkeit auf ihrem Gesicht zu erkennen. Ich zuckte unmerklich die Schultern und hoffte, sie würde es als Entschuldigung deuten.

Na ja, und so kam es dann, dass Lucilla, statt mit ihrem angebeteten Berry ein romantisches Date zu haben, mit Berrys Mutter später vorm Einkaufszentrum stand und Weihnachtslieder sang. Und mit mir drei Tage lang nicht mehr redete.

Quellenverzeichnis

Sofern nicht anders vermerkt, liegen die Rechte der in diesem Sammelband abgedruckten Beiträge bei Planet Girl in der Thienemann-Esslinger Verlag GmbH, Stuttgart.

Both, Sabine: »Das weihnachtlichste Gefühl von allen«. Aus: *Freche Mädchen – freche Adventsgeschichten.* 2008.

Both, Sabine: »Maria und Josef« aus den Fortsetzungsgeschichten »Vom Himmel hoch, da kommt er her«, »Josef, lieber Josef noch nicht mein«, »Lasst und trotzdem froh und munter sein« und »Es ist für mich eine Zeit angekommen«. Aus: *Freche Mädchen – frecher Adventskalender.* 2009.

Both, Sabine: »Weihnachten mit den Schröders«. Aus: *Freche Mädchen – frecher Advent.* 2010.

Brinx, Thomas/Kömmerling, Anja: »Anne und Mika« aus den Fortsetzungsgeschichten »Anne findet Mika«, »Durchsage« und »Mika findet Anne«. Aus: *Freche Mädchen – frecher Adventskalender.* 2009.

Brinx, Thomas/Kömmerling, Anja: »Ein Kuss für den Nikolaus«. Aus: *Freche Mädchen – frecher Advent.* 2010.

Brinx, Thomas/Kömmerling, Anja: »Sissis Weihnachtsgeschichte«. Aus: *Freche Mädchen – frecher Adventskalender.* 2011.

Minte, Gwyneth: »Chaos auf dem Weihnachtsmarkt«. Aus: *Freche Mädchen – frecher Advent.* 2010.

Minte, Gwyneth: »Die Vanillekipferl«. Aus: *Freche Mädchen – frecher Adventskalender.* 2009.

Minte-König, Bianka: »Alter schützt vor Liebe nicht«. Aus: *Freche Mädchen – frecher Adventskalender.* 2009.
Minte-König, Bianka: »Nikolausstiefel«. Aus: *Freche Mädchen – freche Adventsgeschichten.* 2008.
Minte-König, Bianka: »Tierisch coole Weihnachtsüberraschungen«. Aus: *Freche Mädchen – frecher Adventskalender.* 2012.
Sahler, Martina: »Der Weihnachtshund«. Aus: *Freche Mädchen – frecher Adventskalender.* 2011.
Sahler, Martina: »Ein Horoskop für Vanessa«. Aus: *Freche Mädchen – freche Adventsgeschichten.* 2008.
Sahler, Martina: »Glücksnuss und Glitzerflocken«. Aus: *Freche Mädchen – frecher Adventskalender.* 2011.
Schreiber, Chantal: »Arwen on Ice«. Aus: *Freche Mädchen – frecher Adventskalender.* 2009.
Schreiber, Chantal: »August bis Dezember«. Aus: *Freche Mädchen – frecher Advent.* 2010.
Schreiber, Chantal: »Eiskalt erwischt«. Aus: *Freche Mädchen – frecher Adventskalender.* 2011.
Schreiber, Chantal: »Eulalia und Mopsmann«. Aus: *Freche Mädchen – frecher Adventskalender.* 2011.
Schreiber, Chantal: »Oliven, Grips & Weihnachtsdates«. Aus: *Freche Mädchen – frecher Adventskalender.* 2009.
Schreiber, Chantal: »Wahrheit oder Pflicht«. Aus: *Freche Mädchen – frecher Adventskalender.* 2011.
Ullrich, Hortense: »Der Schneemann«. Aus: *Freche Mädchen – frecher Advent.* 2010.
Ullrich, Hortense: »Engel gesucht«. Aus: *Freche Mädchen – frecher Advent.* 2010.
Ullrich, Hortense: »Lebkuchen mit Zuckerkuss«. Aus: *Freche Mädchen – freche Adventsgeschichten.* 2008.

Zimmermann, Irene: »Happy Gipsbein!«. Aus: *Freche Mädchen – frecher Advent.* 2010.

Zimmermann, Irene: »Last-Minute-Weihnachten«. Aus: *Freche Mädchen – frecher Adventskalender.* 2011.

Zimmermann, Irene: »Schokofleck & Weihnachtskuss«. Aus: *Freche Mädchen – frecher Adventskalender.* 2009.

Zimmermann, Irene: »Sizilianische Weihnacht«. Aus: *Freche Mädchen – frecher Advent.* 2010.

Zimmermann, Irene: »Weihnachten in der Garage«. Aus: *Freche Mädchen – frecher Adventskalender.* 2009.

Zimmermann, Irene: »Weihnachten in der Karibik«. Aus: *Freche Mädchen – frecher Advent.* 2010.

Zimmermann, Irene: »Weihnachten mit Bürzlers«. Aus: *Freche Mädchen – frecher Adventskalender.* 2011.